IN VIOLENTIA VERITAS

CATHERINE GIRARD

IN VIOLENTIA VERITAS

BERNARD GRASSET
PARIS

ISBN 978-2-246-84313-9

« Le destin prend son homme au berceau.

Georges Arnaud, *Le Salaire de la peur*

— Soumets-toi donc, misérable et tremblante créature, et garde-toi de *vouloir*. Ce n'est point ton affaire…

Fiodor Dostoïevski, *Crime et Châtiment*

— Ferme un peu ta gueule, tu veux, répondit le mauvais larron. On s'entend plus causer. »

Georges Arnaud, *Le Voyage du mauvais larron*

Le divan

Allongée sur le divan, face à la fenêtre, j'attends les questions d'Olivier, assis derrière moi dans le fauteuil du roi son père. Nous sommes en quatrième dans le même lycée et il me tanne depuis des semaines pour une séance de psychanalyse dans le cabinet de papa qui ne travaille pas le mercredi, avec lui dans le rôle du psy, moi dans celui de l'analysée. Je n'ai pas bien compris pourquoi, mais il a tant insisté que j'ai fini par céder.

Ferveurs adolescentes obligent, il commence par une série de questions sur ce que m'évoque l'image d'une clé entrant dans une serrure, un pistolet de pompe à essence dans le réservoir d'une voiture, un ver de terre creusant son orifice dans la chair juteuse d'une pomme. Un grand éclat de rire vient saccager le champ allégorique de ses fantasmes fornicateurs. Olivier reprend son sérieux. D'une voix de basse qu'il s'efforce de rendre plus grave encore, il enchaîne sur mon arbre familial. Qui étaient mes grands-parents ? Leurs noms. Leurs professions. Étaient-ils toujours en vie, et, s'ils ne l'étaient pas, de quoi étaient-ils morts ?

Du côté de Maman, une grand-mère bien vivante et aviatrice, Marguerite, que je n'avais jamais rencontrée, ma mère ayant la particularité d'être brouillée avec toutes les femmes des générations qui encadraient la sienne. Un grand-père ingénieur, Émile, qui avait inventé la radio, du moins d'après sa fille, dont je saisirais plus tard – l'existence d'un certain Marconi n'y ayant pas suffi – l'inclination vertigineuse pour le mensonge ornemental. La réalité avait de quoi vexer une petite fille : joli garçon, son père avait simplement fait un beau mariage, vécu aux crochets de son épouse puis, après l'avoir ruinée, à ceux de ses maîtresses. Je ne le connaissais qu'au travers d'histoires de famille et par certains atavismes flagrants, parmi lesquels, outre cette tendance à la fabulation qui frisait la mythomanie, un insatiable orgueil et une vanité qui leur auraient fait embrasser n'importe quelle cause pourvu que celle-ci leur conférât une certaine distinction, accessoirement aussi servît leurs intérêts. Les mensonges de ma mère avaient le mérite d'être narrés avec talent. De longues mains fines gesticulantes frôlaient ses mots du bout des doigts qui suspendaient au vol votre incrédulité. Elle fixait sur les vôtres de grands yeux verts qui vous faisaient oublier jusqu'à l'ombre de votre dernier doute. Le tour était joué : envoûté, vous étiez.

Je ne savais rien de plus sur Émile, sinon que son décès était survenu en 1968, d'une rupture d'anévrisme, à Aire-sur-Adour, où il vivait aux dépens de sa dernière maîtresse. Il n'avait laissé d'héritage que celui que sa fille inventa afin de pouvoir prétendre y avoir renoncé, et rattraper ainsi l'immense écart de fortune entre celle qu'elle avait montée de toutes pièces et celle que mon père avait dilapidée.

Ma grand-mère paternelle était celle dont la mort renfermait le moins de mystère. Mon père, au contraire de sa fabulatrice d'épouse, n'était pas menteur, il était romancier, ce qui lui permettait de canaliser ses mensonges dans ses œuvres. Valentine, professeur de lettres et, par ailleurs, camarade de Lénine, était morte d'une tuberculose en 1926, enceinte et en sanatorium.

Quant à mon grand-père paternel, à part qu'il était historien et plus ou moins aristocrate, je m'aperçus que je n'en savais rien. Je fouillai ma mémoire jusqu'à ce qu'en émergeât un lointain souvenir. J'étais en voiture avec ma mère, assez grande pour être assise à la place du mort, quand je lui avais posé la question. J'avais bien senti comme un silence qui ne trouvait pas ses mots avant de l'entendre me répondre que mon grand-père, Georges Girard, avait été assassiné par les services secrets allemands, en raison de ses convictions politiques.

— Ça y est ! Ça me revient ! Il est mort assassiné par les services secrets allemands, pendant la Seconde Guerre mondiale.

— Tu en es sûre ?

— Oui, je me rappelle avoir posé la question à ma mère quand j'étais petite. C'est la réponse qu'elle m'a donnée.

— Cherche bien dans tes souvenirs…, dit Olivier de sa voix d'outre-tombe. C'est tout ce que tu sais ?

Son insistance m'agaçait. Oui, c'était tout ce que je savais ! S'efforçant de rendre son ton encore plus sépulcral, emphatique, quasiment théâtral, il lâche ces mots par grappes :

— Et si je te disais… que c'est ton père… ! qui a tué le sien… et qu'il n'a pas seulement… assassiné son père… ! il a aussi… tué sa tante… ! et même leur servante… !

Je bondis, me retournant vers lui. Un rire immobile, en suspens en travers de la gorge, un rire défendu dont je ne savais que faire me barrait la poitrine. Mon père, ce monstre de gentillesse, d'une tendresse infinie, d'une bonté quasi maternelle ? Mon père, un assassin ? Mon père, tuer une innocente ? Mon père, un parricide ?

— Mais qu'est-ce que tu racontes ? D'où est-ce que tu sors ça ?

— C'est Moatti qui me l'a dit. Je suis allé le voir pour lui parler de notre pièce, et quand j'ai dit ton nom, il m'a repris : « Girard, la fille de l'assassin ? » Je suis resté bouche bée. Je n'ai pas eu à poser plus de questions, tout le reste a suivi. Il m'a dit que l'affaire avait fait grand bruit, qu'ils avaient tous été tués à coups de serpe. Il a ajouté que ton père avait été défendu par un ténor du barreau, qu'il avait été acquitté, mais que lui restait persuadé de sa culpabilité, et qu'il n'était pas le seul, que toute la France l'avait été et, pour beaucoup, l'était encore !

Le monde s'écroulait. J'irais lui en parler sitôt rentrée et j'allais rentrer là, tout de suite, dès que je me serais dépêtrée de la stupeur qui m'engluait. Ce qui me pétrifiait, c'était ce calme au fond du cataclysme, ce havre au milieu du chaos, ce halo de lumière au sein même des ténèbres dans lesquelles je venais d'être jetée, et où devait se terrer, là, tout près de moi, une vérité que je ne voyais pas. La secousse était tellurique, mais à aucun moment je ne pensai que ce fût impossible. Et cependant, rien n'ébranlait l'amour. J'aimais mon père et je savais pourquoi. Je ne l'aimais pas seulement parce qu'il était mon père, mais parce que notre amour était fait de ce que nous pensions, de ce en quoi nous croyions, de toutes ces choses qui font votre entendement du monde. En plus d'être mon père, il était mon meilleur ami. Si ce que je venais d'entendre était vrai, quels monstres avait-il dû combattre pour devenir l'homme que je connaissais ? Tout à coup cette chape de silence autour de mon grand-père, de toute cette branche de la famille, à l'exception de Valentine, la seule dont il parlait, m'apparaissait comme ces étendues de nuages que l'on contemple à perte de vue, assis en plein milieu du ciel, au hublot d'un avion. Un soleil pâle comme la mort glaçait cet océan d'une blancheur aveuglante. Ce soleil, c'était Valentine, et cette mer celle dans laquelle j'ai plongé, dont j'ai sondé tous les abysses, où j'ai puisé suffisamment de lambeaux d'âmes pour déceler les mystères de la sienne.

Prête à tout entendre, ayant tout pardonné avant même de savoir, avide de vérité surtout, je dévalai à toutes jambes la rue de Rennes. Le glas de ces cadavres en cascade battait sa cavalcade. Je savais mon père trop honnête, trop aimant, trop attaché comme moi à la vérité pour ne pas me faire face. Nous nous ressemblions trop pour qu'il ne pût me la raconter, au nom de Dieu sait quelle pudeur protectrice. Notre bulle venait d'exploser, l'amour était à vif, décuplé par le coup.

J'arrive chez moi à bout de souffle. C'est lui qui vient m'ouvrir la porte. Je revois sous sa moustache de Gaulois le sourire que ses rides reprennent en écho, sa grande carcasse osseuse, ses bras télescopiques entre lesquels rien de mal ne pouvait arriver et qu'il écarte pour m'enlacer.

— Il faut que je te parle, dis-je avec fièvre.

Nous entrons dans sa chambre qui est aussi son bureau. Nous nous asseyons sur le lit qui est aussi son divan. Son bras passé sur mon épaule, le mien chevauchant la sienne, je lui raconte ce que je viens d'apprendre. Ses yeux bleu-gris s'ombrent d'une gravité que je ne lui connais pas. Je soutiens son regard de toute la force de mon amour. Ne t'inquiète pas, lui hurlent mes yeux, n'aie pas peur. Quoi que tu me dises : je t'aime.

— Je ne peux pas ne pas te répondre, ajoute-t-il comme s'il s'excusait.

Les cent pas

Dans la brume matinale d'un automne déjà bien entamé, le château vit ses dernières heures en famille. Le ciel est gris comme l'ennui séculaire qui ruisselle le long de ses murs en pierre de taille. Un homme au teint assorti au décor dévale les escaliers qui mènent au portail, tandis qu'un autre arrive, en courant lui aussi, mais dans le sens inverse. Le premier est le gardien, parti chercher le médecin ; l'autre le maire du village, venu répondre aux appels qu'il a entendus.

— Que se passe-t-il ? s'enquiert le maire.

— Ils sont tous tués.

— Qui, tous ?

— Monsieur Girard, mademoiselle Girard et la bonne.

Tous les ingrédients d'un drame au succès fracassant sont réunis : château en Dordogne, aristocratie, noblesse d'empire, notoriété, parisianisme ancestral, hôtel particulier dans le 6e arrondissement, fils prodigue et, cerise sur le gâteau, un triple meurtre sanglant qui décapite la famille et laisse, seul contre tous, un jeune homme de vingt-quatre ans – mon père – avec sur les épaules, d'un côté un destin fraîchement élagué à la serpe, de l'autre une fortune colossale. Pile au milieu, une épée de Damoclès le pointe tout droit et lui assure d'être remis sous peu à couperet plus moderne, qui tire son nom d'un certain monsieur Guillotin.

Seul survivant de sa lignée, seul présent au moment des faits, seul héritier, il est décrit au matin du crime comme ayant l'air « normal ». Il s'est réveillé aux alentours de neuf heures, est descendu après une brève toilette prendre son petit déjeuner. Il a trouvé la porte du couloir fermée, a fait le tour par-derrière. La cuisine était entrouverte, il est entré.

Tout est sens dessus dessous : dans la pièce attenante, le lit de Louise, au service depuis toujours de Georges et Amélie – mon grand-père et sa sœur –, est en vrac. L'arme du crime encore sanglante repose à terre, recouverte par les draps ; dans la chambre en enfilade, il aperçoit le corps de Louise couvert de sang, le visage atrocement mutilé, les bras en arc au-dessus du crâne. Un peu plus loin son père, le vieux Georges, gît à terre dans un bain de sang. Mort lui aussi. Il se précipite dehors, donne l'alerte en hurlant.

Les gens du village arrivent les uns après les autres. Ils s'agglutinent autour des pièces du drame. Mon père fait les cent pas sur la terrasse. Il saisit une bouteille d'eau-de-vie restée sur le plan de travail, dans la cuisine, boit au goulot, fume cigarette sur cigarette. Il a l'air détaché, presque fou, seul au monde pour de vrai. Tous sont morts autour de lui, son père, sa tante, Louise. Le monde est mort sans lui*.

---

* « Le monde est mort sans moi », Georges Arnaud, *Schtilibem 41*.

Il a vu chaque corps tremper dans sa mare écarlate mais il semble étranger à la réalité qui l'entoure. Il est pourtant bien là, au centre d'un massacre effroyable, qu'il traverse comme s'il s'agissait d'un décor de cinéma. Il n'y a que dans le monde du rêve que l'on peut voir un tel carnage sans que le cœur ne rende l'âme. Une tragédie vient de se jouer mais nous ne sommes pas au théâtre et les acteurs sont morts. Nous sommes dans le château familial et ces visages déchiquetés sont ceux des siens. Il passe d'un cadavre à l'autre, s'assure que chacun est bien mort, le constate, reçoit ces visiteurs du malheur tout frais en châtelain, leur offre des cigarettes à tour de bras. Une carapace enferme ses émotions, qui le tient tout au bord de la folie. Une espèce de blindage qui lui glace le cœur. L'âme en court-circuit, il reste en suspens au-dessus de son désastre, en flagrant déni du drame qui l'entoure. Sa vie vient d'être écimée et déracinée à la fois.

On lui donnera tout le temps de bien comprendre et de faire face à cette nouvelle réalité. Il va seulement changer de forteresse. Il se retrouve, quatre-vingts heures d'interrogatoires plus tard, inculpé, porteur de la plus abominable accusation qui soit, jeté dans l'une des prisons les plus insalubres de France – une geôle où courent les poux, la syphilis, la faim, le froid, la misère, sans oublier les cons et la tuberculose. Mais pour l'instant, le monde s'affaire autour de ce qu'il reste du sien.

Curieux, policiers, gendarmes, médecin légiste, maire, chacun y va de sa petite visite macabre. Les voisins sont accourus en masse. Ils sont venus voir de plus près le fils si froid, les morts si chauds. Plongé dans une solitude définitive, tel l'amputé tout frais qui ne sait pas encore qu'il n'a plus de jambe, il ne ressent aucune douleur. Une lame de fond prend son recul pour mieux déferler.

Dans la rotonde, seule pièce épargnée par le sang et dont la foule s'est tenue à l'écart, tandis que tous vont et viennent, il s'approche du piano. La tête pleine d'un vide apocalyptique, sans même s'en rendre compte, il entame, tout bas, *Tristesse* de Chopin.

La foule suspend son souffle dans un silence outré. Il a tapé cinq notes. Machinalement. Ses doigts ont frappé malgré lui, par une espèce de collision fortuite de sentiments occis et d'autres encore à vif.

Ce geste achève de ficeler une conviction qui le jette dans la fosse aux lions.

La mort

Je découvris le deuil la première fois avec la mort de mon protagoniste de père. Je me souviens, j'avais hurlé « mon père est mort ! » en l'apprenant avec trois jours de retard. Mon hurlement n'avait rien de désespéré ni même de triste. C'était un cri émis presque volontairement pour me sortir de la torpeur où la nouvelle me plongeait, entendre enfin ce qu'on venait de m'annoncer par téléphone. Ça n'avait pas marché. J'avais beau m'égosiller, l'information n'entrait pas. Aucun chagrin ne m'atteignait. Pas l'ombre d'une larme. Cette lacune émotionnelle devenait au fil des heures un cas de conscience. Je devais être anormale. Sans cœur. J'avais de qui tenir. J'avais beau chercher, je ne trouvais aucun sens dramatique à sa mort. J'avais vingt-quatre ans moi aussi et redouté ce moment toute ma vie, en particulier les dix dernières années. J'avais passé mon adolescence à épier ses excès, me cachant la nuit pour l'entendre respirer. Je m'étais taillé une fausse réputation de désastre ambulant à force de casser les bouteilles d'alcool que je m'empressais d'aller chercher quand il arrosait toute une cour de flagorneurs par moi haïs, tant je redoutais le malaise qui s'ensuivrait. Ses nuits blanches dont j'avais une peur bleue, ses toux stentoriennes, comme sorties de ténèbres sans fond, ses crises d'asthme qui lui grisaient le teint. Je passais ces heures-là l'oreille collée au mur, le cœur en suspens à chaque expiration empêchée par l'apnée. Gardienne de son destin jusqu'à son moindre souffle, je veillais à ce qu'aucun ne m'échappât. Sa mort tirait un trait définitif sur ces angoisses.

Encore une chance qu'il n'eût pas été plus célèbre... D'abord, j'avais raté son enterrement, et puis, il n'y avait rien à faire, je n'avais pas l'air triste. Pire, je m'étais mise à boire, beaucoup, vivant la nuit, festoyant d'une ivresse à l'autre jusqu'au petit jour, d'une nuit à l'autre jusqu'au bout de mes soûleries. Je ne buvais pas pour noyer mon chagrin mais pour oublier que je n'en avais pas. Ou bien peut-être était-ce une sorte d'hommage festif, une façon qui lui ressemblait d'exprimer une tristesse qui me riait au nez. Tristesse de quoi d'ailleurs ? Il m'avait rendue si heureuse que j'avais de quoi l'être probablement pour plus que je n'aurais à vivre. Il m'avait donné tant de tendresse, m'avait transmis si fort le goût de la liberté, un tel sens de la démesure, que j'étais armée contre la morosité et l'ennui pour le reste de ma vie. Il savait donner aux choses les plus banales un tour qui les sortait de l'ordinaire. Les jours de classe, par exemple. Il me réveillait le matin puis me laissait me rendormir et recommençait jusqu'à ce que l'horloge circadienne eût pris le relais. Quand approchait l'heure d'y aller, il m'informait du temps qu'il me restait pour me mettre en retard. Dès que j'avais atteint la limite, il s'écriait, comme si j'avais remporté une victoire : « Ça y est, tu es en retard, ma chérie ! » puis retournait dans sa chambre et en ressortait avec un mot d'excuse truffé de fautes d'orthographe et signé d'une plume majestueuse « Georges Arnaud, écrivain » ; ou bien encore un qui énumérait diverses raisons plus aberrantes les unes que les autres, chacune affublée d'un astérisque qui renvoyait à un « rayer la mention inutile » parachevant l'absurde de la chose. Habitué à mes retards quotidiens, le surveillant général de mon lycée, monsieur Gambard, guettait mon arrivée au bout d'un long couloir, sachet de croissants dans une main, l'autre qu'il brandissait en faisant de grands signes dès que je poussais la porte. M'invitant à m'asseoir, il m'offrait un café puis s'emparait du mot de mon père, qui m'octroyait ainsi un sursis de liberté grasse matinale.

Il ne râlait jamais, il ne grondait jamais, il ne frappait jamais. Il était mort, mais ça n'avait pas de sens. Il me suffisait de croiser mon regard dans n'importe quel miroir pour retrouver ses yeux, de tendre la main pour reconnaître la sienne, et les conversations sans fin qui nourrissaient notre amitié pouvaient toujours être reprises. Certes, il n'était plus là pour les continuer avec moi, mais il m'avait appris à réfléchir et je savais que les questions que je me poserais me porteraient toujours sur des rivages desquels il n'était jamais loin.

La mort n'est rien. C'est même sa meilleure définition. Un rien qui prend une dimension tragique lorsqu'il dérègle l'ordre généalogique. Les gens meurent mais ne disparaissent jamais vraiment. Le plus insignifiant des hommes laisse des gènes qui marqueront son empreinte.

Quand bien même un tel être ne se reproduirait pas, en se putréfiant, ses restes recyclés nourrissent la planète. Idem pour notre essence immatérielle. La pensée se transmet par la parole, par l'écrit, par l'exemple. Elle continue sa route dans l'esprit des hommes selon la puissance de son rayonnement. Si celui-ci est tel qu'il luit pendant des siècles, quand bien même la civilisation dont il émane s'éteindrait, il aura contribué à enrichir l'intelligence humaine. La marche de la pensée transcende la mort. Quels que soient les obscurantismes, quelles que soient les tempêtes, les guerres et toute autre figure de la mort, à l'échelle de l'humanité, l'intelligence ne recule que pour reprendre son élan. À celle de l'individu, l'esprit, le caractère, l'intelligence de celui qui s'en va restent prisonniers de notre mémoire. La mort est une absence qui se passe de mot d'excuse parce qu'elle perpétue l'œuvre de la vie.

Si décevant que cela puisse paraître, si importante puisse être l'idée que l'on se fait de soi, quand nous disparaissons, le monde entier s'en fout. La vie poursuit sa course, le ressac des marées continue de scander son souffle, les oiseaux de chanter, les amants de s'aimer, et l'oubli d'ensevelir la mémoire des morts. L'outrageante amnésie nous réduit à ce « rien » majeur, essentiel, à cette extinction de conscience qu'on nomme néant, tant nous semble odieuse l'indifférence royale d'un monde qui fait comme si de rien n'était car le fait est : de rien il s'agit. Nous frappons du poing sur la table soudain vide de cette vie qui n'est plus. Nous voulons marquer le coup, nous le parons de décorum, de rituels ancestraux, nous louons des pleureuses dans les larmes desquelles nous noyons l'évidence : calée entre l'immensité qui la précède et celle qui la guette, notre vie fait une criante allégorie du zéro. D'où notre obsession pour en faire une éternité, une affaire d'importance, le désaveu de cette métaphore. Nous nous barricadons d'habitudes, garantes de l'ennui, lui-même ersatz d'éternité, jalons d'une vie tenue en laisse par notre peur sempiternelle du black-out éternel.

La perte de la mère pour un enfant – ou du parent qui s'en occupe – est dramatique dans les deux sens parce que les habitudes qui les lient l'un à l'autre sont d'ordre vital. Dans la plupart des autres cas, la mort n'est qu'un désordre des habitudes stockées dans un placard dont on n'a plus la clé, parfois même une libération que l'on n'ose reconnaître. La mort n'est même pas un point final. Elle vaut à la fois plus et moins que ça. Trois points de suspension qui courent vers autre chose.

Moi, je n'avais d'habitude que celle de mes désordres et mon placard ne fermait pas à clé. Sa mort me laissait aussi libre que lui-même s'était appliqué à le faire. Il m'avait appris à voler.

Georges et Valentine

Ils font connaissance par hasard et par écrit à la fin de l'été 1915. Jeune femme plus très jeune, dévouée pour ses élèves dont elle est en retour très aimée, Valentine enseigne la littérature dans un lycée à Montpellier. Elle entretient avec ses étudiants une relation généreuse, forte, quasi maternelle. L'une de ses anciennes élèves, Héloïse, lui a écrit pour lui demander de lui venir en aide. La jeune fille a reçu une lettre de Georges avec lequel elle s'est liée d'amitié deux ans et demi plus tôt, à Escoire, où tous deux passent chaque année leurs vacances, lui au château, elle chez ses grands-parents. Elle n'est pas vraiment belle, mais Georges a succombé à son franc-parler dénué de haine, presque doux, plus encore qu'à ses charmes ou à son instruction. Héloïse est d'abord séduite par une bonne humeur contagieuse et par un je-ne-sais-quoi d'indiciblement bon qui émane de tout son être, mais ses façons ne lui plaisent pas. Cet air d'être décalé de deux siècles dont il essaie de se défaire avec d'autant plus d'obstination, voire de rage, qu'il lui colle à la peau, cette fascination pour un monde qu'il pense être celui de la vraie vie et dont il ignore tout, cette manie enfin qu'il a de vouloir « parler peuple », lui sont un véritable tue-l'amour. Les sentiments naissants de la jeune fille bifurquent très vite vers l'amitié, et ce refroidissement enflamme le pauvre Georges. Elle l'aime beaucoup. Il l'aime tout court.

Ils se sont revus à Escoire pendant l'été, quelques semaines avant la mobilisation. Celui qu'elle tient pour un ami d'adolescence s'est transformé en homme, et en homme épris d'une violente passion. En proie à cette naïveté de jeune fille devant la différence des forces en jeu dans l'élan amoureux entre un homme et une femme, Héloïse ne le voit pas. Elle attribue le trouble que trahissent les regards et les comportements de son prétendant à l'émotion du départ à la guerre. Pourtant le désir, mieux que toute autre passion, met cet abîme en évidence. Là où chez l'homme les sens s'emportent à la moindre suggestion, chez la femme ils s'inscrivent dans un mouvement ancré bien plus profondément. Ainsi l'homme dissémine ses millions de spermatozoïdes là où l'attend la femme avec un seul ovule blotti au fond d'elle-même. Dès que l'on touche aux états d'âme que l'odyssée amoureuse traîne derrière elle comme une comète sa pluie de lumière, l'homme voit sa vigueur et sa force démultipliées. Seul maître à bord de son vaisseau, il doit fournir assez de puissance à ces millions de petits lui-même pour leur faire prendre un envol dont l'issue incertaine est une chance et une seule vers l'existence.

Hélas, le feu qui rend fou pour la première fois le jeune Georges rosit à peine les joues pâles d'Héloïse. La belle au nom prédestiné ne sait comment répondre à la lettre qu'il a fini par lui écrire. Ils avaient pourtant abordé tous les sujets, avec le même souci constant de vérité, la même ferveur des convictions adolescentes qui faisaient le panache de leur belle amitié. Mais elle ne se sent pas le cœur, qu'elle doit donc avoir bon, de raturer en quelques mots ni de gommer par le silence un tel aveu. Si l'idée de blesser son jeune amant la terrifie, celle de ne pas lui répondre lui semble plus cruelle encore. Voilà bientôt deux mois que Georges, au front, a envoyé sa lettre. Désemparée, incapable de lui écrire, elle s'en remet à Valentine qui lui a appris de l'amour celui de Tristan pour Iseult et les folles douleurs d'Aricie.

Prise de compassion pour l'un autant que pour l'autre, Valentine, de dix ans leur aînée, accepte ce rôle invraisemblable de briseuse de cœur par procuration.

*

« À vous qui ne me connaissez pas encore. »

Combien d'hésitations, de ratures, de brouillons déchirés a coûté cet « encore » ? « À vous qui ne me connaissez pas » aurait suffi. Le mot avait dû venir spontanément, elle avait dû le retirer puis finalement le garder, se fiant à son inspiration comme loi approximative de l'inconnu. Elle n'écrit pas « à vous que je ne connais pas encore » : elle le connaît déjà un peu puisqu'elle sait son malheur. C'est peut-être à cela que tient l'« encore ». L'habitude d'être cette mère magistrale qui tend la main et noue des liens forts avec ceux qui l'entourent, comme elle faisait avec ses élèves. Toujours est-il que, loin d'imaginer le poids du destin qui pèse sur cet « encore », en l'écrivant, Valentine a lancé une amarre.

Fille unique et choyée d'un papa qu'elle perd jeune et d'une mère avec laquelle elle ne s'entend pas, Valentine a vécu seule à Paris jusqu'en 1910. Elle compte parmi les rares femmes diplômées de la Sorbonne, fréquente les milieux anarchistes, se lie d'amitié avec Inessa Armand, qui fait trois fois ménage à trois – philosophique, politique et charnel – avec le couple Lénine. Partisane de l'amour libre, Valentine assiste avec Inessa aux réunions de la porte d'Orléans, y rencontre Lénine, fraie avec le trio dont elle partage les convictions. C'est donc une femme de caractère qui darde sur Georges son attention. Celui-ci lui répond une première lettre qui n'est que la deuxième d'une longue correspondance. De leurs échanges va naître, au fil des mots, une grande histoire d'amour.

La rencontre a lieu six mois plus tard à Paris. Valentine est venue accueillir son amant épistolaire aux arrivées de la Gare de l'Est. Nous sommes au mois de janvier 1916, il est en permission. Ni l'un ni l'autre n'a songé à cette foule fourmillante de femmes en larmes et d'hommes en armes dans laquelle tous deux se trouvent perdus. Ils ont bien une photo l'un de l'autre, mais elle fait pâle figure au milieu de cette liesse de soldats accueillis en héros, de regards qui se cherchent et se trouvent, d'épouses, de mères et d'hommes qui s'emmêlent, qui s'enlacent, qui s'embrassent. Eux ne s'embrasseront pas : ils ne se connaissent que par écrit et, s'ils s'aiment déjà, ils ne se sont jamais vus.

Debout à l'entrée du quai, n'osant se perdre dans la foule, Valentine entend sa voix pour la première fois. Il l'a repérée à ses cheveux couleur feu. Ils restent là, tous deux figés, se regardent. Le même sourire les illumine, la même peur, la même urgence. Se laissent porter par la cohue, s'en extirpent, descendent le boulevard de Strasbourg sous un ciel anthracite en se frôlant à peine. Le temps, glacial, leur semble doux. Un barrage filtre les passants. Des permissionnaires portant le même calot sont stoppés un à un. Le halo de l'amour doit briller même en temps de guerre : personne ne les arrête. Ils découvrent leurs voix qu'ils écoutent plus encore que leurs mots, tremblent de leurs silences qui portent tous le même vœu. Ils traversent la Seine, entrent au café d'Harcourt, boulevard Saint-Michel. Le même ailleurs dans le regard. Une heure remplit un demi-siècle de solitude. Un monde à part ouvre ses portes dès qu'ils sont l'un près de l'autre, un monde à eux, où leurs idées semblent jaillir d'une même âme. Une amie de Valentine lui a prêté son appartement. Les voilà pris dans les rets de la passion.

Ils se baladent toute la journée du lendemain dans un Paris qui étale à leurs pieds son dédale de beauté. Paris complice des gens qui s'aiment. Les cieux sont avec eux, et le soleil d'hiver, et sa lumière d'argent. Ils ne se quitteront plus et le savent déjà. Ils n'y peuvent rien. Le destin en personne impose son oracle. Sur un banc des jardins du Luxembourg, Georges lui dit qu'il veut l'épouser. C'est aussi la seule possibilité qu'il aura d'obtenir des permissions. Première victoire de la passion sur l'un des principes chers à Valentine, qui considère le sertissage du sentiment par le sacre du mariage comme mortel pour l'amour. Le oui est acquis d'office. Sans messe ni curé, se reprend-elle comme on rattrape un châle qui a glissé de l'épaule droite de votre dignité. Georges acquiesce. Non pas seulement parce que lui-même est farouchement athée, mais parce que, tout mécréant qu'il soit, il l'épouserait dans toutes les religions si elle le lui demandait.

Au Brésil, j'avais un ami, Nelson, dont j'étais secrètement amoureuse, qui avait épousé sa femme dans plusieurs religions parce que, dans un élan très brésilien, il avait voulu célébrer leur amour sous tous les cieux possibles… ce qui me l'avait rendu cuisamment adorable.

La main de Valentine ainsi acquise, il la place dans la sienne et l'emmène rue Madame, chez ses parents, le soir même. Ce qu'il est en train de faire relève de l'impensable. Ça ne se faisait pas au temps du quadrille des lanciers. Ça n'ira pas tout seul. Cécile, sa mère, souffre d'un anachronisme de l'âme par naissance et par essence. Mère, elle s'est montrée d'une sévérité médiévale. Quant à son père, Charles, il n'a jamais pris part aux grandes décisions. Dévoué pour ses élèves, aimé de tous, à la ville de ses collègues et étudiants, au château des métayers, bon pour sa femme, lui aussi se révèle d'une extrême sévérité avec ses enfants – laquelle s'exprime par une violence à fleur de peau, physique aussi bien que verbale. Il a transmis ce trait de caractère à son fils Georges, qui y ajoutera quatre ans de guerre, quelques malheurs et beaucoup d'alcool avant de se faire la main sur l'enfant qu'il n'a pas encore. Mais cette violence n'en fait pas moins des parents aimants, soudés, et qui maintiennent d'une main de fer le destin de leurs enfants sur leurs ornières séculaires. La flagellation avait été l'arme de Cécile. Charles s'y était pris à mains nues. En tant que premier-né, Georges, plus qu'aucun de ses frère et sœurs, a fait les frais de cette violence. Il déteste son père. Cette haine date de l'enfance. Elle est née au château. C'était là qu'ils partaient en vacances, et donc là aussi que parents et enfants passaient le plus de temps ensemble, là enfin qu'ils recevaient le plus de punitions. Agronome de métier, Charles passait son temps aux champs avec les métayers. Cécile comblait la solitude que ses absences engendraient en s'occupant au plus près de l'éducation de ses enfants. La moindre incartade leur valait le supplice du fouet. Charles ne s'en prenait qu'à ses fils et, des deux, avait clairement un préféré. Henri s'était rapproché de son père un peu comme Amélie de sa maman. L'un comme l'autre s'étaient tenus à l'ombre de celui dont il redoutait les foudres. Georges et Charles ayant le même tempérament, leurs colères s'en trouvaient plus fréquentes et d'une violence qui croissait exponentiellement. Elle était si habituelle qu'elle en était devenue banale. Père et fils reprenaient une relation normale sitôt l'orage passé. Cependant, l'amitié qui liait le père à son frère bien plus qu'à lui-même avait nourri chez Georges une haine dont il ne se défit jamais. Avec le temps, la violence de leurs rapports n'avait fait que s'aggraver. La mort du fils et frère, chaînon marquant amour et haine entre Georges et son père, avait éteint à jamais leurs rapports.

La bigoterie endiablée de Cécile, qui lui tenait lieu de cœur, avait achevé de faire de Georges un athée tout aussi enragé. Il avait cependant avec elle une relation d'aîné :

forte, entière, écrasante. Surtout depuis que le mauvais sort avait frappé. Henri, le frère de Georges, mort aux Épargues, tué par la guerre, venait d'avoir vingt et un ans. Ce drame enfonce les deux parents dans un malheur qui ne trouve de salut – pour Cécile – que dans la religion. Charles est un homme et les hommes n'ont pas le droit de pleurer. Il sombre dans un mutisme dont il ne sortira jamais. Devenu son seul fils en plus d'être son aîné, Georges est le Veau d'or de sa mère. Dans son monde d'un autrefois très ancien, avant l'approbation des hautes instances familiales, c'est-à-dire d'elle-même, le mariage est une affaire qui doit passer par des raouts triés sur le volet.

Cette visite imposée par son fils avec sa fiancée est pratiquement une tentative de coup d'État. Avec sa toison incendiaire dont quelques mèches rebelles retombent sur ses épaules, son air d'allégorie vivante de la liberté, ses convictions criantes même quand elle se tait, sa mécréance avouée, clamée, revendiquée, Valentine fait l'effet d'une véritable trombe dans l'arène familiale. La religion est pour Cécile un pansement du cœur, l'athéisme de Valentine de l'alcool sur sa plaie. La scission religieuse, sociale et idéologique entre les deux femmes se double d'une autre plus souterraine et encore plus violente : celle des rivalités matriarcales. Dans ce chaos où au deuil d'un fils se mêle la menace effrayante de voir celui sur lequel repose son amour meurtri s'éloigner d'elle, Cécile se dresse de toute sa douleur contre l'idée de cette union.

Contrairement à son frère Henri, plus influencé par son père Charles dont il avait suivi l'exemple en entrant à Agro, Georges s'était laissé inspirer par la lignée maternelle

– laquelle faisait de ses hommes des historiens, des écrivains ou des artistes. Comme son grand-père dont il portait le prénom, Georges avait suivi, brillamment d'ailleurs, un cursus à l'École des Chartes. L'idée qu'une roturière nihiliste et athée prenne les rênes de sa descendance épouvante Cécile, qui y voit un signe mortifère. L'avenir ne lui donnera pas tort.

Enfin, il y a l'âge. À un mois près, Valentine a neuf ans de plus que Georges, et cela saute aux yeux. Pour sa mère, il épouse une Rouge et pour son père une vieille. Ensemble, Charles et Cécile, pour une fois d'accord, refusent de donner leur assentiment. Georges hurle qu'il se mariera quand même. Le verdict tombe aussitôt : Cécile annonce qu'elle lui coupera les vivres. Il sera déshérité. À quoi il rétorque, dans une de ses colères dont il est coutumier, non seulement qu'il s'en moque, mais qu'il se mariera, et devant aucun prêtre. Dans un fracas épouvantable qui fait trembler meubles et murs, Georges claque les portes une à une. Toutes, sauf la dernière, qu'il trouve plus humiliant de laisser ouverte derrière lui.

Les six jours de permission se terminent. Valentine redescend à Montpellier. Georges regagne ses tranchées de boue, de chair et de sang. Il ne reviendra pas avant plusieurs mois. En même temps que la peur, une force nouvelle l'anime. Une fougue qui le tient en vie et les destine l'un à l'autre. Portée par mille rêveries nées de peurs interdites, Valentine sait qu'il n'arrivera rien à son homme. C'est un ordre qu'elle a lancé au destin et elle a l'audace d'y croire. Ils reprennent leur vie de papier, d'encre et d'amour, qu'ils remplissent de promesses d'éternité. Les permissions ne sont délivrées qu'à raison de trois par an et durent une semaine. Ils se revoient quatre mois plus tard et se marient à Montpellier, sans Dieu ni maître, entourés de quelques amis, le 3 juin 1916. Bien que vivant dans la même ville, la mère de Valentine n'assiste pas au mariage. Mère et fille ne se parlent plus, mon père n'a jamais su pourquoi. Les parents de Georges ont été prévenus. La fortune familiale est sauve : un contrat établi par-devant notaire destitue mon grand-père des biens censés lui revenir et de toute autre rente.

Naissance de l'enfant prodigue

Un an plus tard, naît Henri – mon père –, long, maigre, avec d'immenses yeux bleus et sans moustache. À peine sorti du ventre maternel, l'enfant dont le crâne trop gros a été déformé par les forceps plante son regard dans celui de sa mère. Tandis qu'on le lui montre, il ne la quitte pas des yeux. Un amour dévorant s'éveille ce 16 juillet 1917.

Comme ses parents pour leur mariage, l'enfant vient au monde dans le plus grand incognito. Il fait sa déclaration de naissance en quelque sorte « lui-même », sans la présence d'aucun des siens, porté par la sage-femme qui a accouché sa mère, deux employés de la maternité faisant office de témoins. Georges est au front. Sitôt sortie de ses couches, Valentine retrouve son appartement à Montpellier. Elle ne travaille plus. Seule toute la journée, elle s'occupe de son petit, et tombe malade. On ne sait pas exactement ce qu'elle a. À l'époque, on ne parle pas de dépression post-partum ni de baby blues, mais en tout cas, le contexte s'y prête bien. D'habitude extrêmement active, depuis la naissance de son enfant sa vie intellectuelle et politique s'est arrêtée net. Finis les grands débats, les camarades, ses élèves : elle ne voit plus personne et Georges qu'une fois tous les quatre mois. Leur ami, Charles Gerbaud, médecin, qui fut l'un de leurs témoins de mariage, court à son chevet et diagnostique une « grande fatigue ». En attendant, dans la pénombre de la guerre, Valentine file le parfait amour avec son nouveau-né. Tous deux vivent leur idylle, elle tout au bonheur de ce petit homme de sa vie, mon bébé de père sous la monarchie amoureuse et absolue de sa reine-mère.

Et puis les pires choses aussi ont une fin : la guerre s'arrête. Le couple se retrouve à Paris. Le jeune Georges entre comme adjoint bibliothécaire au ministère des Affaires étrangères. Valentine est guérie, leur bébé marche, parle déjà et vole sa mère au pauvre Georges. Il prend beaucoup de place, dort dans leur lit, tète sa mère et bourre son père de coups de pied. L'habitude s'installe et perdure : mon père dormira dans le lit de sa maman jusqu'à l'âge de neuf ans. Le père coléreux ravale son désir, son offense et sa peine par amour pour sa femme. Il a vu pire : une guerre mondiale entre autres.

Frappée d'hypocondrie, Valentine met au ban les amis. Les seuls qu'elle acceptera de rencontrer seront Vincent et Mad Flipo un an plus tard, au premier anniversaire du petit Vincent, leur aîné, parce qu'il ne va pas encore à l'école, qu'ils se voient à la campagne et que l'air y est propre. Vincent Flipo est archiviste paléographe comme Georges. Ils se sont rencontrés aux Chartes. Leur amitié aura une influence heureuse sur l'enfance de mon père et marquera la vie de Georges. Mais pour l'heure, ils se voient excessivement peu. Le couple a d'autres terrains d'entente. Littéraire, politique, par exemple. Valentine coécrit avec

Georges une biographie de Lazare Hoche. Elle est tout à la fois sa muse, sa mentorine, sa première lectrice. Si leur intimité est dérangée, leur vie intellectuelle est épanouie. Ils logent dans un appartement rue Madame, à quelques mètres de celui des parents de Georges, mais ils ne les voient pas : la mésentente réciproque entre Valentine et le « clan Cécile » ne désenvenime pas.

Vient le premier Noël de l'après-guerre. Valentine et Georges ont rejoint le clan à Escoire, au château, lieu familial par excellence : offert en dot à leur mariage, Charles y a annexé des terres qui appartenaient à son père. Toute la famille est réunie, Louise Soudeix, Henriette, sa sœur, sont là aussi. L'enfant étonne : on aurait pu s'attendre à pire. Âgé de dix-sept mois, pas sauvage pour un sou, il sourit à tout le monde, parle – il est même disert, enchante en un mot ces dames. Un ton d'acier poli, d'imperceptible acrimonie, un fiel mielleux – indécelable pour les non-initiés que sont les hommes en la matière – persiste entre les femmes. Il fait partie de toute une gamme d'expressions tout en regards, sourires, silences entendus et demi-soupirs que l'homme ne saisit pas, parce qu'elle ne figure pas dans son lexique de l'âme humaine. Ce langage lui est intraduisible car dans son monde, ce genre de sentiment s'exprime à coups de lame. La cérémonie d'ouverture du duel matriarcal a lieu dans la rotonde. Les petits-fours sont servis, du thé pour ces dames, de la liqueur de prune pour les père et grand-père. Arrimées au même homme, l'une au seul fils qui lui reste, l'autre au seul homme qui lui plaise, Cécile et Valentine se toisent, se dédaignent, se haïssent courtoisement. Face à la morgue assurée de la première, la seconde, endossant le cilice des haines matriarcales, se mure avec son fils dans un donjon d'orgueil.

Cette animosité prend sa source si profondément dans l'âme féminine qu'elle mérite que l'on s'y arrête un instant. L'une souveraine première, l'autre reine promise du même homme, belle-mère et belle-fille se livrent une guerre sans merci que chacune dissimule derrière le même bouclier : celui du cœur. D'un côté, l'amour maternel, aux mille plis stratifiés par le temps, solide comme un roc, enserré dans des siècles de générations ; de l'autre, celui de l'élue, jeune, frétillant, fécond comme la vie, riche de promesses adamantines et de reflets d'éternité. Ni l'une ni l'autre n'avoue sa guerre, chacune s'auréolant d'un halo d'innocence qui jette son ombre sur sa rivale. Nos deux reines se disputent pourtant le même royaume, l'une prônant son image de mère toute abnégation, altruiste parfaite, incapable de vouloir autre chose que le bien de son fils ; l'autre celle de la pureté virginale, de la vestale bafouée, toute beauté, fraîcheur et volupté. Le conflit est inévitable. Une mère ne sort pas indemne de cette fusion avec l'enfant, vitale au début, délétère à haute dose, sans avoir recours à la violence pour s'en libérer. La naissance elle-même le montre, qui s'effectue dans la déchirure, dans la douleur et dans le sang. C'est ce lien d'amour vital – transgénérationnel –, qui nous lie d'un millénaire à l'autre, matérialisé par le cordon ombilical, que la future prend en relais. Chacune sait l'importance de son rôle. Aucune n'est en son cœur plus naïve que l'autre. Prises dans un combat si ancestral qu'elles en oublient la cause, toutes deux forment le même dessein de règne monarchique absolu. Si leur virulence diffère, c'est moins une question d'âge qu'affaire de caractère.

Dans cette « passation de pouvoir », la vieille impératrice est, comme dans les contes, souvent la plus méchante. Une seule chose est sûre : c'est toujours elle qui a tort. Quels que puissent être ses arguments. Car elle n'a plus sa place. Ses débordements d'affect ont le goût suri des denrées périmées. Elle peut bien avoir ses idées, qu'elle ferait bien de passer au tambour de la machine à penser, à douter, à tout renverser, en commençant par elle-même. C'est ce verdict qu'elle doit se donner. Mais revenons à la nôtre.

Cécile domine par l'emprise familiale et la puissance financière. Valentine par la passion et par l'esprit. À chacune son talon d'Achille. L'une la mort d'un enfant, l'autre un bacille qui dort. La guerre est inique mais les camps sont faits.

Cécile pèse lourd en nombre et en histoire. Le clan Cécile, c'est, en plus d'elle-même, Charles, son mari, leur fils Henri – mort compte double –, Amélie – son Premier ministre –, Madeleine, petite dernière à la santé fragile et que tout le monde adore. C'est surtout une souveraineté familiale forgée par des siècles d'aristocratie.

Valentine, c'est la vigueur, la force d'un grand amour couronné par un mariage hors Église et l'unique descendance de sa rivale comme de la sienne.

La tentative de conciliation, à laquelle Georges, aveugle aux arcanes de la vacherie féminine, a cru comme n'importe quel père ou mari l'eût fait, restera sans appel.

Le trio deux à deux

Une véritable guerre froide oppose Valentine au clan Cécile. Le couple ne s'astreint à aucune obligation familiale, repas, célébrations, anniversaires compris. Georges passe voir sa mère de temps à autre, si brièvement qu'elle le surnomme « Coup de Vent ». Depuis qu'il est au Quai d'Orsay, il est très occupé. En plus de son travail, il a un bonheur sur le feu, un enfant dans son lit, plusieurs livres en chantier. Il rentre tard le soir, le petit dort déjà. C'est un trio qui marche en duo dans un équilibre bancal : Valentine-Riri d'un côté, Valentine-Georges de l'autre. Une sorte de ménage à trois dont Valentine est à la fois pivot central et maître de jeu. La troisième branche de cette trinité païenne, la branche Georges-Riri, comprime et son amour et ses rancœurs. Elle ne s'exprimera qu'après que les deux autres seront tombées, laissant à terre un survivant chacune, mais dans un drôle d'état, après la mort de Valentine. Amoureuse de son fils, Valentine fait table rase autour de lui. Georges est mis en orbite. La mère remplace et tue la femme.

Tout ce qui a trait à Riri est chasse gardée. Georges est l'époux de Valentine, son ami, son mentor et, subsidiairement, le père de son bébé. Reine-mère trônant en son royaume, elle seule porte son titre en mot d'enfant : Valentine est « Maman », Riri appelle Georges par son prénom. Personne ne lui apprend à dire « Papa ». Papa lui-même préfère. Ça amuse le couple, ça leur ressemble. Cette absence de marquage, ce gommage du père sème son vent de liberté et ça leur plaît. Père et fils ne se voient pratiquement que le week-end et lorsqu'ils partent en vacances. Là encore, Riri passe ses journées dans les jupes de sa mère, ses nuits dans le lit conjugal, Georges son temps à écrire.

Pétrie de qualités et de défauts superlatifs, Valentine exerce un monopole sur les deux hommes de sa vie. Son besoin titanesque de se sentir aimée s'en trouve deux fois servi. La distance entre Georges et Riri assoit l'un et l'autre dans un sentiment d'exclusivité qui les comble ; jusque-là, leur amour tient essentiellement au fait qu'ils adorent la même femme.

Valentine imprègne l'âme de son petit garçon de tendresse hyperbolique et de peurs maladives qui le gardent captif de son empire affectif. Elle lui explique que, tombée malade à sa naissance, elle doit le tenir écarté des autres enfants, souvent porteurs de microbes qui pourraient la tuer. L'incluant maternellement dans ses névroses, elle craint pour lui autant que pour elle-même. Pourtant, bien que maigre toute sa vie, mon père ne contractera aucune maladie infantile et – on le verra plus tard – résistera à la tuberculose, la diphtérie et à la syphilis qui courent dans sa geôle.

Un tel amour bien sûr ne va pas sans un dévouement complet. Elle ne le quitte pas d'un mètre, lui parle à longueur de temps ; s'il se tait, elle s'enquiert de ses pensées. Elle le promène tous les après-midi au jardin du Luxembourg, cède à tous ses désirs sauf au seul dont il rêve : jouer avec d'autres enfants. Il s'échappe de l'enceinte de sa mère en s'inventant les amis qu'elle l'empêche d'avoir dans la vraie vie. Omniprésente jusque dans ses rêveries, elle est l'interprète de son monde invisible : dans ses jeux imaginaires, elle est la voix de ses didascalies. « Quand j'étais petit, que je pensais à ça (la mort), je me voyais toujours morose dans un coin. Ma mère disait à un petit camarade taquin inventé pour les nécessités de l'histoire : "Laisse-le, il a beaucoup de chagrin parce qu'il va mourir"*. »

Valentine décide qu'elle l'instruira elle-même : après tout, c'est son métier, et son Riri est bien trop « fragile » pour être mis en contact avec d'autres enfants. La cage est posée sur l'oiseau. Elle lui apprend à lire dans les romans de la Comtesse de Ségur qui resteront pour lui, si tragique et aventureuse que deviendra sa vie, sa recette contre l'angoisse, une voix de papier noir sur blanc, maternelle, rassurante, qui lui apporte la paix de l'âme. Le matin, tandis que Jacqueline, à leur service, prépare les repas, elle lui apprend à lire et à penser. Toute à lui, elle se fait à la fois sa maîtresse, son amie, sa grande sœur, sa maman, son idole. L'enfant-roi est cloîtré dans la vie de sa mère. Il est à l'âge où l'on veut l'épouser parce qu'elle est la plus douce et la plus belle et la meilleure ; cet âge où l'on a déjà compris la mort et où l'on se promet qu'un jour on inventera

* Georges Arnaud, *Le Voyage du mauvais larron*, Julliard, 1951.

le philtre qui la rendra immortelle. Prisonnier d'un amour merveilleux, il éponge l'hypocondrie de sa maman. Adulte, il le deviendra. À moindre échelle, à force de ne pas tomber malade, mais finira par y arriver. Car si « rien n'est jamais tout à fait arrivé à un homme avant qu'il ait commencé à se le mentir un peu* », j'ignore dans quelle mesure sa tuberculose, qui se déclarera un demi-siècle plus tard, est ou n'est pas le fait d'un romantisme morbide. Ce n'est pas à moi de le dire, mais je peux affirmer qu'il y a mis tous les ingrédients, et avec cœur. Au point que celui-ci finira par lâcher.

Ainsi maintenu dans cet oxymore du cœur, un élan vers l'amour, un autre vers la mort, une tendresse surhumaine, une peur obsessionnelle, l'enfant devient l'otage consentant de l'enceinte de sa mère. « Tu es mon plus grand amour et je le suis aussi. Si tu t'éloignes, je meurs. » Voilà en somme l'idée phare de cette vraie tyrannie de l'amour maternel qui attache à sa maman ce petit homme de quatre ans.

---

* *Ibid.*

La gifle

Petite, je m'étais moi aussi promis, quand je serais mère, de ne pas scolariser mes enfants. Mon père montait sur ses grands chevaux chaque fois que j'en parlais, m'assurant que c'était la pire des choses à faire, que ça revenait à enfermer un gosse dans une solitude bien trop vaste pour lui, qu'il était fondamental, primordial, nécessaire ! de permettre à l'enfant d'avoir une vision de la vie qui soit à sa mesure et non à celle d'un autre, encore moins celle d'un adulte. C'était le vouer à une fausse perception du monde, au triple risque d'en faire, petit, un enfant malheureux ; enfant, un adulte pas fini ; adulte, un vieil enfant. Rien n'était plus désolant au sens propre, insistait-il, que d'être pris au piège de la volonté et de l'amour d'une mère aussi bien que d'un père. Je n'avais pas le droit de faire un tel choix. C'était un vol de liberté, un sabotage de l'entendement que de priver un enfant de la seule réalité qui lui serait intelligible. Il savait de quoi il parlait : lui-même en avait fait les frais.

Ce sujet nous lançait dans des conversations qui n'en finissaient plus. Je considérais l'école comme une usine à fabriquer l'ennui. On n'y apprenait rien qu'on ne sût déjà, et s'évader par la pensée valait des punitions. Il y avait des barreaux jusque dans la cour de récréation. Mon point de vue me semblait d'autant plus légitime que, là, l'enfant, c'était moi. Et j'étais bien plus prisonnière dans ce système que sous l'empire de mes parents.

— Oui, mais ce modèle pas toujours idéal s'appelle la société, et si elle ne te plaît pas de prime abord, tu dois apprendre à la connaître. Les vacheries, le mensonge, la lâcheté, mais aussi la confiance, l'amitié, l'humour, tu dois connaître tout ça, tu as besoin des autres – et d'autres de ton âge – pour comprendre le monde. Bien sûr, il y aura des abus, des choses qui dépasseront ce que tu peux admettre. Le jour où cette limite aura été franchie, viens m'en parler. Je suis aussi là pour ça.

Je n'étais pas près de le convaincre et lui non plus. La méchanceté humaine, j'avais déjà compris, mon incompatibilité à l'obéissance aussi, j'avais même eu droit au racisme – je parlais l'arabe aussi bien que le français mais j'étais à la Mission française, dans une Algérie fraîchement décolonisée, où la moitié du personnel était faite d'anciens colons qui haïssaient mon père pour ses implications anticolonialistes. Je n'aimais ni mes camarades, ni mes maîtres.

J'avais pourtant un tas d'amis dans le club international où je vivais. Nous habitions dans une « cité diplomatique » où résidaient certains membres du gouvernement et autres ambassadeurs. On y parlait français, portugais, russe, cubain, allemand, sans oublier l'arabe et le berbère. Comme si cela ne suffisait pas, nous, les enfants, on avait ajouté l'« étranger », une langue qu'on avait inventée pour pouvoir échanger nos secrets sans que les adultes ne nous comprennent, et nous la parlions couramment. Du coup, à l'école, au milieu de tous ces enfants soit français, soit francisés, je faisais figure de métèque. En classe comme en récréation, je subissais l'ostracisme unanime de mes petits camarades. Je passais mes journées à me morfondre en réfléchissant à ce monde que j'étais censée comprendre. Je n'écoutais pas. Je ne fichais rien. Je maintenais tristement ma place de dernière de la classe. J'essayais d'apprendre la patience, et même ça, je n'y arrivais pas. Ma voisine de table bâtissait des murailles devant sa copie pendant les interrogations écrites pour se protéger de moi qui n'apprenais jamais mes leçons. Elle était belge et portait des lunettes avec des verres en cul-de-bouteille. Je compris ce jour-là qu'on pouvait n'avoir que huit ans et être déjà vieille.

Ce souvenir fut marqué à jamais dans ma mémoire par l'intervention de notre directeur. Entré à ce moment-là, monsieur Chaffel me surprit escaladant de l'œil l'édifice que ma voisine avait construit. Je savais ce qui allait arriver : Chaffel était un distributeur automatique de claques magistrales. Il me fit venir au tableau, mettre les mains derrière le dos et me gifla. Il ajouta que c'était pour mon bien, que cela servirait de leçon dont il était certain que tous se souviendraient. Je retins des larmes de douleur attisée par l'humiliation avant de rejoindre le coin de la classe où je passai le reste de la matinée debout, mains croisées dans le dos, à douter que mon père sût vraiment de quoi il parlait.

Le lendemain, à la récréation, j'étais au fond de la cour lorsque le redouté Chaffel fit retentir son coup de sifflet pour nous enjoindre de nous mettre en rang. Tandis que tous répondaient à l'ordre strident, je vis venir au loin un grand Oscar avec des moustaches rouges et des oreilles en feuilles de chou : c'était mon père. Il avançait vers nous sur ses grandes jambes en échalas, d'un pas ferme et tranquille. Lorsque nous fûmes tous rassemblés devant Chaffel, il se mit face à lui et lui assena une formidable gifle. La tête de Chaffel, qui s'excusait sans dire de quoi, vola de droite à gauche. Puis, sans un mot, mon père s'en alla.

J'ai une horreur profonde et instinctive de la violence. J'en ai très peur depuis toujours. Est-ce qu'au fond de ma mémoire je porte les stigmates, l'image subliminale, atavique, d'une violence héréditaire ? Je l'ignore. Mais cette gifle eut un effet cathartique, voire réparateur de l'injustice et de la honte subies qu'elle emportait avec elle. Depuis ce jour, les gifles de Chaffel se racontaient à l'imparfait et ma place de paria s'auréola d'une aura de respect craintif.

Mon idée persista tout le long de ma scolarité pour revenir à celle de mes enfants. Je finis par capituler, plus par égoïsme ou par flemme que par défaut de conviction, me contentant de sacrifier la maternelle – pourtant la meilleure classe de notre système scolaire – que je remplaçai par une liberté à leur mesure. Je réalisai alors qu'en effet, prétendre donner mesure à la liberté avait en soi quelque chose de dictatorial, mais il était trop tard pour rendre raison à mon père : il était déjà mort.

La maladie

C'est en trio encore qu'ils passent leurs vacances, l'hiver à Chamonix, l'été partout sauf au château. Et puis le sort change d'humeur à l'automne 1922. Valentine a vomi du sang puis s'est évanouie. Emmenée à l'Hôtel-Dieu, elle est redirigée sur Laennec où elle est hospitalisée pour une première poussée de tuberculose. Atteinte du mal qu'elle redoutait le plus pour son petit. La séparation est d'autant plus tragique qu'elle s'est faite sans adieux. Amélie vient chercher l'enfant et l'emporte avec elle dans la forteresse familiale, à l'autre bout de la rue.

Pour Georges, le monde s'écroule. Il s'est entouré des meilleurs médecins. Aussitôt prévenu, leur vieil ami Gerbaud, qui avait soigné Valentine lorsqu'elle était tombée malade après la naissance du petit, l'a rejoint. Le diagnostic est confirmé. Quant au remède, à part l'isolement et le grand air, il n'y en a aucun. On recommande l'Hôtel du Mont-Blanc, en Suisse, à Leysin. *Nec plus ultra* des sanatoriums du canton de Vaud – que Bernanos appelait « les hôpitaux pour millionnaires » –, l'établissement réunit les plus grands phtisiologues. Avec ses façades plein sud, ses chambres individuelles et leurs fenêtres qui descendent jusqu'au sol, il offre en outre les services d'un hôtel de luxe. Le coût en est exorbitant ; Georges n'a pas les moyens d'en assumer la charge. Cécile payera rubis sur l'ongle les quatorze mois que durera le séjour de sa bru.

Georges accompagne, ou plutôt suit Valentine dans sa nouvelle demeure. La tuberculose, qui a fait plus de morts à elle seule que les deux guerres les plus mortifères de l'histoire de l'humanité, est bien trop contagieuse. Il fait le voyage en voiture avec le vieux Gerbaud. Il a choisi la meilleure chambre pour Valentine, qu'il ne peut approcher au-delà d'une certaine distance. Finis les mots doux chuchotés, les conversations à pleine voix, les caresses et les gestes tendres. Les promesses d'avenir deviennent paroles en l'air, les jours une nuit sans fin, le temps suspend ses lendemains. Pourtant il lui parle d'avenir à trois, merveilleux et tout proche. Tous deux savent qu'il triche. Valentine l'écoute et y met tant de cœur qu'ils finissent par croire dur comme fer à leurs incertitudes.

Tout va bien, la rassure-t-il, Riri se porte bien. Georges a fait tout ce qu'elle lui avait demandé. Leur fils sait qu'elle est là. C'était très difficile, mais il a bien pris garde de ne lui faire aucune promesse. Il a choisi le silence pour lui parler du vide. Quelle langue conviendrait mieux ?

Catapultée sur les hauteurs du lac Léman, Valentine croit devenir folle, de cette folie de mère que les foudres de l'enfantement ont frappée de plein fouet et qu'un mauvais destin a arrachée à son enfant. Elle a troqué ses quartiers de tendresse, ses joutes spirituelles et ses promenades avec Riri dans les jardins du Luxembourg contre un palace à fresques, des plafonds hauts et tristes comme un ciel incolore, une chambre immaculée avec vue imprenable sur le Mont-Blanc et sur la mort. Ses nuits sont hantées par l'enfant qu'elle a laissé sans explication, avec ses peurs qu'elle seule peut apaiser et ses questions auxquelles personne ne peut répondre. Elle sait l'attente, éternelle comme la mort, qui ronge le cœur de son petit garçon. Dans sa chambre, il y a des photos de lui partout. Elle lui parle jour et nuit. Dès qu'elle ferme les yeux, elle voit sa bouche se tordre, ses épaules tressaillir sous les draps au rythme des sanglots. Elle entend ses hoquets, ses spasmes, ses pleurs épuisés. Cette image lui fait bien plus de mal que les caillots de sang que ses poumons recrachent. Pourtant, il faut qu'elle dorme, c'est sa seule chance de le revoir. Elle n'a qu'un seul espoir, qu'une seule volonté, qu'une seule obligation : vivre. Elle s'est interdit de mourir.

Georges aimerait qu'elle lui parle d'eux, même sans mots, avec les yeux du cœur. Son triumvirat amoureux est en train de s'effondrer. Soldat dans la vraie guerre comme dans ses livres, guerrier dont le nom même porte le sens originel, Georges qui a perdu son frère et Dieu sait combien d'autres dans les tombeaux ouverts où ils étaient entrés vivants est sans armure contre le mal d'amour. Pris d'une peur inconnue, qui dépasse toutes les autres, il cherche dans le regard de Valentine l'ombre des mots qu'elle ne peut plus lui murmurer. Mais Valentine, sa Valentine aux grands cheveux rouges et aux yeux si remplis de lumière qu'ils en avaient pris la couleur, Valentine est ailleurs. Un ailleurs sombre comme un ciel d'orage sans éclairs, où des sentiments qui font mal et des pensées qui font peur se donnent la réplique. Il compte sur la fièvre pour faire éclater l'orage, pleurer avec elle, la soulager de ses peurs avant qu'il soit l'heure de partir. Mais c'est une fièvre aseptisée, neutre comme le pays qui la soigne, une fièvre sans féerie et sans délire, une fièvre lucide de mourante. Georges ne se retrouve plus dans son regard. Il n'y voit plus qu'une mer obscure où ne luit qu'un seul phare, leur fils, et c'est sur lui et sur lui seul que Valentine a accroché son cœur et suspendu sa vie.

Gerbaud a repris le train pour Montpellier. C'est la première fois que Georges se retrouve seul depuis la guerre. Il roule sans s'arrêter et pleure sans secousses. Des sanglots d'homme, terribles et silencieux. De grosses larmes tracent sur ses joues deux rigoles rectilignes.

Le sanctuaire de la maladie

Quand j'étais petite, mon horizon familial se bornait à la génération au-dessus de la mienne, c'est-à-dire à mes parents. Ils n'avaient pas d'explication. Je les comprends. Il ne doit pas être tellement facile de répondre à un enfant qui pose des questions sur ses grands-parents : alors voilà… maman ne parle plus à personne ; papa a tué tout le monde. Du moins en a-t-il été accusé… En attendant, ils sont tous morts, et dans des conditions atroces.

Je n'avais donc ni grand-père, ni grand-mère, ni tante, ni oncle, encore moins de cousins ou de cousines. Ma mère avait bien une sœur, une nièce, et même une fille d'un précédent mariage, mais elles avaient été rayées du jeu de cartes familial. J'avais aussi deux demi-frères que mon père avait abandonnés à leur mère, sa deuxième femme, laquelle en avait à son tour confié la charge à ses parents. Il y avait bien eu tentative de recomposition à l'instigation de Maman peu avant ma naissance. Mais ça n'avait été qu'une ruse qui eut pour effet de faire accepter à mon père, encore marié à sa troisième épouse et qui ne voulait pas d'enfants, mon arrivée, en contournant la question de ma conception, puisque je suis ce qu'il est convenu d'appeler « un enfant dans le dos ». L'opération avait porté ses fruits : je pesais quatre kilos à la naissance et mon père tomba en extase devant sa progéniture. N'arrivant toujours pas à lui faire accepter l'idée d'un quatrième mariage fort convoité, ma mère réitéra et le fit accoucher d'une deuxième bosse dans le dos avant de mettre ma demi-fratrie à la porte sans autre forme de procès. Voilà grosso modo un portrait, synthétique mais fidèle, du contexte familial dans lequel je naquis.

Je tombai sérieusement malade vers l'âge de sept ans. Ma maladie, considérée comme grave, l'était d'autant plus à mes yeux qu'elle s'était déclarée le premier jour des grandes vacances et s'était terminée pile au dernier. J'avais une typhoïde, des piqûres chaque jour sur chaque doigt, une autre dans les fesses. Je n'avais plus le droit de sortir, je fus privée de toute fréquentation et même de chocolat. Alitée nuit et jour, je ne recevais de visites que celles de mes parents, des infirmières ou du médecin. Cela dura trois mois d'été, une éternité qui se situe dans mon esprit juste après celle des brontosaures.

Mon père était tombé malade en même temps que moi. Il m'avait dit la vérité. Atteint de tuberculose, il devait partir pour trois mois dans un sanatorium. Je n'avais pas à m'inquiéter : sa mère, à qui je ressemblais beaucoup, avait elle-même fait un an de sana, quand il était petit. Il avait eu très peur car elle n'avait pas eu le temps de lui expliquer sa maladie ni de lui dire au revoir. C'était la raison pour laquelle il venait m'en parler lui-même, assis à quatre mètres de moi, avec une cagoule sur le nez qui ne laissait voir que ses yeux. Sa mère, seul astre qui avait percé le ciel noir de mon ascendance, en était revenue vivante. Il en reviendrait guéri comme il était tombé malade : en même temps que moi.

Il sut me le dire si naturellement, si calmement, que je n'eus aucune crainte. Sanatorium, c'est un mot en langue morte. Ça ne parle pas à un enfant. C'est presque un nom de médicament. Rien là-dedans ne m'inquiétait. Bien au contraire, j'étais le maillon qui continuait la chaîne de ces grands personnages aux grandes maladies. Soudain remplie d'un sentiment d'appartenance qui me blottissait entre une grand-mère sacrée et un papa que j'adorais, je m'installai plus amplement dans ma maladie. Le sort m'avait choisie pour lui tenir la main, pour prendre le relais. N'aie pas peur, Papa ! Tu peux compter sur moi. Je t'attends. Mieux : je t'accompagne ! pensais-je en somme.

J'étais au paradis. Il m'apportait un inépuisable sujet de rêverie, un vrai remède contre l'ennui. Fière de notre trio qui s'étalait sur trois générations, qui défiait le temps et la mort, j'avais enfin une grand-mère ! Moi aussi je m'appelais Valentine, mais ce n'était pas tout. J'avais été choisie. Le sort m'avait auréolée d'une maladie sérieuse. J'avais reconstruit le lien avec mon ascendance.

Plus j'avais de fièvre, plus ce sanatorium prenait des allures de palais auquel seules les grandes âmes atteintes de grands maux pouvaient prétendre. Une sorte de royaume sans faste, tout blanc, un peu ma chambre en bien plus grand. Celle-ci se transforma en un Olympe à ma mesure. J'y logeai mes héros, le Bon Petit Henri – en vérité mon père –, que j'avais bien sûr placé au-dessus de moi, juste au-dessous de ma grand-mère qui trônait au sommet. Flottant autour de nous, chacun sur un nuage de lumière, il y avait le Petit Nicolas, Clotaire, Sophie, Gizèle, Blondine, David Copperfield et Tom Sawyer ; un peu plus à l'écart, Hercule – pas celui des douze travaux, celui de Pif le Chien – et Speedy Gonzales, Astérix, Obélix, Idéfix et Babar l'éléphant, enfin Simon, mon hérisson. Mes forces étaient diminuées mais je n'en avais plus besoin : je vivais sur l'Olympe. Mes hebdomadaires préférés étaient devenus des quotidiens. Je me sentais vieillir. Ma jeunesse rongeait ma vieillesse. Habitante de l'Olympe, je devenais immortelle.

Mon père revint comme promis à la fin des vacances. Je fus guérie à la rentrée. J'en fus si contrariée que j'attrapai la scarlatine et repartis tout droit deux semaines, tranquille sur mon Olympe.

La première mort de Valentine

Georges et Riri ont été testés : pas l'ombre d'un bacille. Murs, sols et plafonds, meubles, objets, literie, vêtements et tentures, toute sorte d'ustensiles jusqu'au moindre porte-plume, tout dans l'appartement est passé au crible d'une désinfection méticuleuse. Riri emménage chez Cécile : Georges n'a pas d'autre choix. Au Quai d'Orsay toute la journée, il passe ses soirées à peaufiner sa thèse de doctorat sur le service militaire à la fin du règne de Louis XIV. Quand bien même il aurait le temps, il ne saurait pas comment s'y prendre avec son enfant. Mon père hérite d'une grand-mère et d'une mère intérimaire : Cécile et Amélie.

Le petit voit son père le soir, à l'heure du dîner. Sitôt qu'il l'entend arriver, il court, se jette sur lui à bras ouverts en criant « Georges ! ». Le repas est servi à dix-neuf heures. Assis entre un père auquel il ne parle pas et une mère qui ne s'exprime plus qu'en soupirs et regards au ciel, qui ne tolère la parole des enfants que si on la leur a préalablement adressée, Georges, que son devoir oblige à être là, ne voit même plus son fils. Amélie compense comme elle peut, avec une douceur un peu raide que Joséphine, dite Finaud, la cuisinière, assouplit en apportant à table de la brioche en guise de pain parce qu'elle sait que Riri en raffole. Georges, que la présence de son père a toujours mis mal à l'aise, attend la fin du repas, dit bonne nuit à son fils, puis rentre seul chez lui, à deux pas. La maladie de Valentine l'a plongé dans une nervosité morose qui le rend encore plus bourru qu'il n'est naturellement. Effrayé par le spectre qui se profile sur sa vie, dévasté par le chagrin et la peur de perdre sa femme, il s'est remis à boire. Il boit comme toute cette génération d'hommes que la Grande Guerre a rendus alcooliques. Il boit seul tous les soirs.

Chez Cécile, les adultes sont des vieillards. Il fait froid dans les chambres et sec dans les cœurs. Valentine fait l'objet d'un mépris sans nom – on ne saurait dire mieux : elle n'est plus ni « maman », ni « ta mère », ni même « Valentine ». C'est sciemment qu'on ne parle jamais d'elle. On l'enterre dans un silence qui le tient bien au chaud dans son bouillon de souffrance. On sait ce que l'on fait : c'est pour son bien qu'on lui fait mal. Il a vu sa maman cracher son sang avant d'être emportée, couchée sur un brancard. Sa voix n'était plus qu'un murmure. Son père a beau lui avoir dit qu'elle était entre de bonnes mains, qu'elle allait être soignée, lui l'a vue frappée de mort vive ; il ne veut rien entendre, il ne croit rien, il veut la voir. Mais Valentine est isolée, et comme personne ne peut savoir ni si ni quand elle reviendra, personne ne lui dit rien. Habitué à une mère qui lui parle de tout, qui lui explique tout, le silence est à ses yeux une façon de la faire disparaître un peu plus, exister encore moins, un mensonge sans paroles et qui en cache un autre dont il ignore tout. Son père a fini par lui dire qu'elle guérirait bientôt. Mais le bientôt des grands, quand on n'a pas cinq ans, c'est une longue histoire. Il ne pleure pas, il est même étonnamment calme, frappé de cette stupeur qu'ont les enfants devant la mort qu'ils prennent exactement pour ce qu'elle est, c'est-à-dire une absence qui va durer toujours. Mais comme longtemps, à leur échelle, c'est déjà une éternité, toujours ne veut rien dire. Il se laisse cueillir par le malheur : les enfants ont l'habitude d'obéir à plus fort qu'eux. Le malheur entre en eux sans crier gare, il les prend tout entiers pour faire, en profondeur, à l'intérieur, son lent travail de sape.

Oiseau sans plumes livré tout nu et sans défense à des mains irriguées par un sang ennemi qui est aussi le sien, il atterrit dans un air souillé d'un poison fatal à tout ce qui touche à sa mère, son démiurge, sa déesse. Cécile le fait installer dans la chambre la plus proche de l'entrée afin de tenir écarté un éventuel bacille clandestin. Une infirmière est appelée à son chevet. Il apprend à dormir tout seul dans un lit vide. À dormir comme un grand, a dit Cécile. « Mais les grands ne dorment pas seuls, s'étonne-t-il. — Toi et moi, si », lui répond Amélie.

Le soir, sous ses draps, il dresse un chapiteau sous lequel rien de mal ne peut lui arriver. Il invente des mots qu'il dote de pleins pouvoirs, prie sa déesse pour qu'elle revienne. Il joue avec des personnages imaginaires, oublie, prie encore. Il rêve tout éveillé, pleure, s'endort quand il ne lui reste plus de larmes. Son antre de paix s'effondre sur son corps.

Vue de ses cinq ans, Cécile lui paraît plus que vieille. Elle est âgée de plusieurs siècles, et puis elle n'est pas très gentille. Quand ses enfants étaient petits, elle était si sévère que ça se sent encore. Heureusement pour lui, Cécile est une mère à la retraite, elle ne pratique plus. Depuis la mort d'Henri, son fils, elle a pris ses distances avec tout ce qui a trait de près ou de loin aux enfants. La religion est son refuge, elle tient un ouvroir rue du Vieux-Colombier où elle tricote avec ses congénères du quartier Saint-Sulpice. Elle ne parle pas, ou si peu. Parler n'est d'ailleurs pas le mot : Cécile émet des sons qu'elle ponctue de soupirs et termine par un souffle de longueur variable. Pas plus que Georges, elle n'est en état de s'occuper du petit. Entendre son prénom foudroie ce cœur qu'elle a à vif, comme si on lui en arrachait la peau. Personne du reste n'ose, tout le monde l'appelle Riri. Enfin, Madeleine, sa cadette, a tout juste vingt ans. Elle est d'une grande maigreur. Sa santé inquiète tout le monde. Madeleine est tenue à l'écart de son neveu qui n'en gardera qu'un souvenir très lointain.

C'est Amélie, vingt-quatre ans, qui s'occupe de Riri. Amélie, dite Lili, a passé son enfance tapie dans l'ombre de sa mère. Elle est la seule des quatre enfants à avoir échappé au dada de Cécile – la flagellation. Elle a appris très tôt à anticiper ses moindres souhaits. Tout aussi pieuse, elle l'accompagne à la messe. Plus tard, elle reprendra son ouvroir. Contrairement à son frère, Amélie est d'un tempérament très calme. Elle a horreur du conflit et redoute les colères des hommes de la famille. Petite, une indicible soif de tendresse s'était transposée dans une boulimie qui lui avait valu, de la part de ses frères, le surnom de

« Bouffie », inspirant son neveu qui la surnommera plus tard « Quart de Tonne », puis « Quintal », quand la guerre lui aura fait perdre du poids. La même violence qui avait fait de ses frères de vaillants soldats a soumis Amélie à l'emprise de sa mère. Fille-lige de Cécile, elle ne se mariera jamais, n'aura ni amant, ni métier, ni passion.

L'arrivée de Riri dans sa vie, c'est le bonheur en personne qui frappe à sa porte. Ce rôle de mère auxiliaire qui lui tombe du ciel est un cadeau de la Providence. Elle s'y dévoue avec toute la tendresse qu'elle n'a pas reçue. Elle lui apprend à lire, s'émerveille de ses progrès. C'est un enfant facile, un peu trop calme car trop seul, dira-t-elle, mais leurs solitudes font bon ménage. Elle aussi dort toute seule. Elle aussi est l'alliée mordicus de sa mère. Elle aussi souffre d'une solitude peuplée de gens qui l'aiment. Amélie passe ses journées à s'occuper de lui. Elle le promène dans les jardins du Luxembourg et le laisse jouer avec d'autres enfants. Le soir, elle lui lit des histoires avant qu'il ne s'endorme. Elle tente quelques câlins qu'il ne lui rend pas, à cause de ce silence dans lequel elle aussi a enterré sa mère. Mais elle se montre si bonne qu'il finit par se laisser faire. Et puis une vraie joie vient alléger sa peine : Amélie l'a inscrit à l'école. Riri fera sa rentrée le 2 octobre dans une structure privée dite d'« enseignement libre » par opposition à l'école laïque, c'est-à-dire où l'on dispense des cours de catéchisme. Ils vont ensemble acheter cartable, plumier, ardoise. Amélie lui fait faire deux tabliers. C'est un bonheur en symbiose. Pour Lili, parce qu'elle gravit un échelon dans ce rôle de mère providentielle qui la comble. Pour Riri, parce qu'il va enfin sortir de cette enfance à huis clos et pouvoir mettre un vrai enfant derrière le mot copain.

Hélas, la réalité ne colle pas à l'idée qu'il se faisait de l'école. Élevé en petit adulte, il a des manières que les autres enfants n'aiment pas. Il ne parle pas comme eux, on lui reproche sa bizarrerie de fils unique élevé par des parents trop vieux. Son air pas comme les autres, son corps trop maigre, ses cheveux rouges et hirsutes, sa taroupe, son enthousiasme de fou, son malheur à fleur d'yeux et ses oreilles en feuilles de chou font rire de peur les enfants sans histoire. On le montre du doigt. Même les copains imaginaires ne serviraient à rien : il n'a plus envie de jouer. Il décroche complètement. Sa maîtresse s'en plaint. Amélie n'en parle pas à la maison. Cécile ne manquerait pas de le répéter à Georges, et Georges… Georges est si nerveux.

Elle protège son neveu comme s'il était son fils, mais elle ne sait pas le rassurer. Il lui manque l'onde adamantine dans l'eau de son regard, celle qui arme l'enfant contre la méchanceté du monde. Il lui manque ces petits mensonges, tellement sincères qu'ils en deviennent vrais, qui lui font croire qu'il n'est pas seulement beau, mais le plus beau du monde, et aussi le plus juste, le plus extraordinaire, le plus aimé surtout. Il lui manque ce qui ferait de lui un petit comme les autres. Il lui manque les yeux d'une maman.

Bien qu'il soit un peu jeune, Amélie le fait entrer à la chorale de Saint-Sulpice. Riri adore chanter et il chante juste, mais il déteste les curés. Valentine l'a bercé aux chants de l'*Internationale* et de *La Jeune Garde*, remplaçant la « Jeune Garde Rouge » par « le jeune Henri le Rouge » qui ferait trembler tous les richards.

Le socialisme dans le chant

Les chants de votre enfance persistent, signent et se gravent dans votre répertoire de parent. Si ahurissant que cela puisse sembler aujourd'hui, mon père me berçait des mêmes chants.

J'ai aussi descendu, avant de m'endormir, de grands boulevards imaginaires, mon prénom repeint en rouge pour l'occasion, avec mission de faire trembler tous les richards pour délivrer le genre humain et faire couler leur sang impur sur le pavé, quitte à y mêler le mien. Je voyais mal quelle réponse apporter à ces louanges au sang versé : nous habitions une oasis qui abritait tout ce que le pays comptait de gente ministérielle et autre corps diplomatique, nous avions une « bonne », enfant de la misère, jour et nuit à notre service, possédions deux voitures, et le moins riche de nos voisins roulait avec chauffeur et plaques consulaires. J'avais déjà peur des microbes et des piqûres, alors le sang impur…

J'adorais Fatima, que j'appelais Maman Tatima, parce qu'*elle* faisait des bisous de vraie maman. Mon peuple d'opprimés était tout désigné. Après avoir convaincu mes camarades enfants d'ambassadeurs et autres pontes du gouvernement de la pertinence de ma cause, voulant montrer à mon papa que j'avais bien compris le message, j'organisai sous ses fenêtres une manifestation aux cris de « Mort à l'esclavage ! À bas la France ! ». Nos voix, la mienne en tête et de loin la plus virulente, déclenchèrent chez mon père une colère toute patriotique qui mit aussitôt fin à mes hostilités. Me faisant signe de remonter immédiatement, il tint sur-le-champ un conseil de crise en tête-à-tête au cours duquel il me reprocha, furieux, le caractère raciste et con de mon slogan. J'eus droit à une explication revisitée de l'*Internationale* et de *La Garde Rouge*. J'arguai que le contexte international était ici bien représenté, sauf chez les gens de maison qui étaient toutes sans exception – et j'avais vérifié – des femmes kabyles ; qu'étant moi-même française, et donc unique représentante du seul pays colonisateur à la ronde, je trouvais juste de porter le flambeau de ma lutte finale en incriminant mon pays. Pour le boulevard, je comprenais qu'il fût déçu, mais le policier qui gardait notre cité avait refusé de nous laisser passer. À court d'argument, mon père me fit une leçon sur la réversibilité du racisme. Je ne saisissais pas bien en quoi l'accusation me concernait. Je parlais arabe et berbère aussi couramment que français – pas lui –, j'avais grandi dans les bras de Fatima, kabyle elle aussi, à qui j'étais si attachée qu'on racontait cette anecdote où, âgée d'un an ou deux, j'avais demandé à mes parents pourquoi Maman Tatima ne dormait pas avec Papa. Affreusement vexée par le reproche d'une bêtise réduite à sa plus concise expression et la plus crue, je mis fin ce jour-là à ma carrière politique et mon père changea de berceuse.

Le pire est que j'ai chanté les mêmes chants sanguinaires à mes enfants sans même y prêter attention. Contrairement à ma grand-mère et à mon père, je ne les en avais pas bercés, mais je m'en étais servie comme arme d'obéissance. Un jour, l'arme s'était retournée contre moi. J'avais des circonstances atténuantes.

Un soir que nous finissions de dîner, Antoine et Georges, âgés alors de treize et onze ans, se mirent à fredonner en boucle les trois notes et demie d'un air de techno qu'ils avaient seriné toute la journée. Vingt fois je leur demandai d'arrêter. Hélas, ils eurent beau essayer, leur martèlement reprenait spontanément au bout de quelques secondes. Je les menaçai – toujours en vain – du moyen de coercition le plus redoutable que j'avais pour me faire obéir, lequel consistait à chanter une chanson à tue-tête et volontairement faux. J'en usais d'ordinaire pour rassembler mes troupes dans les endroits publics quand ils n'écoutaient pas : parcs, plage ou même grands magasins, lorsqu'ils avaient du mal à comprendre le mot non. C'était vache, mais très efficace. Ils obtempéraient aussitôt au cri d'« arrête, arrête, je t'en supplie maman ! ». Devant mon insuccès, je mis ma menace à exécution – au détriment d'Ana, leur petite sœur, alors âgée de trois ans et demi, qui n'y était pour rien – et entonnai à pleine voix l'*Internationale*, en boucle moi aussi. Le résultat fut radical. Un armistice tacite nous délivra chacun de nos tortures, et la paix revint au sein de notre foyer.

Le lendemain, j'accompagnai Ana à l'école de la ville dotée de la plus jolie vue depuis la cour de récréation – critère alors primordial à mes yeux. Tandis que nous grimpions les escaliers de l'École du Château, mon ange de petite fille se mit à chanter l'*Internationale* dont elle avait retenu les paroles, sur le même ton que moi la veille, c'est-à-dire à tue-tête, au milieu d'une foule de mamans toutes plus BSTR* que moi. Je précise que nous vivions à Nice, bastion depuis toujours de forces ennemies.

J'étais déjà *persona non grata* depuis le jour où la même délicieuse enfant avait apporté à l'école une photo qui me montrait dormant enceinte et nue au bord d'une rivière, photo en soi fort belle qu'elle avait exhibée à tous en s'exclamant : « C'est ma maman, regarde comme elle est belle ! » Quand j'étais venue la chercher à quatre heures et demie, tout ce qui représentait l'ordre dans l'école m'attendait au portail, l'œil torve et le pied ferme. Dans un geste d'une discrétion sciemment ostentatoire, la directrice m'avait remis l'objet du crime par elle confisqué, déclamant haut et fort ce qui s'était passé.

Mon cas devait empirer quelques semaines plus tard, après que je m'étais fait refaire une poitrine vidée par quelques années d'allaitement. Montant les mêmes marches, tête haute et le visage radieux, Ana s'était mise à clamer à qui voulait l'entendre : « Ma maman, elle a des beaux tétés tout neufs ! » Les mères, qui jusque-là me regardaient d'un drôle d'œil, se mirent à me voir d'un sale œil. Je faisais figure de Liberté guidant un peuple qui

* Bien sous tout rapport.

ne voulait pas de moi. Un silence venimeux, compact, solidaire, devait dorénavant s'abattre sur mon passage, qu'elles suivraient du regard jusqu'à disparition complète de ma silhouette dans leur champ de vision.

Un chant atavique mettait fin à tout ça. Ana eut droit à une nouvelle école avec vue élargie sur toute la baie des Anges et la rade de Villefranche.

Résurrection de Valentine

Les prières impies de Riri ont été exaucées : amaigrie mais guérie, Valentine est redescendue de son enfer de luxe. C'est une résurrection, un bonheur en sursis, de ceux sur lesquels on se jette avec d'autant plus d'ardeur qu'on les sait éphémères. Georges a loué une maison avec un grand jardin et un parc juste en face et, un peu plus loin, les bois : l'air est bien meilleur à Meudon.

La maigreur a creusé son visage et enfoncé ses yeux. Son teint est pâle, sa voix plus basse d'une octave, ses lèvres plus fines, ses cheveux rouges ont perdu leur éclat, mais tout cela est ravivé par un bonheur qui reprend ses droits. Le trio deux-à-deux Valentine et Riri, Georges et Valentine est enfin réuni.

La vie du couple s'exprime surtout littérairement. Valentine s'immisce sur demande dans le travail de Georges. Elle est celle que sa plume cherche à séduire, celle qui l'encourage et qui le pousse à publier « son » livre. Georges jusque-là n'a écrit que des ouvrages d'historien, des livres sur les autres. *Les Vainqueurs*, son premier roman, connaît un certain succès littéraire dont l'aura rejaillit sur le couple. Leurs soirées se passent à lire, relire, corriger, réécrire, et quand ils n'écrivent pas, ils parlent d'écriture. Tout ce qui reste de passion chez Valentine est tourné vers son fils, tandis que Georges enterre les siennes dans les sous-sols du Quai d'Orsay.

Traumatisée par la séparation forcée, la fusion Valentine-Riri repart en force. Leur besoin réciproque de présence permanente est insatiable. L'enfant reprend sa place dans le lit conjugal. Effrayée à l'idée de mourir en laissant son petit, elle le couve d'une tendresse plus grande que son mal. Son foyer se referme comme une coquille d'huître, elle portant sa perle, Georges en ciel hermétique.

Riri a pris des manières qu'elle ne reconnaît pas. Un an, vu de son âge, c'est un quart de sa vie, et de sa vie consciente, celle dont il se souvient, la moitié, à peu près. Le catéchisme, l'école, la crèche, le petit Jésus et même l'arbre de Noël ! Cécile et Amélie auront tout essayé. Elles l'ont élevé comme s'il était le leur, or Riri est son fils. En allant à l'encontre de tous ses interdits, elles ont voulu la tuer une deuxième fois. Elles ont voulu le lui voler. Une telle acception s'explique par cette tendance très répandue qui consiste à voir nécessairement une intention de nuire derrière les faits les plus banals, s'ils viennent de gens que l'on n'aime pas. Imbus de nous-mêmes jusque dans la souffrance, prisonniers de notre orgueil, nous ne sommes pas même effleurés par l'idée que notre ennemi juré ait autre chose à faire. Blessés, nous faisons déteindre sur l'autre l'aversion que nous lui portons, et, en les lui prêtant pour cible, nous lui tendons le cœur de nos fragilités. Un enchevêtrement de fausses certitudes et de doutes sincères qui s'articule sur les peurs de chacun, change d'anodines, voire de bonnes intentions, en autant de motifs de haine.

Ainsi Cécile et Amélie avaient envoyé Riri à l'école parce qu'il en avait l'âge. Elles avaient opté pour un cours d'enseignement libre parce qu'une éducation sans catéchisme leur était inconcevable. D'autre part, la directrice étant une amie, elles avaient pensé que le petit ne pouvait être en meilleures mains. Enfin, elles l'avaient élevé comme s'il avait été le leur, tout simplement parce qu'il l'était aussi, et parce qu'alors, il n'avait qu'elles.

De même, l'anticléricalisme et l'athéisme de Valentine, son nihilisme, son mépris de l'argent n'étaient pas l'expression d'une haine particulière envers le clan Cécile, mais contre l'entier système que celui-ci représentait. Le conflit n'avait au fond rien de personnel, mais les parties étaient inconciliables.

Dans cette discorde, c'est toute une dynastie que Valentine affronte. Elle est seule contre tous. Bien sûr, Georges est de son côté, mais étant l'aîné, le grand frère, le seul fils, le seul frère, le seul enfin que la guerre n'a pas tué, il est sacrément otage du clan opposé.

Côté Cécile, la mésentente repose sur plusieurs têtes, chacune remplie différemment du même malheur et de ses propres peurs. Elle est plus étendue mais aussi plus diffuse. Pour Valentine, c'est le contraire. Sa rancœur s'intensifie par effet de compensation du nombre par la force.

Enfin, la haine se soude en famille. Cécile et Amélie – petit soldat de sa maman – en tête, Charles par obligation, Madeleine par capillarité. Valentine et Riri de l'autre côté. Riri, cinq ans et demi, est dans une telle fusion avec sa mère qu'il s'imbibe de ses sentiments et s'imprègne de ses valeurs.

Pour Amélie, c'est encore autre chose. Sa mère approche la soixantaine, Valentine a quarante ans, elle vingt-quatre seulement. Elle soutient sa maman aveuglément, mais au fond, cette lutte ne l'intéresse pas. C'est une guerre de vieilles. Amélie est en mal de tendresse, de gentillesse pure. Rejetée par ses frères, effacée par sa mère, Riri est son joker, sa chance de travers, une erreur divine de destinataire. Ses carences affectives sont si anciennes qu'elles l'ont faite, jeune, vieille fille. Ce rôle de mère tombé du ciel lui offre toute la jeunesse qu'elle n'a jamais eue. En reprenant Riri, Valentine devient sa bête noire.

Valentine fait table rase autour de son bonheur. Exit la belle-famille. Cécile et Amélie, Charles, Madeleine, les repas du dimanche et les anniversaires, la rue Madame, le quartier Saint-Sulpice et Paris tout entier sont rejetés en bloc. Riri est déscolarisé. Submergée par l'urgence de combler ce grand vide qui les a séparés, Valentine reprend les rênes de son empire.

Les seuls amis qu'ils fréquentent sont les Flipo. Vincent et Mad ont un enfant, un Vincent lui aussi, de trois ans le cadet de Riri. Ils se voient soit dans le jardin, à Meudon, soit dans une maison de campagne, à Conches, en Normandie, où les Flipo passent vacances et week-ends.

Riri attend ces rencontres comme d'autres le Messie. Vincent est le seul enfant qu'il voit de temps en temps. Obnubilée par son hypocondrie, craignant pour son petit un virus qui en cacherait un autre, celui d'un bonheur sans elle par exemple, Valentine tient fermé le cercle de ses fréquentations.

Marqué par ce que j'appelle la première mort de sa maman, Riri ne s'éloigne jamais d'elle. La vie lui a appris à ne se défaire de sa mère que par danger de mort. Valentine surveille tous ses jeux, ses mouvements, le moindre de ses gestes. Le surprend-elle à rêvasser ou seulement à se taire, elle interroge ses silences. Sa rémission pourrait n'être qu'un sursis, il faudrait qu'elle lui apprenne à se détacher d'elle, dirait le sens commun. Elle en est incapable. Cette interdiction de mourir qu'elle s'était imposée tout le temps qu'elle était en sanatorium s'est étendue jusqu'à l'idée même d'y songer.

Valentine traite son fils sur un pied d'égalité. Elle déteste l'autorité et si elle doit donner un ordre, elle l'enrobe de tant de préambules qu'elle finit par ne plus être très sûre du bien-fondé de son propos. Elle lui apprend ainsi à ne jamais obéir. Maître idéologique en plus d'être sa mère, elle lui parle oppression du peuple, haine des riches, mépris de l'argent, anticléricalisme. Elle y met la passion de ceux dont le temps est compté. Par un contrôle constant de ses activités, de ses pensées, de son entourage qu'elle réduit à elle-même, elle lui inculque, pieds et poings liés, le goût de la liberté.

Préparatifs de grand départ

Depuis qu'elle est revenue, Valentine est suivie par une femme médecin qui devient assez vite son amie. La relation fusionnelle à l'extrême entre Valentine et son fils inquiète le docteur Marie Parmentier, elle-même maman de trois enfants. Sans le lui dire frontalement, elle met en garde son amie contre l'isolement que cette dernière impose à son petit en le privant de la fréquentation d'autres enfants. Alliant un point de vue de mère à l'autorité naturelle du médecin, Marie lui fait entendre qu'il faut penser à l'avenir de Riri. L'alarmer sur le risque d'une rechute ne ferait qu'empirer les choses : l'hypocondrie de Valentine repartirait de plus belle, or son état de santé est stable depuis trois ans. Marie Parmentier aborde donc le sujet de l'équilibre de l'enfant en écartant toute allusion à la maladie. Mais Valentine est si viscéralement impliquée dans l'éducation de son fils que son amie n'a pas d'autre choix que d'opter pour la manière forte. Sur un ton d'une bienveillance incisive, doux et grave à la fois, elle lui expose de façon concise, directe, le danger psychologique de cette situation. Les enfants sont de futurs adultes qui, pour le devenir, doivent passer par le stade d'une vraie enfance, avec de vrais enfants. Une enfance sans enfants est un champ de désolation, un royaume déserté dont on sacre l'enfant roi et peuple à la fois, et qu'on enferme dans une solitude beaucoup trop grande pour lui. Qu'aucun cadeau, aucune gâterie ne peut effacer, aucun principe ne peut justifier. Un enfant a besoin de se construire avec son regard d'enfant, avec ses rêves d'enfant, avec ses bras d'enfant. En lui donnant les clés d'un monde qui ne peut pas être le sien, sa mère lui vole le monde.

Valentine ne comprend pas. Elle ouvre son fils à tous les sujets, elle lui apporte une explication éclairée des choses, de ce qui est juste, de ce qui est vrai. Elle ne lui ment jamais. Elle l'incite à la réflexion, l'exerce à tout remettre en question. Elle lui apprend la liberté. En désespoir de cause, Marie reprend sa casquette de médecin. Valentine sait par expérience que la maladie peut survenir d'un jour à l'autre. Riri souffre déjà de l'isolement qu'elle lui impose. Si quelque chose – une rechute ou la mort – devait arriver, sa solitude s'en trouverait « dépeuplée » et lui enfermé, prisonnier à jamais de l'enceinte d'une mère qui serait partie avec la clé. Il n'aurait plus moyen de s'en libérer. La liberté a besoin de son oppresseur pour naître. Valentine ne lui « apprend » pas la liberté, elle l'enferme dans la sienne. Riri doit être confronté à une réalité qui lui soit intelligible, afin qu'il puisse en déduire ses propres vérités, des vérités d'enfant, auxquelles, si malheur devait arriver, il pourrait se raccrocher avec ses mains d'enfant. Le vase clos dans lequel sa mère le maintient est rempli de vérités qui ne sont pas les siennes. Marie lui fait comprendre qu'il est temps de le préparer à affronter la vie, d'ouvrir son horizon en le mettant au contact d'autres enfants.

Valentine prend le message de son amie très à cœur. Intègre à l'excès, entière dans ses pensées autant que dans ses actes, il lui suffit de quelques jours pour prendre la décision qu'elle pense la meilleure. Ayant entendu le médecin plus encore que la mère, effrayée des conséquences qu'aurait une rechute sur la vie de Riri, elle va combler cette solitude d'enfant. Plus hypocondriaque que jamais, elle continue de bannir l'école. C'est ainsi que lui vient l'idée de lui fabriquer un frère ou une sœur, un copain sur mesure. Ça ne va pas être facile à faire admettre, mais l'idée de laisser son fils seul au monde lui fait encore plus peur. Elle en parle à Georges, qui n'est pas d'accord. Pour lui, si Valentine ne montre plus aucun signe de la maladie, une grossesse pourrait néanmoins lui être fatale. Mais elle n'en démord pas. Elle est guérie. Elle peut très bien porter un autre enfant, et, si elle doit mourir, ce qui de toute façon finira par arriver, elle aura repeuplé la solitude de son petit. Elle a pensé à tout. Une gouvernante triée sur le volet, à qui elle apprendrait sa façon d'être mère, une femme intelligente et bonne, qui puisse la remplacer, s'occuper de Riri si elle devait ne pas survivre. Rien n'est impossible pour la grande idéaliste qu'elle est. Marie, qu'elle a mise dans la confidence, connaît quelqu'un. Georges s'inquiète, la consulte secrètement. Le docteur Parmentier lui affirme que le malade, mieux que personne, connaît sa maladie, et qu'empêcher sa volonté serait faire comme si elle ne comptait plus.

Ce serait la tuer avant la mort. Le fait que son médecin ne s'oppose pas au projet fou de Valentine désarme le pauvre Georges. Le couple en parle des nuits entières et finit par faire ce qu'il arrive qu'on fasse au bout des nuits entières. Georges perd ses craintes et ses arguments dans l'étreinte. Valentine tombe enceinte.

Marguerite Pelaud, quarante-trois ans, ne s'est jamais consolée de la mort de son fiancé et elle ne s'est jamais mariée. Pelaud, c'est ainsi que tous l'appelleront, est aux yeux de Valentine l'incarnation de la sérénité. D'un calme marmoréen, avec sa voix posée, sa façon de l'écouter parler pendant des heures de sa conception de la maternité, tout en elle convainc Valentine qui, pressentant peut-être la maladie qui guette ses lendemains, jette son dévolu sur l'humble Marguerite. Elle lui confie qu'elle est enceinte et lui parle de sa maladie, la rassure aussitôt en lui affirmant qu'elle est guérie. Elle doit seulement s'astreindre à un repos complet et elle a besoin d'aide. Elle n'a pas d'autre choix. Brouillée avec sa mère, elle n'a ni sœur ni frère, sa belle-famille la hait et elle a promis à Riri que plus jamais il n'irait chez ses grands-parents. Marguerite a le temps de réfléchir. Qu'elle sache cependant que son travail ne consisterait en rien d'autre que s'occuper du petit. Elle lui offre un salaire assez mirobolant. Pelaud est engagée.

La vraie mort de Valentine

Un matin du mois de septembre 1926, une heure environ entre le départ de Georges et l'arrivée de Marguerite, Valentine est prise d'une violente crise de toux. Deux petites plaques rouges brûlent ses joues. Sa respiration est courte, rapide, saccadée. Riri l'observe avec de grands yeux immobiles, terrifié. Le regard rougi par un afflux de sang, elle semble ne plus le voir. Elle peine à respirer. La main crispée sur son mouchoir, frappant presque convulsivement de l'autre sa poitrine, elle est en train de s'étouffer. Le mouchoir se tache de sang. Effrayé, Riri lui tend une serviette qu'il attrape sur la table. Elle lui fait signe de s'écarter. Riri ne l'écoute pas. S'appuyant d'une main sur le dossier d'une chaise, elle lève un bras pour éloigner son fils et part sur le côté. Dans un fracas retentissant, elle tombe avec la chaise sur le parquet. Riri se jette sur elle en hurlant « Maman ! », mais Valentine ne l'entend pas. Passant ses petits bras sous les aisselles de sa mère, il tente de la faire glisser vers le vieux Chesterfield qui se trouve à deux mètres. Il tire de toutes ses forces, en vain. Bien que tout amaigri, le corps de Valentine pèse ce que pèsent les corps inanimés : le poids de l'éternité. La fièvre remplit ses yeux que ses paupières découvrent à moitié. Valentine est ailleurs. Une clé se fait entendre dans la serrure. C'est Pelaud qui arrive.

Prévenu par téléphone, Georges revient en catastrophe. Marie Parmentier suit, la rechute pressentie est confirmée : Valentine doit retourner en enfer. L'hôpital pour millionnaires n'est toujours pas à la portée de Georges, qui se retourne vers ses parents. Pelaud reste auprès d'elle pendant que Georges prend son fils par la main et court l'emmener un peu plus haut rue Madame, chez ses parents. Il trouve là Cécile et Amélie, que Riri n'a plus revues depuis plus de quatre ans. Il le leur confie dans l'urgence. Amélie s'est transformée en une femme de trente ans, celle de Balzac. Elle accourt vers Riri qui a beaucoup grandi mais a gardé sa bouille d'enfant. Tenant la main de son père, il refuse de prendre celle qu'elle lui tend. Amélie s'en doutait. Valentine avait montré beaucoup de rancœur contre elle. Riri a changé. Le soir, au coucher, il retrouve le goût de ses larmes sur les draps, et le plafond qui porte encore l'empreinte de ses rêves. Amélie vient le voir mais il ne lui parle pas. Il ne se laisse plus cajoler, ni même seulement toucher. Il est là, en chair et en os, enfin revenu, il est son neveu, son petit dont elle s'était crue la mère et pour qui elle l'avait été à sa manière, de tout son cœur. Valentine qui le lui avait confié quand il en avait eu besoin, Valentine le lui avait repris pour ne jamais la laisser le revoir. Aujourd'hui, il était là, face à elle, inaccessible, distant, prisonnier de l'amour d'une autre, de sa maman, la vraie. Elle le comprenait. Elle-même était l'otage de la sienne, mais elle aussi était sa mère, envers et contre tous. Elle l'aimait.

Lili n'insiste pas. Elle garde son chagrin pour elle. Le soir, alors que tout le monde le croit couché, Riri entend des cris. Reconnaissant la voix de Georges, il sort de sa chambre, se glisse dans le couloir, se cache derrière la porte du salon et surprend une conversation qu'il n'oubliera jamais. Georges est là, dans une sorte de conciliabule entre sa sœur et sa vieille mère. Amélie mortifiée se lamente furieusement. Riri ne lui parle plus ! Après tout ce qu'elles ont fait, elle en particulier ! Elle qui a pris soin de lui, elle qui lui a appris à lire, elle qui l'a choyé, et il n'avait manqué de rien ! Valentine a tout détruit ! Elle la déteste ! Elle la hait ! Riri ne lui parle plus ! Il la regarde comme une étrangère ! Il l'a rayée de son cœur ! Georges s'exaspère.

— Mais tu vas te taire, oui ? Ma femme est à l'agonie ! Tu devrais avoir honte ! Je ne suis pas venu pour entendre tes jérémiades de jeune fille qui voudrait pouvoir encore jouer à la poupée, et dont on a cassé le jouet ! Tais-toi, tu veux ? hurle Georges en colère.

Amélie s'offusque. Outrée, bouche bée, les yeux écarquillés, elle interrompt net sa diatribe. Elle redoute les colères de son frère autant que celles de Charles. Georges est venu demander la prise en charge d'une hospitalisation à Leysin. La réponse donnée par Cécile est sans appel :

— Ne forçons pas la Providence. Dieu choisira les siens, dit la vieille mère avec la gravité compassée des décisions irrévocables.

Quand elle prononce ce verdict assassin qui marque mon père jusque dans ma mémoire, le gosse qu'il est alors se trouve derrière la porte : il a tout entendu. Georges sent monter en lui une colère fulgurante qu'il réprime néanmoins. Transportée en pleine nuit à Neuilly au printemps de l'année d'avant, sa petite sœur Madeleine était morte d'une tuberculose foudroyante quelques heures à peine après son arrivée au Herford British Hospital, rue de Villiers. Cécile n'avait pas eu le temps, comme elle l'avait fait pour Valentine, de lui offrir des soins. Valentine qui avait, au nom de son athéisme, jugé indigne de sa présence la messe de requiem donnée pour Madeleine. Valentine qui n'avait jamais exprimé le moindre signe de reconnaissance pour ce que le clan Cécile avait fait pour elle et, depuis son retour, n'avait jamais permis à la famille de revoir le petit. Valentine enfin, qui avait eu l'outrecuidance de percer à la seule force de son intelligence les voûtes célestes d'un royaume qu'elle avait embrasé. Les vingt-deux ans de sa fille sanctifiée par la mort avaient exacerbé les rancœurs de Cécile. Atteinte deux fois par la perte d'un enfant, Cécile s'est condamnée à une mort qui durera tout le reste de sa vie. Elle en veut à la Providence peut-être autant qu'à sa belle-fille, mais cette dernière peut bien aller se faire soigner ailleurs : ça se fera sans elle. Au mépris de sa bru pour la mort de Madeleine, Cécile lui renvoie celui de la sienne. C'est un chien de sa chienne. Un serpent dont le venin immortel fige le cœur de mon père.

Au fond, la différence entre leurs souffrances tient surtout à leur écart d'âge au moment où le mauvais sort les frappe. Le même malheur atroce, la perte d'un être qu'on aime par les tripes, celle d'un enfant pour une mère, d'une mère pour un enfant, broie par deux fois la vie de la première et, par deux fois aussi, celle du second : une mort qui dure un an quand il en a quatre et demi ; une autre, la même mais sans l'option miracle, tout pile deux fois plus loin : il vient d'avoir neuf ans. Ce malheur qui pétrifie l'âme de Cécile plonge Riri dans un mal qui l'atteint pour toujours lui aussi, mais ce toujours commence au départ de sa vie.

Cécile survit, voulant pleinement mourir ; Riri voudra vivre pleinement, et surtout pas survivre.

L'expression « de bonne guerre » ici fait horreur, mais ce verdict de mort annoncée fait partie des armes immatérielles dont usent les femmes dans leurs batailles. Il vaudra à Cécile et à son clan une haine enracinée dans la plus vieille enfance de mon père.

Ma grand-mère atterrit au sanatorium de Praz Coutant où elle meurt seule et enceinte à prix coûtant deux mois plus tard. Nous sommes au Hameau de Tines, sur la commune de Chamonix. Finis les hauts plafonds : ici les bâtiments sont bas et disposent d'une cour intérieure où les bacilles tournent en rond. Le mauvais sort, reconnaissant, a rendu un hommage posthume à Valentine : ce hameau, qui existe encore, est devenu une « maison d'enfants », institution où sont recueillis les gosses en carence éducative, financière ou sociale, ou encore ceux dont les parents sont atteints de graves maladies.

Riri en veut à mort à Cécile, à sa tante et même à son père. Il sombre dans un mutisme qui le laisse sans voix pendant un an, parce qu'il n'a ni les mots ni l'oreille à qui les confier.

Georges fait transporter, puis inhumer Valentine cinq jours plus tard dans le caveau familial, cimetière du Montparnasse. Cadeau ultime de Cécile, qui, s'adjugeant la mort de sa bru, exprime ainsi son dernier mot. Pour Georges, la Terre s'est arrêtée de tourner. Survenue en pleine nuit, la mort de Valentine l'enfonce, et Riri avec lui, dans une obscurité dont ni l'un ni l'autre ne semble pouvoir sortir.

Georges s'engouffre dans le travail, publie sa *Vie de Lazare Hoche* que Valentine a écrite avec lui. Il termine son deuxième livre « à lui », ceux que Valentine tenait tant à lui voir écrire. *Boîte de singe* paraît un an plus tard. Il se néglige complètement physiquement. Il s'est remis à boire le soir. Beaucoup, mais il n'est jamais soûl.

Père et fils

L'école est un fiasco. Cette mort déjà vécue dans une première vie l'a rendu apathique. Il est un gosse du fond de la classe qui, même collé au radiateur, a froid jusqu'à la moelle des os. Dans la cour de récréation, il redevient l'objet de sarcasmes et moqueries de ses petits camarades. De leur violence aussi. Ils ont trouvé un nouveau jeu : faire dire son mot au muet ou, à défaut, un cri. D'une maigreur squelettique, Riri s'enferre dans son silence. Ils peuvent toujours y aller, il a appris depuis longtemps à pleurer tout à l'intérieur, sans spasmes, sans larmes, sans un bruit.

Riri est inscrit à Montaigne, en classe de 7e. Les jours de semaine, il déjeune chez ses grands-parents. Son père le récupère le soir, ils rentrent à la maison où Pelaud les attend.

Chez lui, à Meudon, il n'y a plus de maman et il n'y a jamais eu de papa. Il y a Georges et Pelaud à laquelle il ne pardonne pas d'être cette parfaite fausse mère. Il lui voue une indifférence loyale, un dédain d'orphelin qui se sentirait trahir en aimant une mère mercenaire substituée à la vraie. Georges est tout aussi malheureux que lui et quelquefois méchant. De toute façon, sous sa chape de silence, rien ne peut plus l'atteindre.

Père et fils font le trajet en auto, matin et soir. Dans leurs aller-retour entre deux purgatoires, le sens Paris-Meudon est celui que Riri préfère. Derrière lui, le paysage qui fuit a englouti l'école, la froideur de Cécile, sa tante monochrome, couleur cendre, vieille dame en avance sur son âge et en retard d'un siècle. Il savoure cette paix motorisée le temps d'un aller simple. Il se rêve déjà grand, pense à ce qu'il voudrait faire en regardant Paris courir à reculons, se dit qu'il se contenterait bien de contempler des paysages venir à lui du fond de l'horizon. Il en oublie ses peines. Elles l'habitent depuis assez de temps pour qu'il commence à s'y sentir comme dans une seconde peau. Il a été vacciné tôt.

Pour Georges, cette demi-heure au volant de la LaSalle bleu-gris avec ce fils, vestige vivant d'un amour mort, qu'il aime comme un père qui ne sait pas ce qu'il a fait de son âme de papa, est un moment de répit dans le chaos qui vient de bouleverser leur vie. Lui aussi accroche son regard au film sur le pare-brise en courant au-devant de tout ce malheur vivant qui embue ses rétroviseurs. La pensée vide, les mains crispées sur le volant, une pluie de symboles s'abat sur son écran. Cette route qu'il prend chaque jour avec son fils à bord, c'est son rôle qu'il répète : conduire son enfant vers sa vie d'homme en faisant bien attention qu'ils n'aient pas d'accident. La voiture, cette belle mécanique, c'est son fils ; le volant habillé de cuir entre ses mains, l'éducation qu'il entend lui donner avec amour et d'une main ferme ; la route et ses carrefours, le destin et ses aléas ; la violence – celle du sort, la sienne –, des accidents de parcours.

Ils arrivent à la villa qui sent la javel et l'absence. La table à laquelle il était assis avec sa mère quand l'heure de la fin de son enfance avait sonné, le Chesterfield sur lequel Marguerite l'avait hissée, l'édredon sur le lit, tout porte encore l'empreinte de Valentine. Aucun désordre, aucune trace de vie : rien ne repousse sous le pied de Marguerite. Un ordre inhabituel règne dans la maison. Georges demande à Pelaud de s'abstenir, au nom du confort psychologique de Riri, en réalité le sien tout pareillement, de toute velléité de génie ménager.

Les résultats scolaires de Riri atteignent le seuil du minimum acceptable dans une famille qui place la barre au firmament. Le père s'est mis en tête de faire travailler le fils.

Le bureau de Georges est une légende. Personne n'a le droit d'y entrer. S'y entassent des piles de livres remplis d'épopées et de personnages illustres qui remontent à la nuit des temps. Des feuilles en jonchent la surface, il y en a toujours une dans la machine à écrire. Georges ne la laisse jamais vide. On y trouve aussi son paquet de cigarettes, un vieux cendrier toujours plein, des clés, un cadre avec une photo de Valentine et Riri, le téléphone à colonne, un encrier en verre, plusieurs porte-plumes. Sur le fauteuil en bois et velours matelassé pend une paire de bretelles. Il a installé une deuxième chaise pour Riri. Le soir, quand ils rentrent, il lui fait revoir des leçons pourtant bien en deçà des connaissances qu'il lui sait acquises. D'un œil oblique, il survole les copies. Les notes et les biffures rouge sang sont une attaque frontale à son orgueil de père. Il retient une colère qu'il sent monter en lui. Sur un ton d'exaspération contenue, toute prête à exploser, il demande à son fils ce qu'il n'a pas compris. Mais Riri ne répond pas : Riri ne parle pas. Blotti dans sa carapace de silence, il refuse d'en sortir. Il n'en faut pas plus pour chatouiller les nerfs du père.

— Tu vas me répondre, oui ? Tu vas me la dire, ta leçon ? commence celui-ci en retenant sa colère.

Hélas, plus le ton monte et plus son fils se tait. Georges se met à rugir :

— C'est pourtant pas bien compliqué ! Ça fait deux heures que je t'explique, nom de Dieu !

Saisissant son fils par le bras, il le secoue. L'enfant ne répond toujours pas. C'est alors que sa grosse patte de soldat, plus large que sa cible, s'écrase sur la joue de Riri qui valse à trois mètres.

— Relève-toi immédiatement ! Et que je ne voie pas une seule larme couler ! C'est toi qui l'as voulu ! Je te donne cinq minutes pour répondre ! Cinq, pas une de plus ! vocifère le père.

Riri ne bronche pas. La déception qui dégouline sur le visage de Georges, qui fuse dans tout ce qu'il exprime, le couperet de ses questions, le ton sec, métallique, de sa voix, l'acouphène qui siffle son cri strident à ses oreilles, tout le remplit d'une peur trop grande pour lui. Il lève son regard sur son père. Il a peur d'avoir peur. Ses yeux humides font le déclic et déclenchent l'explosion. Une deuxième gifle s'abat sur la même joue, faisant couler une larme. Furieux de n'avoir pas su contenir sa colère, Georges hurle maintenant : il braille sur lui-même.

— Ah, tu pleures ? Tu veux pleurer ? Je vais t'apprendre à pleurer ! Un homme, ça ne pleure pas pour une gifle ! fait-il en lui assenant une troisième claque.

L'enfant retombe par terre. Un cri lui a échappé. Son père le traite d'invertébré puis le relève en bleuissant son bras. Soldatesque, il lui ordonne de mettre ses mains derrière le dos et lui rappelle qu'à la première larme, il s'en prendra une autre. Puis il soulève d'un bras son corps en bâton d'allumette et le jette tout debout. Pointe de salive aux coins des lèvres, les yeux exorbités, les narines tremblantes, Georges fulmine, il beugle, gueule des injures. La colère déforme sa figure. Riri se réfugie entre l'armoire et la commode. Son père s'empare des bretelles qui pendent sur le fauteuil. Son fils se courbe, tend sans le vouloir son dos et reçoit à son tour son baptême de flagellation.

Valentine est bien morte. Mon père apprend à ne jamais pleurer.

Tout ça a pris quelques minutes. Hagard, sonné, la tête, le cœur, le corps en vrac, Riri plonge dans un vide qui l'avale tout cru. L'onde de choc est trop forte pour rendre son ressac, trop occupée qu'elle est à la destruction de l'âme d'un enfant. Pelaud a entendu les hurlements de Georges et les cris de Riri. Elle hésite, s'approche de la porte, s'arrête sur le seuil, pose une main craintive sur la poignée :

— Fermez la porte ! hurle Georges.

Sa main tremble un peu plus tandis qu'elle sort à reculons dans le jardin pour voir si les rosiers ne manquent de rien. Et s'acquiert à jamais le mépris et la haine du gamin.

Riri ne comprend pas ce qui arrive. On ne lui a pas appris ce langage. Tout à coup, cette violence fait place à un cataclysme de tendresse paternelle, aussi brusque que les coups qu'il vient de recevoir. Rongé d'une culpabilité rancie par le remords et de vraie contrition, l'iceberg en fonte instantanée se répand en mots qui font du bien. Il vient de vider l'âme de son enfant de toute espèce de sentiment. Avide de calme, d'ordre et de paix, Riri prend cette tendresse à cœur perdu et son père à bras-le-corps. Georges lui sert l'antidote à son propre poison. Il rachète ses frasques à coups d'excuses sincères, de grandes déclarations. Une forme de renoncement, orage de désespoir, un abandon de colère qui lave incontinent la térébrante image de la violence d'un père contre un fils qui l'aime doublement, parce qu'il est son père et qu'il vient de perdre sa mère. Cet amour alourdi par la culpabilité et par le remords ressemble, en puissance, à celui que sa maman lui portait, sur lequel pesait aussi le poids de son hypocondrie, sa peur de la mort. Parce qu'il n'a appris à aimer que par excès, il retrouve dans cette démesure quelque chose qu'il connaît déjà et qui le rassure. Voilà comment se fait l'amorce de cette seconde emprise qui se greffe nécessairement sur la première, que la mort de la mère a rendue immortelle. Cette scène de violence se répétera quasi quotidiennement tout au long de son enfance. Elle constitue l'archétype de la relation qui a lié Georges à mon père. Une violence virulente, fulgurante, volcanique, immédiatement suivie d'effusions torrentielles de tendresse. Jaillie d'un bouillon de colère, cette tendresse n'est ni sereine ni constante. Elle a puisé sa sève dans un gouffre de violence. Ses racines sont profondes. Impatiente, excentrique, elle bouscule l'ordinaire. Georges, qui a le cœur presque aussi bon que mauvaise la colère, ramasse son fils au fond de l'abîme dans lequel il l'a jeté. Peu habitué aux cajoleries, incapable de lui dire « je t'aime », il le promeut au rang d'égal du roi son père. Riri passe de divin enfant à enfant roi puis roi maudit.

À coups de fouet par sa mère, de gifles par son père, Georges a été forgé aux lois de l'obéissance exacte. Soldat par toutes les fibres de son tempérament, hanté par la vie militaire, il veut forcer son fils à plus de discipline ; le faire obéir à ses exigences tout en le persuadant et en se persuadant lui-même, par ces torrents de bonté, du libre consentement de cette obéissance. Il pense faire son devoir aussi. Un devoir passé par quatre ans de guerre ; un devoir d'homme brisé, un devoir d'alcoolique qui frappe aussi fort qu'il est malheureux. Il n'a pas encore la place pour le bonheur de son fils. Il n'a pas de place pour le bonheur tout court. Georges est perdu dans son malheur.

Ayant reçu les soins de premiers secours, mon père apprend à aimer la violence.

Un jour que je lui demandais pourquoi il ne nous frappait jamais – si la question paraît étrange, dans le pays où j'ai grandi, la violence sur les enfants était une pratique si courante, si banale, que n'importe quel quidam – pardon, n'importe quel sale con – pouvait battre un enfant qui n'était pas le sien à la moindre bêtise, il m'avait répondu que son père l'avait battu enfant, et, plus tard, comme il n'avait jamais vu un homme en frapper un autre.

Les peurs trop grandes

J'ai grandi dans une maison remplie de livres, de rires et d'idéaux. Ça c'est pour donner le décor, pour faire joli. Il y avait une bonne salariée par un patron gentil qui méprisait toute peine qui méritait salaire, une chambre d'amis qui abritait toujours un intellectuel en exil, un artiste que ses ailes de géant empêchaient de marcher, un terroriste recherché par toutes les polices, un évadé de prison ; à défaut, un ami dépressif.

J'avais trois ans, ma mère me confiait à un voisin – les Algériens adorent les enfants ! s'esclaffait-elle –, lequel voisin me trouvait si mignonne qu'à peine ma mère m'avait-elle déposée chez lui, il me déshabillait puis m'allongeait sur son canapé, nue contre lui nu aussi. Je devais m'endormir car je ne me souviens pas d'autre chose. Je ne m'en suis jamais plainte. Probablement parce que ma mère elle-même m'ayant confiée, ça devait me paraître normal.

Un an ou deux plus tard, je n'ai jamais su dire, je jouais à la gadoue – après la pluie le beau temps –, lorsqu'un voisin qui avait mon âge me prit par la main pour me conduire dans son appartement où il me remit à quatre ou à cinq grands, je n'ai jamais su exactement, des grands beaucoup plus grands que moi. Ils avaient entre – ça je le sais car le joug qu'ils posèrent sur mon innocence ce jour-là dura jusqu'à notre retour à Paris, cinq ou six ans après – ils avaient entre quatorze et seize ans. On m'allongea sur un drap étalé sur le carrelage. Tandis que chacun me tenait, qui un pied, qui une main – je ne puis dire s'ils étaient trois ou quatre car, terrifiée par ce qui se passait au-dessus de moi, je ne vis pas s'ils étaient un ou deux à me tenir les bras –, le quatrième ou le cinquième me passait sur le corps.

J'avais quatre ou cinq ans, je n'ai jamais su non plus. Ce dont je me souviens, ce qui reste encore en moi avec la même violence paralysante, destructrice de tous mes intérieurs, plus brûlante que la déchirure de ma chair, le vrai viol, c'est l'injustice écrasante, l'insurmontable disproportion de force, l'impuissance abyssale, cette rage broyée par la peur, cette peur qui donne la rage. Je me revois, faits accomplis, être mise à la porte de l'appartement du ministre du gouvernement ami de mes parents. Debout sur le paillasson, examinant mon corps jusqu'au bout des orteils et jusqu'au bout des doigts, comme pour vérifier qu'il ne me manquait rien, à demi consciente que la moitié de mon âme était restée sur le carreau, anéantie, souillée, à l'agonie sur un drap sale. J'entends encore cette voix intérieure, une voix calme, une voix amie, me dire, comme pour tirer un trait définitif, coudre une suture sur mes blessures : « C'est trop grave, il ne t'est rien arrivé. » Je rentrai avec ce secret qui déversa son mauvais sang sur tout mon avenir.

Je n'étais qu'au début de mon calvaire. Comme je n'avais rien dit, pendant les années qui suivirent, jusqu'à notre retour en France, j'avais onze ans et demi, les mêmes ou leurs frères m'attrapaient quand l'envie les prenait, ouvraient leur braguette, en sortaient une chair molle, veule, informe, puis saisissaient mes mains raidies de peur et de dégoût, et les serraient autour jusqu'à ce qu'elle durcît. Le reste s'est effacé, sécurité-enfant de mon psychisme oblige. Je tombai malade. La typhoïde que j'attrapai me sauva pour toutes les vacances. J'eus droit l'année suivante à un voyage à travers l'Europe en pleine année scolaire pour rattraper le coup, avec d'autres voisins où je fus à l'abri. À mon retour, je retrouvai mes affres. Ma douleur s'était transformée en faute. Je n'avais toujours rien dit à personne. Le flic qui gardait l'entrée du pavillon d'accueil des invités officiels s'y était mis aussi. Tout ça se passait dans un tel bouillonnement d'idéaux, au milieu de tant de fêtes nocturnes et autres joyeusetés, qu'on ne remarqua pas la petite lampe en moi qui ne voulait surtout pas que l'on vît qu'elle s'était éteinte ; on ne s'inquiéta guère de mes draps mouillés la nuit jusqu'à mes quatorze ans, ni de ce que, sachant lire et écrire à quatre ans, chacune de mes années scolaires suivantes se terminât par un redoublement. Je devins boulimique. On me trouva moins belle. Vexée de mes échecs répétés, ma mère para à ces humiliations en forçant par deux fois mon passage dans la classe supérieure. Nous finîmes par rentrer en France et cet enfer prit fin. Le problème scolaire aussi fut résolu : malgré un retard de deux années dont je gardai une grande honte, je devins, dès mon premier trimestre parisien, première de ma classe. J'avais beaucoup d'honneur à rattraper.

J'ai longtemps hésité à inclure cette histoire à mon récit. Elle était trop personnelle, et le sujet de mon livre, ce n'était pas moi mais l'histoire de ce drame vécu par mon père activement, et non pas seulement en victime d'un sort béni des dieux qui lui aurait joué un mauvais tour. Je le fais finalement parce qu'elle me donne, sinon autorité, du moins le droit de parler de la violence faite aux enfants.

Parce que je sais.

Je sais ce que c'est qu'une peur trop grande reçue trop tôt. Une peur qu'on vous injecte avec ses piqûres de rappel dont chacune est une overdose, tout au long de votre enfance. Une peur de bête marquée au fer chauffé à blanc de toute la force d'un adulte sur l'âme d'un enfant. Je sais la solitude incurable qu'elle génère. Enfin je sais l'impuissance de l'intelligence, de l'éducation, de la puissance elle-même contre les formes de folie qu'elle engendre. Voilà pourquoi, mieux que lui-même peut-être, je peux expliquer le drame de mon père.

D'aucuns diront qu'on ne peut comparer châtiment corporel et viol. Écrire cette phrase en fait jaillir l'absurdité. C'est une pensée de gens qui n'ont subi ni l'un ni l'autre. La violence non sexuelle faite aux enfants n'intéresse personne. Celle qui implique le sexe fascine doublement parce qu'à la fascination de la violence, seuil de la mort, s'ajoute celle du sexe, origine du monde. La boucle est bouclée dans un seul malheur. Pourtant, elle fait autant de mal. Sexuelle ou non, quand elle est infligée par un parent, l'amour s'y mêle nécessairement car l'amour d'un enfant est inconditionnel et nécessaire. Dans l'exemple qui me concerne, la violence vient du monde extérieur, puis, passée par les mains de ce faux ami qui vous ouvre les bras et qu'on appelle déni, la peur dont elle vous imbibe finit par vous ronger aussi à l'intérieur en détruisant essentiellement les cibles attaquées : le sexe et la confiance en l'homme. Dans le cas d'un enfant violenté par un parent, ce dernier étant dépositaire de la confiance aveugle, nécessaire, du premier, la violence vient aussi de l'extérieur, mais cet extérieur se situe au centre de l'enceinte dans laquelle celui-ci est en train de se construire.

C'est ainsi qu'instillée à son heure la plus vulnérable par le légataire de son âme, la violence s'était installée dans le cœur de mon père. Or, cette violence subie est héréditaire. Georges n'a fait que transmettre ce qu'il a reçu. Mon père y a mis fin : nous ne l'avons jamais subie. Il y est allé un peu fort. En mémoire vive de ce qui lui a manqué de force quand il était enfant.

Les secrets qui font mal

> « Plus généralement, l'homme passe sa vie à apprendre ce qu'il savait, à réaliser un danger dont la notion glissait sur lui sans l'inquiéter, à réentendre des musiques ou des paroles qu'il sait par cœur, et à les réentendre comme s'il ne les avait jamais entendues, comme s'il les entendait aujourd'hui pour la première fois, à regarder d'un regard neuf, et en se frottant les yeux, le même paysage, meublé des mêmes objets matériels, qui n'avait jamais jusqu'ici retenu son attention. »
>
> Vladimir JANKÉLÉVITCH

Cette conversation fut la plus brève de notre vie. Quand je lui pose la question, je ne pense pas une seconde que ce n'est pas vrai. Je ne sais pas pourquoi, mais c'est aussi pour ça que je n'ai jamais dénoncé mes pourfendeurs d'innocence. Je savais qu'il les aurait tués. C'était écrit en lettres capitales dans le ciel de mes peurs. Le meurtre avait été commis de façon lapidaire, les aveux qui le confessaient l'étaient de manière laconique. Claire, concise, directe. Mon père m'a juste dit la vérité. Il fallait son regard et le silence pour lui laisser la place d'atterrir en moi tout entière. Comme un avion dans la tempête a besoin d'un radar et d'un grand terrain vide. Pour éviter le crash. Aucune explication ne pouvait la soutenir. La décence exigeait de ne pas y ajouter de mots qui n'y avaient pas leur place. De ne pas l'enrober d'excuses : il n'en avait aucune. Il avait répondu à ma question qui était de savoir si oui ou non. Il me serait facile d'échafauder, de disserter, d'étoffer cette conversation pour satisfaire à la concupiscence de voyeuristes de l'horreur. Ce serait malhonnête de ma part, impardonnable de la sienne. Ce sordide n'eut pas lieu. L'horreur a sa probité. J'ai voulu savoir de lui, comprendre par moi-même. Il n'a pas triché. Il n'a pas profité de cet amour immense, de cet aveuglement d'enfant pour me vendre son désastre. Il m'a livré la vérité dans son appareil le plus simple. Au risque de me perdre, il m'a laissée libre d'en faire ce que je voulais.

Il m'a fallu un demi-siècle pour surmonter le déni. Il m'a fallu l'amour d'une fille qui se place en mère, puis en sur-mère, si le mot m'est permis. Me faire la mère de chacun pris à part, ou mère universelle. Parce que personne ne peut comprendre, regarder sans juger, aimer en surpassant les haines des uns envers les autres comme une mère peut le faire. Il m'a fallu aussi me défaire de l'emprise de l'amour, ici à la hauteur de l'envergure du personnage, c'est-à-dire colossal, pour faire fondre la glace du déni, passer outre l'effroi, pouvoir admettre l'inacceptable. Fuir l'amour pour éviter la haine. Affronter seule mes colères magistrales sans adversaire sur qui les déchaîner. Les ravaler ensuite, fuir le couperet du jugement, cet arrêt par défaut, cet antidote de la compréhension, certificat non pas de bonne conscience mais d'une conscience infirme. Moins que personne, je n'avais droit à un jugement qui n'aurait su être impartial. C'était l'affaire de ceux dont ce n'était pas l'histoire. Ce n'était d'ailleurs pas tout à fait la mienne non plus, mais c'est le cœur empêtré dans ses lianes que je suis née, que j'ai grandi. Je la livre aujourd'hui parce qu'elle doit être sue. Parce que dans cette tragédie vivante, le seul qui a échappé au mauvais sort qui lui courait après en lui tordant le cou, a, dans sa course folle, sa macabre entreprise, fait déborder son drame sur la vie d'une pure innocente, je dois cette vérité. Enfin parce que, après avoir passé un an dans les abysses de mon sang, c'est à cette seule encre que j'ai écrit le drame qui l'avait fait couler.

C'est l'histoire de mon père, un homme que j'aimais comme le laisse transparaître l'espace qui noue entre elles les lettres de mes mots et ceux qui les séparent. Car l'amour est indéfectible. J'ai cherché la vérité derrière celle que je savais, sans jamais oublier l'horreur.

— Je t'aime. C'est tout ce qui compte.

Il me prend dans ses bras, je plonge dans un déni qui va me faire remplacer Louise par Cécile trois fois de suite, à vingt-quatre, huit et douze ans d'intervalle. Jamais je n'oublie qu'il a tué, je ne nie pas sa culpabilité, je désamorce seulement les faits de leur réalité, je les désosse, pour rester dans le ton. Mon père a tué, mais ça n'a pas de sens. Ce sont juste des mots que l'on peut dire rarement, et donc ils impressionnent. Je ne garde le secret que vis-à-vis de ma mère, parce qu'elle lui a fait promettre qu'il ne nous le révélerait jamais et qu'il me l'a demandé. Mais à part elle, j'en parle à quiconque me paraît capable de m'aider à comprendre. Et je n'en trouve qu'un seul : lui-même. Mon champ de confidence grandit avec moi. J'en parle facilement. Je ne suis pas faite pour garder les secrets. Non pas par faconde, mais parce que rien ne m'intéresse plus que de comprendre. Plus un secret est mystérieux, moins je le garde. Que l'on n'aille pas penser que cet aveu ait été excessivement traumatisant ni qu'il fût terrible à porter : ce n'est pas moi qui ai croulé sous son poids et je sais trop ce que c'est qu'un secret qui fait mal pour m'approprier ceux des autres. On ne badine pas avec la haine. On vole ce qu'on envie, personne n'envie le malheur. Le vrai malheur s'oublie, il se cache, il se fuit, et le plus vite possible. Ainsi certains enfants d'Afrique effacent le leur à grand renfort de rires et courent au-devant sur des planches à roulettes parce qu'ils n'ont plus de jambes.

Le Copain Formidable

Dans la bibliothèque, il y a plus de dix mille livres. Riri dévore tout ce qui accroche son attention au-delà des vingt premières pages. Passionné de drames anciens, nouveaux, irrésolus de préférence – le sort a de ces tours –, Georges collectionne des revues particulièrement fécondes en histoires sanguinaires, que Riri prend goût à feuilleter. Ancêtres de la bande dessinée, l'on y tue à cœur-joie : caricatures, meurtres en couleur, manuel du parfait assassin, Riri est un lecteur friand de *L'Assiette au Beurre* et du *Journal des Assassins* dont les petites annonces où l'on recrute des meurtriers le font mourir de rire.

Il a troqué le *Roman de Renart* et ceux de la Comtesse de Ségur contre d'autres dont il ne se lasse pas : tous ceux de Dumas père, la Comédie humaine, *Les Aventures de Mr Picwick*. De là il jette son dévolu sur Mark Twain, *Les Aventures de Tom Sawyer*, celles de Huckleberry Finn qu'il décide de lire en anglais. Puis il passe à Virgile, que Georges lui fait lire dans le texte, au théâtre classique, enfin découvre Beaumarchais, Marivaux, et les romans de Georges Courteline.

L'école est toujours un désastre. À la maison, les coups pleuvent régulièrement mais entre deux bourrasques, père et fils s'entendent à merveille. Georges cède à tous les désirs de son fils, il le gâte à outrance, pose pour principe éducatif l'absence de barrière, puis, ne pouvant toutes les retenir, une lui échappe, lourde de la rancœur de toutes celles qui n'ont pas eu leur mot à dire. Riri prend en horreur définitive jusqu'à l'idée de l'autorité.

Mon père ne donnait jamais d'ordre, jamais je ne l'ai entendu crier ni même élever la voix. Quand il voulait être obéi, il le disait et cela suffisait. Un temps mort d'une seconde dans son intonation, une virgule dans la voix, une lenteur dans le mouvement des paupières, un feu follet dans l'œil, autant de marqueurs à peine perceptibles de cette autorité subie à coups de gueule et à coups de fouet rendaient à ses demandes l'autorité que tout en lui vomissait.

Georges initie son fils à ses centres d'intérêt : l'histoire récente, l'histoire vivante, la politique, et bien sûr la littérature. Père et fils se trouvent des goûts communs qui enrichissent leur amitié. Riri parle comme un vieux plus vieux que son vieux lui-même. À force de lire Virgile et Horace en latin, il a pris de drôles d'habitudes : il parle à l'imparfait et au plus-que-parfait du subjonctif et il ne comprend pas pourquoi ça énerve les autres enfants.

À la récréation, ses manières ne lui valent rien de bon. En classe non plus : ses notes s'en ressentent. Georges fait son devoir. Les raclées pleuvent à tour de bras, que leurs réconciliations en urgence essuient aussitôt. Le père en souffrance active se transfigure en Copain Formidable. Le titre de papa lui restera inaccessible. Désormais, Georges et Riri s'appellent « vieux », ce qui en langue d'aujourd'hui équivaudrait à « bro ». Une paix lourde, imposée avec la même rage, un calme d'après l'orage règnent dans la maison. Les deux copains sont de mèche : le vieux oublie son devoir, le jeune digère sa leçon.

La mort de Valentine a cependant permis le retour des copains. Georges les convie le vendredi et le samedi. Jouvet, Billy, Giraudoux, Morand, Léautaud, voilà pour ceux dont je sais le nom. Il y en a d'autres. Parmi eux, un avocat et brillant orateur nommé Maurice Garçon. Le Copain Formidable n'oublie jamais son fils : Riri a droit à son petit verre de whisky. Il a neuf ans et demi. Mon père apprend à boire à même l'ivresse.

Leur vie de château

Vincent et Mad, qui habitent rue Madame, ont proposé à Georges de s'occuper de Riri les jours de semaine en attendant qu'il rentre du travail. Mad vient le chercher après la classe avec le petit Vincent qui a maintenant deux sœurs, Colette et Françoise, et leur fait prendre leur goûter. Vincent père s'occupe des devoirs. Riri se retrouve dans un monde ami, où les enfants sont gentils avec lui et les devoirs se font sans coups. Mad le traite avec la même douceur, la même indulgence de maman, les mêmes tartines pour ses quatre-heures que pour les siens. Riri recouvre la parole.

Georges aussi semble aller mieux. Le retour à la vie, celui des amis, le soutien de Vincent et Mad lui ont rendu sa bonne humeur contagieuse, revigorante, explosive elle aussi. Il garde pour Riri ses descentes aux enfers.

L'été, père et fils partent en vacances. La première semaine seulement tous les deux. Puis, en manque de présence adulte, Georges dépose Riri au château, rejoint quelques amis aux quatre coins de la France, avant de redescendre quelques jours à Escoire. Le petit a manqué au clan Cécile durant le règne de Valentine, et si pour lui les congés s'arrêtent là, il reste encore un mois avant la rentrée scolaire. Riri découvre la vie de château.

Enfant du terroir, passionné par son métier d'agronome, Charles, son grand-père, passe son temps dans les champs. Au début de sa carrière, il avait monté une ferme expérimentale d'une centaine d'hectares où il mettait à l'épreuve le fruit de ses recherches menées dans les laboratoires parisiens, étudiant sols et cultures, élaborant toute sorte de fertilisants à partir d'éléments azotés et minéraux lâchés dans la nature par les industries, comparant entre elles les valeurs alimentaires de plantes fourragères, légumineuses et autres foins, échangeant avec les paysans ses théories avec leurs connaissances pratiques, ce qui lui confère un avantage notoire sur ses pairs de l'Institut. Ses travaux avaient permis d'éradiquer une source importante de pollution des cours d'eau et de l'atmosphère tout en servant les intérêts de l'agriculture. Mû par la même passion, son fils Henri, entré lui aussi à Agro deux ans avant sa mort, l'avait suivi aux champs depuis tout jeune. Aujourd'hui, il continuait de mener ses expériences sur l'alimentation des chevaux, des porcs et de tout ce qui possédait des pattes et qui ne parlait pas. Comme la religion l'était pour Cécile, ses terres étaient devenues le tombeau grandeur nature de sa douleur. Tout cela explique sa présence continuelle dans les champs et son absence entre les murs du château.

Riri se retrouve donc seul avec Cécile, Amélie et Louise. Il n'y a pas d'enfants avec lesquels il pourrait jouer. Son drôle d'air, son corps malingre et l'imparfait du subjonctif le tiennent à l'écart de ceux de son âge. Pour tromper l'ennui, il se lance dans des aventures à sa portée. Il a découvert un menhir caché dans les buissons. Un menhir que lui seul peut voir, un menhir à sa taille et rien qu'à lui où il cache les trésors en chocolat qu'il a volés dans la cuisine. Il se fabrique une tente de fortune dans les sous-bois, veut y dormir la nuit. Cécile s'offusque, Amélie s'affole, le copain formidable donne le la par téléphone.

Georges se transforme en épouvantail quand il est au vert. Il ne supporte la campagne qu'en coup de vent, alcoolisée et pleine d'amis. Il n'aime pas Escoire et ça se sait. Pour Riri, ça se sent. Son père s'énerve encore plus vite qu'à la ville. Dans ce château chargé de souvenirs, Georges perpétue la tradition : la moindre saute d'humeur suffit à lui faire descendre son fils dans les caves du château. C'est là que la vieille douairière envoyait ses petits attendre leur châtiment. Oh ! celui qu'il inflige à Riri n'est rien à côté de ceux que lui avait subis. L'aîné des quatre, sa punition devait servir d'exemple. Cécile s'y appliquait. Pire que la flagellation était l'humiliation. Ses frère et sœurs assistaient au spectacle des efforts de leur mère leur inculquant la peur du péché. Les deux garçons avaient fini athées. Amélie, comme on sait, s'était pliée à l'autorité de sa mère. Sa faiblesse musculaire et une grande maigreur avaient tenu Madeleine à l'abri.

Durant les quelques jours qu'il passe au château avec son père, des disputes éclatent tous les jours, mais c'est inscrit dans les habitudes familiales depuis si longtemps que personne ne dit rien. Par mimétisme – car ce n'est pas dans sa nature – Riri, qui pratique les humeurs de son père quotidiennement depuis deux ans, apprend à se mettre en colère. Il est à bonne école.

La violence de Georges vient du cœur. Il ne peut pas la contrôler, c'est un défaut de fabrication, un vice de forme.

Elle est héréditaire, il n'y peut rien. Georges a le cœur honnête, franc, entier. Il est violent en toute sincérité. Pendant ses brusques déchaînements, il sait qu'il fait mal, mais sa conscience ne suffit pas à l'arrêter et cette défaillance décuple sa colère. Lorsque enfin cris et coups viennent à bout du courroux, la conscience reprend le dessus. Une sorte d'écœurement de lui-même enraye la colère. Croulant sous le poids de la culpabilité, Georges se maudit, il se morfond. Le châtiment a effacé la faute. Pour remettre les compteurs à zéro, il le rince à l'eau grise de ses remords. Les hurlements et les injures deviennent complaintes et regrets. Les larmes que Riri voit tanguer dans le regard de son père lui rappellent celles que le même lui a appris sous la menace à ne jamais verser. Cette disparité de force de caractère contrebalance dangereusement celle de la force physique et de l'âge. Le spectacle de la faiblesse de Georges se liquéfiant soulève en lui une répugnance insurmontable. Et en même temps, il l'aime, parce que c'est son père. Ce mélange d'amour et d'écœurement, ce dégoût édulcoré qui a honte de lui-même s'appelle la pitié. Le père en perdition ravale ses larmes ; le copain formidable prend la relève.

À une répression en perte de contrôle se substitue une liberté contrôlée qui enivre l'enfant et lui fait oublier les coups. Son pauvre père est prisonnier d'une souffrance qui porte le même nom que la sienne et il le sait. Là où Riri aurait besoin d'un père, il trouve ce copain formidable. Là où il lui faudrait un papa, il trouve un père qui connaît mal son rôle et dont la rage imprègne chaque fibre de ses muscles quand il est en colère. C'est au premier que l'amour d'un fils va s'arrimer. Et au second la haine.

La mort de Charles

Malade sans qu'on trouve de nom à sa maladie, Charles ne se remet pas de la mort de Madeleine. La même neurasthénie sans nom l'avait cloué au lit à celle de son fils Henri. Le coup avait été d'autant plus dur qu'entré à l'Institut un an avant la guerre qui devait le tuer, son fils avait aussi été son élève. Cette dualité complice représentait pour Charles l'accomplissement le plus réussi de sa vie de père. Henri avait été le fils de Charles comme Georges était celui de Cécile. Il avait mis près d'un an à refaire surface. Le soutien sans faille de ses étudiants, lesquels avaient perdu un camarade en même temps que leur maître, avait fini par lui faire reprendre sa chaire à l'Institut. L'affection que le vieil homme leur portait s'en était trouvée démultipliée. Sa paternité endeuillée s'était reportée sur l'ensemble de ses disciples. À aimer une foule, il ne trahissait personne. Son retour à l'Institut avait fait la joie de tous ses étudiants. Froid avec ses pairs, il s'était complètement dévoué à ses élèves, les conseillant, les aiguillant, les aidant dans leurs choix. Il trouvait auprès d'eux l'admiration que les siens lui refusaient. Sa paternité prenait une forme professorale, scientifique, indolore. Charles et ses étudiants étaient liés par l'amour du savoir et de sa transmission. Leurs idées s'exprimaient en formules chimiques, elles ne créaient pas de sentiment, tout au plus une estime, une grande confiance. C'était un amour sans passion, mais un amour vivant, qui apportait une vraie consolation. Charles vivait par dérivation une sorte de résurrection de sa paternité meurtrie.

Si l'amour du métier et le besoin de reconnaissance avaient eu raison de cette première mort, celle de Madeleine le fait sombrer dans une désespérance dont il ne se relève pas. Parce qu'il l'avait toujours appelée « mon petit oiseau chéri », parce que la maladie l'avait, d'anorexique, rendue cadavérique en quelques jours à peine, enfin parce qu'elle était la plus jeune et la préférée, rien ne sauve Charles du gouffre dans lequel il s'enfonce. Le vieux père tombe malade. Son fils aîné ne lui parle plus, le second est mort lui aussi, Cécile a le cœur corrodé, Amélie, par toutes ses différences d'avec sa sœur, physiques autant que de caractère, ravive sa souffrance, son désespoir ultime. Charles meurt de chagrin au petit matin, le 15 mars 1930.

Comme pour le mariage de Georges, la naissance de mon père, la mort de Valentine, personne ne se déplace. Un employé de maison est envoyé faire la déclaration de décès.

La langue verte

Dans cette famille, la langue est châtiée et l'on ne peut tout dire. Georges n'est pas le premier à s'y être senti étouffer. Son arrière-grand-père, Pierre-Alexandre Gratet-Duplessis, deux fois recteur d'université et même d'académie, publiait sous le pseudonyme de Hilaire le Gai des ouvrages sur les calembours, boutades, bêtises et proverbes trop populaires pour être admis dans son milieu. Sorti du même fournil, Georges se découvre, jeune soldat, une vraie passion pour l'argot. Le poison ultrasonique de cette langue verte, virulente, ses mots féroces qui claquent leurs sonorités de sédition le fascinent. Il en tombe amoureux et transmet tout ce qu'il en sait à Riri.

Cette grande liberté entre père et fils consiste essentiellement en une façon de parler, au sens propre comme au figuré. Au sens propre car ce que le père autorise avec l'usage de l'argot, c'est avant tout une familiarité qui permet à Riri de parler sans crainte de tous les sujets. Cette aisance est servie par un vocabulaire plus cru, plus mordant, plus en phase avec ses tourments. Portée par des mots qui lui ressemblent, la violence encaissée se sent mieux exprimée.

À table, lors des repas de famille, Riri en use, s'en amuse, en abuse. Chaque rafale que ses mots exhalent, en décoiffant grand-mère et tante, ranime son âme meurtrie. Véritables sésames de la déconfiture, ils couvrent d'airs déconcertés les visages les plus graves. Miroir déformant qu'il porte sur le bout de la langue et qui défigure pour de vrai. Riri, qui lit Virgile dans le texte et parle couramment la langue de Shakespeare, devient maître en argot. Il s'en fait un passe-temps, un effaceur d'ennui. Au lycée, cette violence du verbe plaît et le propulse très vite au rang de caïd verbal.

Façon de parler au figuré aussi, car si Georges pense que cette levée de barrière langagière, en élargissant le champ de l'expression, offre un meilleur contrôle, une veille plus avertie sur le fond de l'âme de son fils, il se trompe. Le vent de ces mots-là ne souffle qu'en surface. Ce qui se passe en profondeur est sous scellés. Il faut pour s'en défaire une mère parfaite, un psy *ad vitam aeternam*, ou quelquefois un meurtre.

La crudité de ces mots d'argot dans la bouche de son gosse lui fait grincer les dents du cœur. Il les tolère tout juste, mais il n'en montre rien. Cette liberté contient assez de démesure pour couvrir leurs excès. Excès de violence, excès de remords, excès de tendresse. Couple parental frappé d'hémiplégie, amputé de sa moitié, Georges est un veuf qui ne cicatrise pas. Écarté par la guerre puis par une maternité qui avait dévoré sa femme, il a pris son rôle de père sur le tard, comme on saute dans un train en marche. Il a loupé l'arrêt Papa et veut à tout prix le rattraper, mais il n'y a pas de marche arrière et on ne vend pas de billet de retour, car le passé n'existe plus.

Ébloui par une complicité explosive et brillante comme un feu d'artifice, obnubilé par sa quête du copain si longtemps interdit, mon père aime chez le sien ce copain formidable qu'ils se sont fabriqué. Un copain schizophrène, tantôt fils, tantôt père, selon qui tend la main le premier. Ce copain par défaut pour le gosse, faute de mieux pour le père, est pourtant bien un père. L'enfant aussi est bien un gosse qui grandit dans un monde en voie de disparition. Georges et Riri s'aiment à côté de la plaque. Sur la question des sentiments, Georges ne conjugue qu'à l'excessif. Ce père, que le destin a privé de paix, puis de frère, puis de fortune, puis de son rôle de papa, puis de sa plus jeune sœur, enfin de son grand amour, exerce sur son fils une garde rapprochée contre tous les dangers. Sa surveillance s'étend si loin et vers tant d'azimuts qu'il ne voit pas celui tout chaud qu'il a entre les mains, qu'il entretient tantôt à gros bouillons, et tantôt à feu doux.

La fugue

Fort de ses prouesses verbales, de ses quatorze ans et de son mètre quatre-vingts, mon père se taille une place dans l'arène du lycée. Il y a même un ami, fils de chartiste et orphelin comme lui, mais côté père. Pierre-Louis et Riri partagent un goût théâtral de la farce et du fond de la classe. Exit le vilain petit canard, entre en scène un cygne pas très beau, que son verbe incisif transmue en canaille germanopratine, lui assurant une paix presque craintive dans la cour de récréation. Pendant le cours de mathématiques où tous deux se comportent comme s'ils étaient en permanence, le professeur ramasse les copies d'un devoir à rendre. Toutes sauf deux. Furieux, le prof déclame leurs noms – toujours les mêmes – sur un ton las :

— Giraaaaaard ! Herbeeeeeet !

Habitués eux aussi à son mécontentement, les deux élèves lèvent un regard tout aussi las, à la limite de l'insolence, qui fait sortir le vieil homme de ses gonds. Les désignant d'un bras furieux, il les somme de sortir immédiatement :

— Prenez la porte !

Les deux amis se lèvent, dégondent la porte et l'emportent avec eux. Leur blague, qui amusait encore mon père quand il la racontait, les expédie tout droit dans le bureau du censeur, d'où ils ressortent presque aussitôt, tenant chacun son bulletin d'exclusion en main. Tandis qu'ils déambulent le long de l'esplanade du Luxembourg, mon père de quatorze ans n'ose pas avouer à son ami qu'il a peur de rentrer : ça ne colle pas à son statut de mauvais garçon des beaux quartiers. Ils se quittent à l'angle de la rue d'Assas. Mon père descend songeur le boulevard Montparnasse. Ce renvoi est la pire sanction qu'il ait jamais reçue. La colère à laquelle il va avoir droit promet d'être plus Georgiaque que jamais. Tout en marchant, il réfléchit à ce qu'il pourrait faire pour éviter le pire et ne trouve rien d'autre que la fuite. L'idée lui plaît. Non seulement elle lui épargne une sacrée raclée, mais elle apporte une note de gravité et un temps de réflexion susceptibles de désamorcer la fureur de son père.

Une fugue ! Avant-goût d'aventure, morceau de vie volée, liberté pour de vrai, qui se dérobe, qui s'enlève, qui s'arrache ! s'exalte Riri. Cette liberté, il en rêvait depuis qu'il avait appris à marcher. Être son propre, son seul maître. Non seulement il échappe à la colère de son père, mais encore au repas quotidien chez Cécile, avec en plat de résistance l'ennui, au dessert la nausée. Depuis la mort de Charles, la situation a empiré : ce n'est plus seulement le déjeuner, mais le dîner un soir sur deux. Georges s'est rapproché de sa mère, ce qu'il ne comprendra jamais. « Intervint plus tard une réconciliation à laquelle aujourd'hui encore, je ne comprenais pas grand-chose. Pourtant il avait du caractère, mon vieux. Et même du très mauvais*. » C'est aussi l'occasion d'en mettre plein la vue aux copains du lycée. Riri se sent exister pour de vrai.

Transporté par son idée, rempli d'une allégresse qui enivre sa peur, il arrive à la gare Montparnasse, se plante, rêveur, devant le tableau des départs. Il ne sait pas où aller, mais une chose est sûre : il ne rentrera pas. Il y a un train qui va à Conches-en-Ouche, où il pourrait dormir. Il se ravise aussitôt : c'est mercredi, Vincent et Mad sont à Paris. Et puis ce ne sont pas des vacances ! Il fugue ! Un autre part pour Rambouillet où il a séjourné avec sa mère et Georges, il ne sait plus bien quand, mais il revoit très bien la chambre avec ses grandes fenêtres qui donnaient sur le parc du château. Il compte sur son mètre quatre-vingts et sa voix d'ogre pour que lui soient épargnées toutes questions indiscrètes, et saute dans le train, sans billet : il n'a pas un centime sur lui.

Il arrive sans ombrage au Relays du Château, sûr de lui – il reconnaît les lieux –, le groom lui ouvre la porte sans ciller. D'un pas assuré, il se dirige vers le comptoir de la réception, demande une chambre avec vue sur le parc. Le réceptionniste, un homme d'une cinquantaine d'années, long et maigre comme lui, sans même lever les yeux, lui demande où sont ses parents. Vexé, lâché par l'effet d'une voix que la nature a pourtant préservée des éraillements de la mue, il perd un peu contenance. L'homme lui demande ses papiers, qu'il n'a bien sûr pas avec lui, puis il l'informe, navré, que sans la présence de ses parents et sans

* Georges Arnaud, *Le Voyage du mauvais larron, op. cit.*

pièce d'identité, il se trouve dans l'obligation de prévenir la police. Mon père se sent coincé. Perdu pour perdu, il se résout à appeler Georges.

Il sait son coup assez énorme pour deviner que la colère l'aura cédé à l'inquiétude. Une inquiétude de chien abandonné, noyée d'angoisse, de celles qui tordent les boyaux. Pas dupe, il se rend compte de l'avantage que lui apporte la situation et se fait fort d'annoncer lui-même sa fugue à son père. Ce cran trop loin qu'il est en train de franchir le propulse au-devant de sa peur. Ce n'est ni un aveu de vaincu, ni une rédemption, c'est un affront. Braver son père en lui opposant le mépris de sa propre peur, c'est lui dire : voilà, j'ai fui, je t'ai fui, je te retire tout ce qui compte pour toi et que tu aimes si violemment, ta raison de vivre, ma raison de fuir, celui dont tu as tué l'amour à mains nues, moi, ton fils. Je n'ai pas peur car je te sais d'avance misérable, cette fois sous mon joug, seul moyen que tu me laisses pour te forcer à voir ton reflet sur la couche de glace dont tu m'as recouvert le cœur. Ce cœur à moitié mort avec lequel j'apprenais à vivre et que tu as rempli de haine, je te le mets en face des yeux, pour que tu voies, que tu comprennes ce que tu en as fait, parce que de ce malheur, il t'a manqué la force de ne pas m'infliger, à coups de rage, à coups de gifles, à coups d'insultes, la part qui t'en revenait. Mon calme rempli de ta haine, je te renvoie cette image glaciale de toi-même. Derrière la vitre sans tain de mon regard, je veux que tu scrutes comme dans un miroir le monstre que tu as fait de toi et celui que tu fais de moi. Je ne te l'annonce pas, ma fugue, je te la jette à la figure, en réponse à tes claques. Et je te sais si faible, au fond, qu'elle te fera l'effet que me feraient cent de tes gifles. Et ça me fait du bien. Il en faudrait bien davantage pour que je me libère. Regarde-moi bien et dis-toi que tu ne vois que la face émergée de l'iceberg. Entends cette fugue comme un dernier appel. Réveille-toi, cours, trouve les formules magiques pour que l'abîme se referme avant que toi ou moi, nous deux peut-être, n'y enterrions nos peines, nos espoirs et nos os. À toi maintenant.

Pendu à l'autre bout du fil, Georges ne trouve pas de mots pour répondre à tout ce que vient de lui dire, de lui crier, de lui hurler le silence de son fils. Il a tout entendu. Il s'ébroue et enclenche aussitôt le mode copain car des deux formes d'échange par lui instaurées, c'est celui qu'il lui faut.

— … Tu as dîné ?

— Non, je n'ai pas un rond.

— Commande-toi à manger, prends tout ce qui te plaît. J'arrive.

Puisant son assurance dans le faste du décor et la stupeur du père, Riri s'entend lui répondre :

— Pas ce soir. Demain.

Fébrile, tremblant, Georges ne trouve rien à dire. Lui aussi a besoin d'être seul. L'ouragan qu'il sent gronder en lui cette fois doit épargner son fils. Il a besoin de la nuit, de son silence, de son désert pour se délester de cette peur nouvelle qui enserre son cœur.

— Prends-toi la meilleure chambre et dors. Je serai là demain matin.

Stupéfait lui-même de l'aplomb avec lequel il a tiré un trait qu'il ne sait pas encore définitif sur sa terreur devant la violence de son père, ébahi par cette victoire inattendue, Riri reste pantois de ce pouvoir que lui octroie sa fugue. S'il avait su, il aurait commencé plus tôt, songe-t-il en se rappelant sa première tentative quand il avait douze ans. Amélie l'avait rattrapé, Georges lui avait flanqué une de ces raclées qui faisaient encore mal rien qu'à y penser. Riri raccroche sans un mot de plus, ivre de ce renversement de puissance. Mon père apprend à être le plus fort.

Dans sa chambre, il demande au valet d'étage de lui monter une bouteille de whisky, se sert à boire, puis dort tout son soûl.

Le tremblement de conscience

Georges n'a pas fermé l'œil de la nuit. Il a ruminé sa colère, il l'a hachée menue, l'a arrosée à grandes doses de whisky. Il pense à cette fugue. Une passion brutale, gigantesque, lui tombe sur le cœur. Retour de manivelle d'un amour trop longtemps empêché qui reprend ses droits de toute sa vigueur.

Jusque-là, il n'y a pas réfléchi, il n'a pas pu, il n'a pas eu l'espace que ce grand vide lui laisse. La secousse ouvre grand ses failles aux clartés de la nuit. Il a raté l'amour d'un fils qui pourtant ne demandait qu'à l'aimer. Il le revoit petit, courant à bras ouverts et se jetant sur lui en criant « Georges ! » quand il passait en coup de vent, le soir, chez Cécile. Il ne comprend pas ce qui s'est passé. Tout est allé si vite. La violence ? Il ne la voit pas. Le copain formidable a tout effacé. Son fils l'aime, mais il l'aime sans majuscule. Il l'aime comme on aime son meilleur copain. Il pense à Valentine. Que dirait-elle de son gâchis ? Rien de tout ça ne serait arrivé si Valentine n'était pas morte. Et s'il était trop tard ? s'angoisse Georges tandis qu'une tornade lui tord l'âme tout entière. Il a vidé la bouteille de whisky, se sert une rasade de bourbon. Son cœur se vide, il se fige d'horreur à l'idée que son fils puisse ne plus l'aimer. Sa pensée abreuvée d'alcool et de tristesse amère le ramène à Valentine. Elle seule avait la clé, la formule magique pour apporter la paix que Riri comme lui ont perdue depuis qu'elle n'est plus là. Sa Valentine tant aimée et qui ne l'aimait plus, enfin pas tout à fait, ou plus comme il voulait. Il l'a perdue le jour où leur enfant est né. Rien de tout ça ne serait arrivé si Valentine n'était pas morte, radote, ivre sans être soûl, le pauvre Georges. Il sent d'abord un dard et puis comme un épieu lui transpercer le cœur. S'ensuit un raz-de-marée. Il pleure à chaudes larmes, à larmes lourdes de malheur. Georges est tout seul dans son chagrin, seul pour toujours, il n'a pas le droit de pleurer. S'il pleure, c'est parce qu'il n'est pas assez fort pour contenir ses larmes. C'est ça, qu'il devrait avouer à son fils. Mais il n'en a pas le droit. Dieu-le-père ne pleure pas. Il a le droit de se mettre en colère, de foudroyer son peuple, mais il n'a pas le droit de pleurer. Et si ses explosions d'humeur avaient entraîné chez Riri une implosion du cœur ? Et s'il était trop tard pour revenir en arrière ? Et si, pour lui survivre, l'élève devait un jour dépasser le maître ? À chaque question son verre. Georges n'est jamais soûl : la bataille de la Marne l'a dessoûlé à vie.

Une colère inculquée à un enfant qui ne peut répondre ni en mots ni en coups ; une colère qui grandit en lui jusqu'à prendre force d'homme ; une colère qui attend son heure, tel le volcan sous l'océan, celle qui lui donnera la force de retailler sa carte du monde.

Georges voudrait rattraper tout ça, gommer les mauvaises heures, s'absoudre des mauvais heurts, piétiner les souvenirs, avancer vers l'avenir, courir à reculons tout en allant de l'avant. Contre la peine, le père a répondu au fils par la violence et il lui a appris la haine. Parce que les peurs imprimées dans l'enfance de l'âme se figent avec le temps, parce qu'elles forment notre noyau dur, la rancœur de mon père devient indélébile.

Georges apprend son rôle de père comme un analphabète apprend à lire, avec patience, avec constance, avec application. Bref, avec tout ce qu'il n'a pas. Son fils va avoir quatorze ans, il lui reste, quoi ? Pas même un tiers du temps qu'ils n'ont pas tout à fait vécu ensemble pour reconstruire son rôle de père sur les décombres d'une enfance saccagée. Il ira voir un spécialiste. Il n'en connaît aucun. La psychologie infantile est chose à peine abordée à l'époque : on a d'autres morts à fouetter.

Le pauvre Georges s'endort en pleurs. Une piqûre de rappel de l'interdit qu'il a fait à son fils de toute sorte d'épanchement du cœur viril – qui donnera chez mon père ce qu'il appelait sa « pudeur maladive des sentiments » – rend ses larmes encore plus amères.

Le grand spécialiste

Riri est à nouveau déscolarisé. À la *NRF* où il publie, son père fait la connaissance d'Eugenia Sokolnicka. Pionnière de la psychanalyse en France, analyste de Gide, ancienne élève de Jung. Ses travaux ont été salués par Freud par qui d'ailleurs elle a été analysée, avant de l'être ensuite par Sándor Ferenczi. Personne n'est mieux placé pour conseiller Georges. Madame Sokolnicka le renvoie vers un certain Heuyer, spécialisé dans la psychiatrie infantile, lequel le réoriente vers un spécialiste des adolescents. C'est ainsi qu'il déniche le médecin le plus à même de comprendre Riri.

Nous sommes en septembre 1932. Le Dr Robin, qui a publié un ouvrage sur *Les Haines familiales* – le sort a de ces blagues ! –, ne voit rien d'inquiétant. Surprenant… On lui sert un cas d'école, un orphelin de mère en proie à toutes sortes de rancœurs : paternelle et filiale, haines matriarcales, un gosse sujet à une violence et physique et verbale, autant de thèmes qu'il traite pourtant dans son ouvrage, mais il ne décèle rien. À trop vouloir fouiller dans les arcanes de l'être, le docteur ès âmes adolescentes en oubliait d'en observer le cœur. Peut-être y aurait-il vu en filigrane Thanatos agitant sa faux ?

J'ai lu son livre : tout y est. Tout ce par quoi passent et Georges et mon père y figure dans les grandes lignes. Les blessures de la petite enfance, les haines et frustrations filiales autant que paternelles, les rancœurs maternelles, les discordes familiales. Tout ça est disséqué par le menu, brillamment disserté. Rien cependant chez mon père ni le sien n'inquiète le médecin. La seule explication tient selon moi au trompe-l'œil de leur amitié. Robin a dû voir arriver Georges et Riri, avec en étendard ce copinage extraordinaire, leur amour de secours, qu'il aura pris pour signe d'une parfaite concorde. Georges lui parle de la fugue, de cet état neurasthénique, sans ressort, dont les professeurs se plaignent ; il est en chute libre à l'école. Il évoque sans les décrire leurs disputes. Par déni plus que par mensonge. Mon père disait que Georges ne se rendait compte de la violence de ses colères qu'une fois qu'il était allé trop loin, et qu'alors il s'arrêtait net. Lorsqu'ils en parlaient après coup, il se disait comme frappé d'amnésie pour tout ce qui concernait et l'objet du courroux, et ce qu'il avait pu dire ou faire, jusqu'au sursaut de lucidité qui lui permettait d'en sortir. Mon père le croyait sincère car lui aussi oubliait instantanément. Comme si le grand désastre que la violence laisse derrière elle avait tout avalé.

Riri n'en parle pas. Parce que tombé dedans quand il était petit, parce que physique tout autant qu'affective, parce qu'enfin, elle est l'expression la plus intense de leur amour, la violence de ces affronts relève de leur intimité. Il n'y songe même pas.

Georges remet ce gros paquet de souffrance entre les mains du psychiatre comme d'autres confient leur voiture à un garagiste. Admettre et consulter est le plus loin qu'il puisse aller dans la levée de son déni. Il a fait le bon geste, vu le grand spécialiste : oublions le reste et allons de l'avant. Le diagnostic est rassurant. Le travail scolaire n'a pas tant d'importance. C'est un enfant intelligent et son niveau de connaissances est au-dessus de son âge. Georges doit construire la relation qu'il n'a pas eue avec son fils. À cet enfant, il a manqué une mère. Il faudra compenser en montrant plus de douceur et de compréhension. Et qu'il s'entoure davantage d'amis de son âge. Il préconise les scouts.

L'ouroboros de la haine

L'hypocondrie que Valentine a reportée sur son fils est restée obsessionnelle pour Georges, qui n'a de cesse de le croire enclin à toutes les maladies. Celui-ci souffre selon lui d'une grande fatigue nerveuse, il a besoin de repos. Riri termine l'année, soit deux trimestres quand même, à la maison. À un âge où les grasses matinées et le farniente sont un mode de vie des plus naturels, Riri ne se plaint pas de cette décision. Le ton à la maison change radicalement. Le copain formidable l'est de plus en plus. Riri passe ses journées à lire et ses soirées à débattre de ses lectures avec son père.

Peu à peu, les éclats de gueule reviennent. Georges a mis beaucoup d'eau dans son vin. Il se dispute toujours très violemment mais s'en tient désormais plus aux mots qu'à l'horion : il s'est interdit toute violence physique. Ses colères ainsi amputées, l'humeur en prend un coup, devient de plus en plus mauvaise. Soldat dans l'âme par besoin urgent d'exutoire plus que par vocation, autoritaire congénital, croulant enfin sous le poids d'une charge qui l'engage, Georges ne peut supporter l'idée que quoi que ce soit qui concerne son fils échappe à son contrôle. Cette complicité qui autorise l'enfant à s'exprimer tout à fait librement, en même temps qu'elle octroie au père une vue imprenable sur les pensées de son fils, enivre l'adolescent par ses effluves de liberté. En resserrant ainsi l'étau de sa surveillance, c'est sa violence physique que Georges endigue, et dans cet étouffoir, son fils qu'il retient comme un principe vital, comme sa raison de vivre. Pour le distraire de ce contrôle dont il a l'exclusivité, pour que l'invisible cadène ne se fasse trop sentir, Georges étend son laxisme à la chose matérielle. D'habitude raisonnable, économe, fils puis chef de famille destitué de ses rentes et donc astreint à gérer ses finances en bon père de famille, Georges lâche la bride pécuniaire. C'est le prix qu'il décide de payer pour, toute colère bue, s'acheter davantage l'amitié de son fils.

Ces allégeances du père, en ouvrant le champ à de nouveaux excès, irritent son humeur. Sa violence naturelle, exacerbée, revient en force. Ses désordres sont des ires ; les désirs de son fils, des ordres. Tous les délires sont permis.

Lorsqu'il se prend de passion pour les armes, trop jeune pour avoir le droit d'en posséder une, Georges lui en achète trois : une carabine et deux pistolets de collection. Au château, pour tuer le temps, Riri tire à la carabine sur les portraits de famille peints par son trisaïeul Pierre Duval le Camus. Je l'entends encore rire en imitant Cécile : « Riri, cesse de taper du pied ! » Personne ne voit se profiler l'ébauche tout en symboles – abstraction faite de l'arme qui elle est bien réelle – d'un destin pris en flag de préméditation.

Ces largesses insensées gomment les méchants coups de gueule. Elles sont le tribut que Georges s'impose douloureusement, nourrissant une colère ravalée et honteuse. La colère épuisée, c'est le cœur qui s'épanche. Loin d'assainir la relation, ce fléchissement exacerbe les tensions. À sa propre exaspération, Georges oppose un amour en exact contrepoids. À mesure que le père donne du mou, le fils rogne la corde, ligne de vie qui attelle l'un à l'autre. Un amour filial qui s'épuise à mesure que l'amour paternel le dévore. L'obvers ronge le revers d'une même médaille. À ce jeu perdu d'avance d'amour et d'amertume, ce je-t'aime-moi-non-plus, le père finit par ne plus supporter son fils, et, courant après sa raison de vivre, il l'aime de plus en plus. Hélas, l'effet produit en face n'en est que l'imparfait contraire : le fils devient de plus en plus le copain de son père et l'aime de moins en moins. En exauçant tous ses désirs, Georges lève le barrage de ses propres rancœurs et laisse courir la haine de son fils vers sa dernière demeure. De cet ouroboros mon père va vouloir se défaire. Et ne trouvera d'autre moyen que de se mutiler en coupant de sa griffe d'acier ce vieux bout de lui-même qui le nourrit et l'empoisonne. Il va l'abandonner à même la pierre de son royaume, le laisser là sans sépulture ni requiem, et s'en aller cracher son feu à tous les vents du monde. Mais ça, c'est pour plus tard.

En attendant, mon père devient un sale gosse.

Les amants de l'ombre

Vincent Flipo père tombe malade. Se sachant condamné, il demande à son ami de prendre soin des siens après sa mort. Georges, qui le lui doit bien, s'engage, et avec cœur : il ne sait rien faire autrement. Son ami meurt l'été suivant, laissant Mad et leurs trois enfants sans mari, sans fortune et sans père. Georges tient sa promesse, devient officiellement tuteur de ses enfants, les gâte – c'est sa façon d'être papa –, supervise leur éducation, mais il ne les bat pas : il les aime sans passion. Avec le temps, les liens avec Madeleine se resserrent. Ils finissent par devenir un couple, mais un couple de l'ombre. Le sort, qui les a d'abord unis par une longue et solide amitié, puis rendus veufs par la même maladie, les laisse l'un et l'autre, à quelques années près, dans la même perdition : Georges, le père qu'il ne sait pas être ; Mad, le chef de famille qu'elle ne peut pas être. Tous deux craignant de choquer leurs enfants, ils gardent secrète leur relation. Mad couvre mieux son jeu, Georges croit aussi bien cacher le sien. Il oublie que son fils connaît, et sur le bout des doigts, le spectre émotionnel de son vieux père. Nos enfants nous connaissent bien mieux que nous ne les connaissons. D'abord parce que, collés à notre sein qui les nourrit – ou pas –, notre cœur leur martèle toutes ses façons de battre et leur livre nos secrets dans une langue que nous ne parlons plus. Encore à ses balbutiements, le leur ne parle que cette langue, et même couramment. Ensuite parce que, si nous les voyons naître, leur vie commence vraiment le jour où ils nous quittent ; la nôtre calme sa fougue dès que nous les mettons au monde. Nous devenons experts en art de s'éteindre, de maintenir pour eux une vie à feu doux, quand la seule chose qui les occupe est de brûler la leur par les deux bouts. Ainsi Riri sait déjà tout de l'amour qui commence à poindre dans le cœur de son père.

Si Georges s'autorisait à le vivre pleinement plutôt que de le tuer dans l'œuf, la trêve que ce bonheur lui procurerait enfin apaiserait son mal. Au lieu de s'adoucir, l'aigreur de Georges s'attise : encore un interdit que son devoir de père lui impose. Enchaîné par l'amour d'une morte dont les liens encore vifs se resserrent un peu plus à chaque tourment de père, Georges vit son histoire de cœur à l'étouffée, et fait, de ce qui était parti pour être un feu de joie, un autre tapis de cendres. Pourtant, Mad est la seule qui, dans l'esprit de mon sale gosse de père, porte de mère sinon le rôle, du moins le titre honorifique. Contrairement à l'idée répandue, le bonheur d'un parent soulage l'enfant bien plus qu'il ne l'accable. Mais Georges a peur de vivre. Croyant lui épargner Dieu sait quelle souffrance que son bonheur nouveau pourrait engendrer, le sacrifice qu'il est en train de faire est une sangle qui garrotte son fils. Une chaîne, un joug de plus sur cet enfant de l'amour déraciné à vif, élevé dans celui de la liberté et des grands idéaux. Son père se refuse à être heureux, il se prive de tout, il souffre pour lui. Cette pénitence que Georges s'inflige au nom de son fils ne trouve pas de pitié à ses yeux immatures : il n'a pas pu sauver sa mère. Arraché dans la douleur et dans la peur au lien viscéral devenu maladif qui l'attachait à elle, Riri en veut à toute sa famille, Georges compris. Et parce que ce dernier est le seul en qui il a confiance, parce qu'il l'aime formidablement au sens premier du terme*, parce qu'enfin, c'est à lui et à lui seul qu'il porte cet amour, c'est encore sur lui que se porte sa haine.

Georges a trop de qualités pour que son fils ne l'aime pas. Son sale gosse de fils est un garçon sensible que les vicissitudes, les maladresses, la violence et les gâteries excessives ont fait chavirer. Le désespoir de son père, il l'a vécu de trop près – d'aucuns diraient au corps à corps – pour ne pas être atteint par son affliction. Fait de souffrances propres et d'amitié commune, de distance précoce et de fusion tardive, de tendresse pure et de rance amertume, leur amour vicié les tient par les tripes de l'âme. Riri a déjà trop avec sa propre peine pour supporter, en plus de le voir souffrir, d'être l'obstacle en titre au bonheur de son père. Son mal est trop profond pour permettre une telle suture. Il risquerait une septicémie de l'âme. Il n'y a pas d'amour assez grand pour remplacer celui de sa mère. Seule une liberté vraie, une liberté toute nue, la liberté elle-même, peut embrasser son vide. C'est sa façon

* D'une manière qui fait peur.

d'être fidèle à celle dont il s'est fait le chevalier servant. Aucun rival n'est admis, et surtout pas son père : il n'a pas la carrure, il a déjà perdu. Il va falloir aussi qu'il s'arrête d'évoquer sa mère à chaque fois qu'il le bat, de lui voler sa Dame, indigne puisque incapable de lui sauver la vie.

Les scouts

Mon père ne fait son premier stage d'aventurier que trois étés plus tard. C'est le temps qu'il a fallu à Georges pour accepter l'idée de lâcher un peu la bride. Les trois étés précédents se sont passés à Conches et au château. Il a fini par le faire sur l'insistance de Mad et d'Amélie. Nous sommes en juillet 1935, Riri a tout juste dix-huit ans. Il découvre la fraternité, apprend à faire un feu, des nœuds, et à se servir d'un couteau – ça peut toujours servir. Avec ses façons surannées d'enfant qui a grandi dans un monde où la morosité s'étale en couches de crasse séculaire sur les tableaux de famille, un monde où l'on meurt d'ennui mais pas que, un monde enfin où son meilleur copain est aussi son bourreau ; avec son verbe vert et son regard sans larmes, son visage taillé à la serpe, duveteux par touffes et glabre autour ; avec son nez busqué, accidenté, ses pommettes saillantes, ses arcades sourcilières en saillie elles aussi ; avec son front trop haut, trop large, ses joues trop creuses, ses oreilles décollées, son teint pâle, blanc et blême, ses grands yeux, bleus et vifs ; avec ce je-ne-sais-quoi de déjà vieux, une jeunesse qui n'a pas servi, une odeur de brûlé qui vient du cœur, mon gosse de père a une gueule, et même une vache de gueule. Avec sa gueule de brute, son corps pas tout à fait nubile et sa voix d'ogre : voilà mon père adolescent. Il ressemble à un vieil enfant.

Enthousiaste, curieux, il inspire confiance. Les pères qui l'ont sous leur gouverne le disent dévoué, intelligent, extravagant. Comme il vient d'une très bonne famille, on lui confie la gestion financière de son groupe pour un voyage de deux semaines dans les Dolomites. Il fait distribuer des glaces dans tout le camp, emmène tout le monde au restaurant et perd dès le lendemain son poste d'intendant prodigue. Mais comme il est très cultivé, entreprenant et qu'il parle anglais, il devient chef quand même.

Il attendra un an et un sacré coup de bol avant de séduire la première fille. Vient ensuite la deuxième, et même une troisième, qui lui offrent le sacrement qu'on dit faire d'un garçon un homme. Il n'arrive pas à tomber amoureux et ça l'ennuie un peu. Doté d'une imagination qui ne s'écrit pas encore, fabulateur plus que menteur, il garde une grande lucidité sur ses élans du cœur.

Il a beaucoup grandi, ne fiche rien en classe, enfin le minimum. Après l'avoir retiré de Louis-le-Grand, Georges l'a inscrit à Stanislas où il rate son premier bachot. Son père décide de reprendre les choses en main. Cette fois, pas question qu'il le rate. Il le change à nouveau de lycée et le met à Buffon. Son fils n'en rame pas une. Georges s'énerve, Georges bout, Georges explose. À coups de poing cette fois, à coups de ceinture, comme au bon vieux temps de son enfance, et à coups de claques, il frappe son grand échalas de fils tout en os « de toutes ses forces d'homme fait ; le gosse ne sachant que hurler en demandant pardon, sans doute d'être le plus faible* ».

Ces scènes se répètent. Tout le monde le sait, personne ne s'inquiète ; les réconciliations sont à la hauteur et le but est atteint : Riri décroche son bac, s'inscrit en droit à la Sorbonne et en Lettres classiques/Latin rue des Écoles le lendemain. Tout est rentré dans l'ordre.

Ses aventures amoureuses sont rares et sans lendemain. Et puis, à l'été 1936, il a dix-neuf ans, il rencontre Annie, cheftaine elle aussi. Ils se croisent la première fois dans des couloirs de la rue Falguière**. Plutôt grande, élégante, de trois ans et demi son aînée, Annie surtout fait femme. Les rapports fraternels tournent vite à l'inceste. Un rien provocatrice, Annie arbore des airs de fraîche avant-garde qui éblouissent le vieil enfant.

Ce qui lui plaît chez lui, c'est cette insolence prête à mordre, ces mots qui croquent, qui claquent, cet accent parisien, populaire, plus vrai que nature, mêlés à son aisance de gosse de riche qui rend à son extravagance ses relents de vieille aristocratie. Il cherche à se défaire de cette patine de vieillerie qui lui colle à la peau et qui dévoile au premier regard ce qu'il croit effacer. Cette bizarrerie, c'est son manteau de solitude irréversible.

Née dans une famille cossue et sans histoire, Annie vit entre un père conseiller fiscal, une mère dépressive et un frère qui se prépare à entrer dans les ordres. Mourant

* Georges Arnaud, *Lumière de soufre*, Julliard, 1952.

** Groupe Saint Jean-Baptiste de La Salle (scouts).

d'ennui chez elle, elle prend en horreur la médiocrité et n'aspire qu'à une chose : vivre en mode dernier cri. Annie manque d'assurance et, pour y parer, elle s'arme d'une certaine arrogance que son jeune amant ne voit pas, tout ébaubi qu'il est par le royaume dont elle lui ouvre les portes. Annie a de l'expérience, lui pas. Mon vieil adolescent de père se prend au jeu : il n'est pas amoureux, mais il est bien accro.

L'avant-gardiste

Les jeunes amants passent leurs nuits en plein jour à l'insu de Dieu-le-père. Pelaud s'arrache les cheveux. Elle a vu bien des choses dans cette maison, mais la jeune femme qui sort de la chambre de Riri et traverse nue toute la maison, cigarette à la main, pour aller prendre une douche dans le jardin en plein après-midi lui fait friser l'apoplexie. Un trop-plein d'exaspération l'incline à mettre sur le dos de l'intruse toute celle que mon père lui inspire sans doute, sans qu'elle puisse s'en plaindre. Ce gosse qu'elle aussi a élevé ne l'aime pas. Il ne lui a jamais pardonné ses éclipses soudaines lorsque Georges le battait, petit. Et encore moins ses remontrances lorsque, la paix revenue, il lui servait à boire.

Pelaud voue à Annie une animosité qui ne cache pas son jeu. Les voisins se sont plaints. Georges finit par apprendre ce qui se passe sous son toit pendant qu'il croit son fils en pleines révisions. Les rapports entre père et fils reprennent de la vigueur. Les disputes sont quotidiennes. Elles tournent au pugilat une fois sur deux. Mon père y gagne une plus grande endurance aux coups, une vague envie de meurtre et une licence en droit.

La jeune femme comprend vite dans quelle famille elle atterrit. Tombée en pâmoison devant l'hôtel particulier de la rue du Cherche-Midi, l'ambiance chic et feutrée du quartier Saint-Sulpice, les nuits de Saint-Germain-des-Prés, le château en Dordogne et les ancêtres à particule, Annie rêve de mariage. Bien que fidèle aux préceptes conjugaux de Valentine – prôneuse mariée de l'amour libre –, mon père rechigne un peu à l'idée de fiançailles, mais pas au point quand même de perdre cette chose extraordinaire et merveilleuse qu'est une femme auprès de laquelle il s'endort. Tout aux joies de ses explorations des choses de l'amour, il ne cache rien de son bonheur, et annonce tout de go à Georges qu'il veut se fiancer. Mon père ne demandait jamais de permission au sien. Ça faisait partie du contrat. Il s'enquérait de son avis, ne le suivait jamais. Ce principe de non-obéissance plutôt que désobéissance avait été instauré par Valentine puis ratifié par Georges. Mon père le prorogea en tant que père lui-même. Je lui parlais de tout, il me soumettait son avis que j'écoutais avec la plus grande attention, nous pouvions en débattre parfois des nuits entières, je ne lui obéissais jamais. Le jeu peut paraître hasardeux, mais aucun joug ne m'a jamais plié le cou.

Cette nouvelle ajoute à la fatigue nerveuse de Georges. Il fallait bien que ça arrive un jour, pense ce dernier, pas si inquiet. Son fils est en dernière année de droit, il va falloir qu'il tienne les rênes – ça, il sait faire. Annie est la première, d'autres filles devraient passer sous les ponts et ses envies de fiançailles avec. S'y opposer ne ferait qu'alimenter un feu qui de toute façon a déjà pris. Sans y consentir formellement, Georges n'oppose aucune objection, ce qui est pris pour assentiment. Pour s'assurer qu'il ne se trompe pas, il tourne la chose en dérision. Tant qu'ils y sont, ne voudrait-il pas se marier ? L'intéressé se gausse lui-même de l'idée. « Il n'est donc pas si amoureux, se dit Georges, soulagé. Laissons faire ! D'ici à ce qu'on en vienne aux fiançailles, il y a fort à parier qu'une nouvelle lubie chasse celle-là. »

Mais son fils ne change pas de lubie. Les jeunes fiancés partent pour Saint-Malo. C'est la première fois que Georges passe ses vacances sans lui. Cette séparation lui fait l'effet d'un véritable déchirement. À grand renfort de discussions épistolaires, le copain formidable organise lui-même l'introduction d'Annie au clan – réduit en nombre mais pas en force – Cécile et Amélie. Il ne saurait être question de leur annoncer de but en blanc leurs fiançailles. Il préconise une présentation dans les règles de l'art. Afin de ménager et la fausse et la vraie vieille fille qu'une telle révélation terrasserait, Annie pourrait venir accompagnée d'un tiers, un camarade, ou mieux : son abbé de frère. Lui-même se chargerait de faire en sorte que Cécile devine leur amour en lui faisant savoir qu'il n'y met aucune objection. S'il parvenait toutefois à la faire inviter seule avec lui, ce serait au prix d'une stricte observation des formes auxquelles son fils sait l'importance que l'on attache dans cette maison. Il y va de leur tranquillité présente et future, il en sait quelque chose !

À la fin de l'été, mon père et sa future débarquent à Escoire sans ami ni curé. Annie joue les châtelaines en devenir, distribuant des ordres aux domestiques. Bien qu'engoncée dans sa très vieille éducation, Cécile a toujours entretenu des relations des plus humaines avec les gens de maison. Elle a par exemple interdit le vouvoiement des enfants. Le personnel reste longtemps car les conditions de travail sont honorables et les salaires décents. L'arrogance de cette petite-bourgeoise, son impudence et ses airs de modernité soulèvent le rituel vent de mésentente qui accueille les futures belles-filles dans cette famille.

Nouvel orage

Les vacances tirent à leur fin. Mon père va devoir rentrer à Meudon, Annie chez ses parents. La perspective de retourner chacun chez soi déplaît fort aux enfants terribles. Dans la droite lignée de la première, arrive la deuxième lubie : mon père décide de se marier. Étant mineur, il a besoin du consentement des siens. Celui de Georges ne suffira pas, il faudra encore celui d'Amélie. Or Amélie n'est plus du tout la jeune fille effacée qui vit dans l'ombre de sa mère. Depuis la mort de ses deux enfants puis celle de Charles, son mari, Cécile est ramenée au rang de « matriarche » honoraire. Amélie lui subroge. C'est elle dorénavant qui gère la fortune familiale. C'est encore elle qui commande aux grandes décisions.

Ce mariage est une hérésie ! Amélie, qui aime son neveu d'un amour maternel à sens unique, s'y oppose de tout son cœur et de toute son amertume de ne pas être aimée en retour. Riri est à la fois l'aîné, le fils unique et le petit dernier qu'elle n'a pas eus. Le seul bien vivant qu'il leur reste. Or cette famille ne cède pas facilement ses mâles. Mon père va donc avoir besoin du soutien de Georges.

Fidèle à ses bonnes habitudes, il l'informe de son intention trompettes sonnantes et par écrit. Le copain formidable s'insurge pour de vrai, mais sur le papier. Convaincu que ses remontrances sont le seul fait d'une bougonnerie qui lui est naturelle, qu'au fond elles n'ont rien de sérieux, mon père élabore tout une kyrielle de représailles aussi fantasques que terribles s'il devait les mettre à exécution, ce dont Georges le sait capable. Il le menace de reconnaître une armée d'enfants naturels, l'enferme dans la salle de bains le matin juste avant de partir, confisque les clés de sa voiture, jure d'adopter un éléphant s'il n'obtient pas son consentement écrit. Georges s'entête. Lui monte une colère à laquelle se mêle de la peur. Son fils est en train de lui échapper. Cette fille, cette espèce de pimbêche qu'il a eu le magnifique sang-froid d'accepter sans même rechigner, cette petite garce est en train de lui voler son gosse. Il la déteste déjà mais il ne peut l'avouer sous peine de guerre ouverte qui braquerait son fils contre lui. Il a tout fait pour l'accueillir, pour faciliter son entrée dans cette famille de pithécanthropes. Il a essayé d'en faire son « amie », et ça n'a pas marché. Voilà que maintenant, il voulait l'épouser ! Riri est manipulé, l'idée ne peut pas venir de lui, on la lui a soufflée. Georges croit devenir fou.

Dans les principes auxquels il ne croit plus, celui qu'il paye plus cher que tout, c'est le mépris de l'argent. Il a élevé son fils dans un temple idéologique dédié à Valentine et ne peut pas lui avouer que lui vit petitement. Destitué de ses droits sur la fortune familiale, il est contraint à tout ce que ces idéaux récrient : la parcimonie, le respect de ses chefs, l'autorité de Cécile et celle d'Amélie que son fils, porteur de la haine mutuelle, encore vive dans son cœur, qui liait les deux femmes à sa mère, tient pour responsables de la mort de celle-ci. Georges doit être fin stratège. Arguant de sa propre expérience, il alerte son fils sur les dangers d'un tel choix. Tout sauf la question matérielle y passe : son avenir militaire, sa carrière, sa santé ! Riri ne peut pas jouer à ces choses-là, elles ne sont pas de son âge. Sa forme physique s'en ressentirait !

Après des semaines de pourparlers, à bout et à court d'arguments, le vieux père sort l'artillerie lourde. Leur avenir financier, le patrimoine dont il risquerait à son tour d'être écarté. Pile ce qu'il faut pour déclencher la colère de son fils. Le copain formidable se révèle le clone de Cécile.

> « (...) Il était entendu entre nous que tu te fiançais, il ne l'était nullement que tu te marierais immédiatement. (...) Laisse-moi te dire seulement qu'Annie a été bien maladroite à son point de vue (ou au vôtre, comme tu voudras) non seulement avec moi, mais avec ma famille ! Tout le monde était bien disposé pour elle et ne demandait qu'à l'accueillir sans réserves. Les réserves sont venues et viennent uniquement de son (ou si tu veux, de votre) attitude. (...) Dans mon espoir, le mariage quand tu aurais été officier de réserve était déjà déraisonnable, et cependant je l'admettais. Le mariage maintenant est absurde à tous points de vue. Au point de vue santé d'abord, tu es précisément à un âge où il faut faire très attention, l'état dans lequel tu t'es mis (il a vingt ans et il a eu un rhume qui a duré

une semaine) ne peut que me confirmer dans mon opinion. Au point de vue carrière ensuite. C'est ta carrière entière qui en sera compromise. Au point de vue matériel : ce sera une charge très lourde, quoi que tu puisses en penser. Au point de vue militaire : tu seras bien avancé quand tu en seras séparé pendant deux ans. (...) Elle t'a fait du bien, me dis-tu. Je considère qu'en poussant à ce mariage immédiat, elle te fait du mal ou peut t'en faire, au sens physique du mot (et je reviens ici à la question santé). »

Depuis qu'ils n'habitent plus ensemble, leurs scènes se « jouent » à l'écrit. La violence n'ayant pas de prise, leur colère s'en trouve comme amputée. La part physique en est brimée et se transforme en haine. Une gifle, un coup de fouet, une pile d'assiettes qu'on jette par terre, sont autant d'exutoires. Dès qu'elle en est privée, la violence devient morale puis colère viscérale. La haine qui s'installe prend le dessus sur leur « amitié formidable », laquelle n'est qu'une sorte de baume anesthésiant de la violence physique. Cette dernière étant empêchée, leur amour l'est aussi. Plus le père se rattache au lien qui est en train de se défaire, plus le fils cherche à s'en délier. Riri reproche à Georges d'opposer à son amour le même acharnement qui avait valu à sa mère, de la part de Cécile et d'Amélie, son bannissement jusqu'à son dernier souffle.

Ils se revoient dans la villa de Meudon, chez Georges. Riri est venu seul. L'amour et la mer ont hâlé son visage. Beau joueur, Georges s'avoue vaincu sur la question de sa santé, mais ne lâche rien du reste.

— Goûte-moi ce Macallan, dit-il en lui servant un verre. Il est plus âgé que toi !

— Fais voir… la bouteille est belle !

— Alors ? Enfin là ! L'air de la mer t'a fait du bien, je vois !

— Oui, c'est en général ce que ça fait… Et toi, que deviens-tu, mon vieux ?

— Moi je ne deviens rien du tout ! Enfin rien de neuf. Au contraire…

Son fils abaisse les paupières ; dessous, il lève les yeux au ciel, puis les rouvre en bridant son souffle. Il sait où son père veut en venir.

— J'attends ce moment depuis longtemps, tu sais ? Qu'on puisse enfin parler ! Tu n'imagines pas à quel point…

Riri ne répond rien.

— Parler, non pas de ton mariage lui-même, mais de tout ce que ça implique, fait Georges, cherchant des yeux un regard qui ne vient pas.

Ça y est, il commence, se dit son fils en rassemblant tout ce qu'il peut de patience. Ils sont assis à table. Riri tient son verre à deux mains. Georges prend un ton grave.

— Que tu te rebelles, c'est normal… Je dirais même que c'est très sain. Ça prouve que tu es en train de devenir un homme. Que tu sais ce que tu veux. Ou tout au moins, tu sais ce que tu ne veux pas, et c'est un bon début…, continue le père en ponctuant ses phrases d'œillades furtives que son fils ne rend toujours pas. Je le comprends et je le respecte tout à fait, dit-il presque solennellement.

Riri continue de se taire. Faisant tourner son verre entre ses mains, il ne le regarde toujours pas, mais son visage s'est détendu. Georges se sent en bonne voie.

— Seulement, vois-tu, je suis ton père. Il est de mon devoir de contenir cette révolte, en tout cas celle qui touche à notre famille, fait-il en le fixant.

Toujours pas de réponse. Pas un regard. Georges baisse les yeux.

— Depuis que tu es avec elle, nous ne nous parlons plus... Plus comme avant.

Riri sort une cigarette, la tasse par à-coups sur la table, ne dit rien.

— Se taire est le meilleur moyen de dire l'irrémédiable, reprend Georges, pénétré de la grande idée qu'il se fait de son rôle de père autant que de la blessure que le silence de son fils lui inflige.

Portant la cigarette à ses lèvres, Riri lève enfin un regard qui rabaisse le père sous l'estime que jusque-là il lui avait toujours portée. Tout ce que Georges contient de colère et de chagrin explose à ce moment-là. Une gifle formidable fait siffler son oreille, à laquelle une autre fait écho.

— Tu comptes aller jusqu'où comme ça ? J'ai déployé des trésors de patience mais ma patience a des limites ! hurle maintenant son père. Cette fille est en train de nous détruire ! Toute ta famille est contre ce mariage, et ta famille, c'est ton avenir ! Tu ne comprends pas que c'est mon devoir de t'en empêcher ?

Riri se lève et part en claquant la porte si violemment que celle-ci se rouvre aussitôt, rappelant à son père une vieille colère qui l'avait enflammé vingt et un ans plus tôt.

Celui-ci le rattrape, l'empoigne et lui assène une troisième claque qui fait tomber son fils par terre. Dans sa chute, sa tête cogne l'angle de la table. Sur sa pommette, une bosse ronde gonfle instantanément. Le prenant au collet, Georges le relève, le secoue. Riri ne bronche pas. Du sang coule sur sa lèvre et dans son cœur l'envie de le tuer. C'est à ce moment-là que la colère s'arrête.

— Tout est ta faute ! C'est toi qui me provoques ! C'est toi qui me cherches ! Toi et tes frasques incessantes !

Georges se prend à deux mains le visage qu'il serre jusqu'à en devenir rouge. Enfin il se détend, lève les yeux sur son fils, debout en face de lui, les bras ballants.

— J'en ai assez de tes conneries... Marre, tu comprends ? Tu es toujours le premier à te précipiter dès qu'il y en a une à faire ! Plus elle est grosse, plus vite tu sautes dessus ! fait Georges en espérant le faire rire.

Ça ne prend pas. Alors il baisse d'un ton et continue sa litanie.

— J'ai pourtant tout fait pour te satisfaire. Je t'ai laissé partir avec elle. Je l'ai fait accepter par ta grand-mère. Plus difficile encore, par ta tante ! Elle s'est conduite comme une pauvre fille, sans intelligence, ni cœur. Sais-tu seulement ce qui arriverait, si je te disais oui ?

Riri ne répond toujours pas. C'est sa façon de rendre les gifles.

— Non, tu ne le sais pas. Eh bien tu serais déshérité ! C'est ça que je veux t'éviter ! Tu entends ?

Son fils demeure mutique.

— Tu ne peux pas me répondre ? demande Georges, plus désespéré qu'en colère.

Il aimerait que son fils lui dise quelque chose. Il aimerait faire la paix. Oublier ce qui vient de se passer. Tout effacer tout de suite, là, maintenant. Le silence de Riri exacerbe sa colère.

— Tu ne vois pas qu'elle descend d'une lignée d'amoindris mentaux ? C'est écrit sur son front comme sur celui de son père ! Comment oses-tu la comparer à ta mère ? Je te l'interdis, tu m'entends ? Ta mère, c'était une femme, une vraie ! Cette greluche est fade, sans étoffe, elle est fausse, et même pas par mensonge ! Il faut pour ça un esprit qu'elle n'a pas ! Elle est fausse parce qu'elle n'a pas le minimum qu'il faut pour se différencier d'une vache. Pis : d'une vache maigre, et plate, et sans beauté, ni laideur, sans une seule qualité, ni même un vrai défaut ! Quelque chose qui ferait le poids ! Moi vivant, je te le dis, tu ne l'épouseras pas !

Rempli de rage envers tout et tous, y compris lui-même, vide de tout espoir de paix, il envoie son fils dans sa chambre et s'enferme dans la sienne. Il tremble de tout son cœur et je tremble avec lui. Georges aime son fils plus que lui-même. Il l'aime viscéralement, il en a fait sa chose, la plus grosse part de lui-même. Et cette violence qui l'a mordu à la naissance, que la guerre a poussée à ses plus horribles extrêmes, qui lui a arraché le cœur en lui prenant sa femme, lui fait mordre la chair de sa chair. Georges se sert à boire et il n'est jamais soûl. Son fils boit aussi. Une heure après, ils ont tout oublié. Le copain formidable vole à son secours et donne son aval.

Le mariage est célébré à la mairie et à l'église du 15e le 25 janvier 1938.

Correspondance

L'arrivée d'Annie ouvre une nouvelle porte de communication entre père et fils. Dorénavant, ils ne se parlent plus : ils s'écrivent. Georges au rythme d'une lettre tous les deux jours, auxquelles Riri répond une fois sur deux, à raison d'un à trois ou quatre feuillets quand même, mais ce n'est jamais assez. Partageant avec mon père le même amour endiablé de ma liberté, c'est ce qui m'a le plus frappée en découvrant leurs lettres dans les dossiers d'archives. Transposons pour s'en rendre compte la situation à aujourd'hui où rien n'est plus facile que de communiquer. Imaginons un fils de vingt ans, dans sa première histoire d'amour et à ses tout débuts, en vacances avec sa dulcinée dans un paradis au bord de la mer, répondre, non pas à une lettre, seulement à un texto de maman ou papa qui demande des nouvelles…

Quel parent ne s'est pas mortifié, arraché les cheveux, promis de déshériter le fils ingrat même pas fichu de répondre à la demi-douzaine de messages que, pris d'une furie textuelle, son père ou sa mère lui a envoyés ? Entre mon père et Georges, ce sont les lettres, qui se comptent par demi-douzaines. Elles comportent une urgence quasi vitale pour Georges qui a oublié de lui dire l'essentiel : il l'aime et ne peut pas vivre sans lui.

Plus son fils s'émancipe, plus son cœur de papa qu'il n'a d'abord pas pu, puis pas su être, s'épanche dans ses lettres. « Mon vieux » devient « mon petit » ; « Georges », « ton vieux Georges », puis « ton vieux père » ; enfin le « vieux père » se transforme en « papa », appellation jusque-là bannie de leur vocabulaire. Empêtrée dans ses vicissitudes, sa fibre paternelle court après un temps mort. Un remords qui grossit à mesure que son fils s'éloigne englue ses mots, ses attentions, ses moindres faits et gestes. Un remords de conscience, de cette déchirure du cœur qui s'étendait à ses muscles à chaque lacune de sa paternité. Une tristesse tournée vers lui-même, qu'il avoue à son fils dans un lyrisme larmoyant qu'il lui avait pourtant appris à mépriser : « Tu sais que je suis très seul et bien misérable et pourtant je suis fou de joie de t'avoir un peu à moi – si peu… », « Je suis bien seul et je pense souvent à toi, je t'aime bien et beaucoup mieux que tu ne le crois », « Tu sais combien je pense à toi et tu sais aussi que je n'ai que toi », « Tu sais comme je t'aime et ce que tu es pour moi », « Tu le sais, n'est-ce pas ? », « Quand je suis parti du Mans en te regardant dans la glace de l'auto, tout seul au milieu de la rue, j'étais bien malheureux, tu sais, mon petit », « Tu ne peux savoir comme je suis malheureux de ne pas te voir ».

Georges bâtit un pont entre la période bénie où il ne battait pas son fils, sous le règne de Valentine, et l'heure où il écrit, enfouissant dans le vide du milieu tout ce qui fait mal. Alors que son fils est marié, il lui écrit, nostalgique : « J'ai pleuré un jour en regardant des gosses sur des ânes. J'avais oublié cette photographie où tu as l'air si gai, tout petit », « Il faudrait que tu viennes seul, (...) je ne pourrais te faire coucher que dans mon lit, à condition que tu ne me donnes pas de coups de pied ! », « Viens seul au moins quelques jours », « Mon petit, je t'embrasse bien, bien fort, comme quand tu étais petit, et comme quand tu étais petit je t'embrasse encore ».

Ces mots me tordent les boyaux. Quel parent ne boit pas seul ses larmes amères ? J'ai bu les miennes aussi et je pleure avec Georges, et mon père aussi a pleuré avec les larmes que le sien lui avait volées. Leur amour s'est perdu au fond de cet abîme. Toutes ces larmes, toutes ces rancœurs, tout ce gâchis d'un bonheur dont il est le cerbère le lient indéfectiblement à un fils qui est en train de lui échapper et qu'il tente de retenir d'un amour constricteur.

À peine plus réaliste que lui dans leur dérive, mon père voit le sien comme son meilleur copain alors qu'il est son seul ami. « Tu n'as pas au monde de meilleur ami que ton vieux Papa », lui écrit ce dernier.

Georges a confié son fils à toutes les mères qui l'entouraient : Cécile, Amélie, Pelaud, Mad. Toutes lui sont une charge. Familiale, affective, morale pour les premières, éducative et matérielle pour Mad et ses enfants, financière pour Pelaud. Il est celui sur lequel chacune s'appuie.

Au moment du mariage, le père devient jaloux et va jusqu'à poser la fiancée en rivale : « Qu'elle ne soit pas un ferment de discorde entre nous, il ne suffit pas que tu me le dises, il faudra maintenant qu'elle me le prouve. Elle a cassé de très belles choses, qui se raccommodent très lentement, et, je te le répète, avec des actes et non des mots. »

Ces propos pourraient être ceux que, croyant le perdre et ne voulant rien céder de son amour, une mère excessive, une mère dévorante, une « mère juive » pourrait tenir à propos de sa belle-fille.

Mon père tente de soulever l'ancre que son père a jetée sur sa vie.

Les copains d'abord

Annie fait l'unanimité de l'antipathie familiale. Georges a beau y mettre ce qu'il peut de bonne volonté, pas plus qu'un autre dans cette famille il ne lui trouve de qualités. Parmi le chapelet de défauts que tous lui reprochent, celui qui recrute le plus gros suffrage est ce dédain que la jeune femme affiche envers les gens de maison. Plus encore que ses façons de s'habiller, ses attitudes en général, sa suffisance ne plaisent ni à Cécile, ni à Georges, ni à Amélie, ni à Louise, ni à Pelaud, et ainsi de suite jusqu'aux amis d'amis et même Boby le chien.

Maintenant qu'ils sont mari et femme, le jeune couple emménage à l'hôtel. C'est un choix de mon père. Leurs familles se partagent les frais et leur versent une rente confortable. Le train de vie est original, les repas se prennent au restaurant, chaque jour prend un goût de vacances auquel les apéros quotidiens confèrent un air de jour de fête. La maison buissonnière fait partie d'un idéal de vie que mon père poursuivra jusqu'à quelques jours avant ma naissance. Georges se retrouve seul à Meudon dans une maison remplie d'absence. Sans attendre un mois de plus, il emménage dans un appartement, au 20, rue de l'Abbé-Grégoire : Mad habite au 39. Cécile et Amélie sont toujours rue Madame, son fils enfin, germanopratin endurci, reste dans les parages. Il a bien sûr sa chambre chez Georges, des fois que. Pelaud, qui fait partie des meubles, s'installe avec lui.

Majeur, Riri touche l'héritage de sa mère qu'il dépense aussitôt, acquérant à prix d'or un beau cabriolet. Il invite autant de copains que son carrosse en peut contenir, c'est-à-dire deux, et part avec Annie faire un grand tour de France, du moins c'est ce qu'il fait croire à Georges. Mais Georges n'est pas dupe, il sait l'engouement de son fils pour les bêtises de préférence dangereuses. Dans l'imminence d'une guerre mondiale, il redoute que lui vienne l'idée de s'aventurer hors frontières. Et il ne se trompe pas : Riri emmène Annie à Gênes, ils remontent le Piémont, traversent la Lombardie, dorment dans un palace à Venise, longent les bords de l'Adriatique, quand la jolie voiture les lâche à Dubrovnik. Riri a pensé à son père : les deux copains, moins fous que lui, se sont arrêtés à Menton. Il leur a confié des cartes qu'il a pré-écrites, avec mission de les poster en temps et heure donnés, puis poursuit l'aventure jusqu'au dernier kopeck. Le couple revit une lune de miel dans la lointaine contrée où, écrira Annie à ses parents, « les indigènes sont très gentils ». Comme ils ne sont plus assez riches pour s'offrir les services d'un indigène mécanicien, ils revendent la voiture. Abreuvés de paysages merveilleux et délestés de toute espèce sonnante et trébuchante, ils rentrent en bateau, puis en train, puis en auto-stop, enfin à pied. Ainsi se terminent les vraies aventures. Georges le voit revenir chevauchant glorieusement cet éléphant sous roche dont il avait vu les oreilles, sans qu'il pût dire précisément si c'étaient celles de son fils ou celles de l'animal, dépasser sous la pierre. Son fils lui fait le récit de son équipée, le copain formidable chasse la colère du père et la fête continue.

À son retour l'attend une convocation pour sa préparation militaire, en février 1939. Élevé dans le culte de la chose révolutionnaire par sa mère, martiale par son père, il se réjouit à l'idée de partir à la guerre. Toute la violence que ses parents « ont mise à l'intérieur de lui », à coups de claques pour Georges, de berceuses sanguinaires pour Valentine, devrait trouver ici son exutoire. Voilà une nouvelle aventure, et de taille ! Il va servir son pays, délivrer la France, se battre pour la liberté ! Mais le destin n'est pas d'accord. Les militaires non plus.

— Trop maigre ! lui dit-on en substance. On ne veut pas de vous !

L'humiliation le pique au vif. Son insuffisance musculaire ainsi jetée à la figure le renforce dans sa volonté de s'engager. Ce n'est que partie remise, se promet-il. La déception lui a porté un coup qui mérite récompense. Il prend sa femme par le bras, son fusil à la main, et les voilà tous trois en route pour un mois au grand air, dans un hôtel au Col de Porte. Annie, qui fait office de copain quand les autres sont pris, s'y est mise aussi. Comme ils ne peuvent sortir se promener fusil à l'épaule, ils tirent sur tout ce qu'ils peuvent viser depuis leur chambre : les stalactites, la boucle de sa ceinture, un miroir par inadvertance. Ils s'engueulent beaucoup, se réconcilient, dépensent tout leur argent en restaurants et en sorties. Bonnie and Clyde en version gosse de riche, ils se fâchent avec le taulier. Ce dernier écrit à Georges qui prend sur lui frais et débours. À court de munitions et monétaires et balistiques, ils décident de rentrer. Georges fulmine encore, cautionne toujours, éponge la note, le dépôt de plainte de l'hôtelier et le scandale chez les parents d'Annie.

Les chambres d'hôtel ne permettent pas d'héberger les copains. Le couple prend, aux frais de leurs parents, un appartement rue Chomel, dans le 7e arrondissement, bon compromis entre le 6e des uns et le 15e des autres. Le ménage s'agrandit : dorénavant l'appartement accueille en permanence le copain en titre de mon père, alors un garçon prénommé André. Là encore, il s'agit d'un idéal de vie auquel il ne dérogera jamais, si j'en juge par l'incessante continuité de successeurs d'« André » qui occupèrent la même fonction, jusqu'à mon départ. Lorsque j'étais enfant, notre chambre d'amis était toujours occupée par l'un d'eux qui restait chez nous entre plusieurs mois et quelques années. L'ambiance était festive, joueuse, parfois même explosive. Mon père et le copain de service n'étaient jamais à court de farces. La démesure de leurs bêtises, leur taille, leur âge, la gravité de leurs voix quand l'un riait aux éclats d'un coup qui n'avait pas exactement le même effet sur l'autre, leur donnaient, vus de mon âge, des airs de vieux enfants. Ça allait de la couleuvre jetée sur le ventre de celui qui faisait la sieste, à la porte du frigo qui tombait par terre quand l'autre l'ouvrait. Ça faisait toujours un vacarme fracassant, avec stupeur monumentale d'un côté, fou rire tonitruant de l'autre. Je me souviens d'un pétard que son copain d'alors, Kamel, avait coincé sous sa fenêtre et qui coûta à mon vieil ado de père une bonne moitié de surdité. Il se fâcha tout rouge de cette contrefaçon de vieillesse dont l'incident l'affublait. Le copain en question disparut de l'horizon. Nous eûmes droit à quelques jours d'une accalmie qui pouvait durer jusqu'à un mois avant qu'un autre copain, tout beau, tout neuf, parfois ancien, ne vînt remplacer le précédent. Avec le temps, les joutes récréatives se firent plus intellectuelles et donc moins drôles, toujours vues de mon âge. Ainsi, eûmes-nous droit à Vergès – l'avocat qui se prenait pour Voltaire – et qui pendant quatre ans squatta ma chambre sans jamais me demander si ça ne me dérangeait pas trop. J'oubliais, au milieu, dans le cru des années 70, une jeune sylphide qui se trimbalait nue dans notre appartement, déambulant, dans toute la gracieuseté de ses vingt ans, de la chambre d'amis tout au fond du couloir à celle de mon père à l'extrême opposé. Plus tard, lorsque je lui en demandai explication, il me répondit qu'incapable par amour pour nous de quitter notre mère, c'était la réponse la plus cinglante et la plus douce à la fois qu'il avait trouvée à lui donner, face à une situation qu'il ne supportait plus. En effet, j'avais été témoin, dès l'âge de huit ans, des frasques adultérines de ma maman, laquelle cachait son jeu en le cousant de fils si blancs qu'ils en devenaient aveuglants. Adepte de l'amour libre, héritage de Valentine, il arriva une fois ou deux que mon père s'opposât à la façon quelque peu abusive dont ma mère, qui conjuguait cette liberté à la première personne du singulier exclusivement, en usait. C'était toujours suivi d'un effet immédiat. Portant en elle le feu sacré de la liberté, toute amoureuse qu'elle était de l'homme qu'elle avait épousé, rien ni personne n'aurait pu l'empêcher de faire ce qu'elle voulait. Elle agissait d'une façon extrêmement féminine et naturelle, c'est-à-dire que sa beauté y participait, tout simplement parce que, de fait, elle était belle, et non pas parce qu'elle le savait. À ses charmes s'ajoutaient un esprit vif, une repartie cinglante. Elle pouvait être méchante, mais si mon père s'en apercevait – car si étrange que certains pourraient croire, il avait en horreur la méchanceté –, elle s'en repentait avec dans le regard une sincérité tragique, digne de la Madeleine du Titien, qui faisait fondre son homme. Passionnée, fougueuse, pleine de vie, elle savait donner à leurs fâcheries la note de drame passionnel qui les faisait toujours se terminer par un voyage improvisé sur les canaux d'une ville européenne ou sur une plage de l'Atlantique, et alors ils avaient vingt ans et plus rien n'avait d'importance. Ma mère, Vicomtesse de Quatre Pattes, Patitas, Poisson Rouge et Chien Juste, voilà comment l'appelait mon père. Son corps d'Esmeralda, ses longues mains fines, ses cheveux noirs et ses yeux verts lui avaient inspiré l'histoire d'une ancêtre clandestine à qui elle ressemblait tant que je finis par lui ressembler aussi. Une gitane d'une beauté incendiaire, vendeuse de roses, voleuse de poules et tresseuse de paniers, pour laquelle un trisaïeul, alors dans ses vingt ans, médecin militaire, avait dû renoncer à sa carrière afin de pouvoir l'épouser. Cette déesse, encore plus païenne que ne l'était celle de mon père, eut avec lui, disait ma mère comme à bon entendeur, cinq filles, toutes d'une grande beauté, et dont aucune ne fut honnête. J'adore cette histoire qui verse son sang impur, neuf et blasphématoire, et abreuve les sillons de ma noble ascendance. Je me suis attachée à cette grand-mère et crains tant de la perdre que je renonce à vérifier mon arbre généalogique de ce côté-là. C'est grâce à elle que, moi-même séduite par sa beauté et celle de son histoire, je n'ai jamais pu en vouloir à ma maman, qui ne savait pas l'être, de sa conception très particulière de l'honnêteté. Mon père était follement amoureux de ma splendide gitane de mère que personne à part nous n'aimait, car elle ne savait aimer que singulièrement, éperdument, son homme et les enfants que, par un tour de sa magie à elle, elle lui avait faits.

Mais revenons à mon père. Fort de ses expériences toutes fraîches en matière touristique et des influences du sien, le voilà embauché à l'Union nationale des associations du tourisme. Georges pense que ça le tiendra en place… Il démissionne un mois et demi plus tard pour raison de santé, ce qui, si ne rien faire est le meilleur moyen de la conserver, n'est pas complètement faux.

Aventures guerrières

Arguant cette fois de sa licence de droit et toujours par ses accointances, le père-tout-puissant le fait entrer au ministère du Blocus. Vient la déclaration de guerre, mon père retente l'armée, et, toujours faute de muscles, retourne à la case Blocus. Il a compris que le monde du travail subordonné n'est pas plus fait pour lui que la vie de couple, en tout cas pas celle-là. Et puis la nouvelle tombe : Vincent, le fils de Mad, celui qu'avec Georges ils disaient être son frère de lait, meurt au combat, à peine âgé de dix-neuf ans. Le choc le décide à entreprendre une troisième tentative, cette fois avec la ferme intention d'être enrôlé. Lesté de trois kilos de plomb dans chaque poche de son pantalon, il décroche enfin sa mobilisation. Première victoire sur le destin. Il a triché, mais il a obtenu ce qu'il voulait. C'est lui qui a eu le dernier mot. Annie le rejoint au Mans. Georges l'accompagne en voiture pour assister au départ à la guerre. Il va combattre l'ennemi, il a ce qu'il faut de bellicisme pour ça. Il part le mors aux dents, bien décidé à tuer du boche. Nous sommes au mois de juin, quelques semaines avant l'armistice de 1940.

Le jour même de son arrivée, il se porte volontaire pour monter en ligne. Partis à pied en pleine nuit, Lebel à l'épaule, trente kilos de paquetage sur le dos, les soldats reçoivent soudain un ordre de repli vers le sud. Son sac pèse un peu plus de la moitié de son poids. Il déploie toutes ses forces à suivre sa colonne, chassant la moindre faiblesse en pensant à Vincent. Très vite, les choses se compliquent. Il a de plus en plus de mal à avancer. Heureusement qu'il fait nuit, pense-t-il. Il serait la risée de la troupe. Les six kilos de plomb qu'il se sentait fier d'avoir eu la ruse de fourrer dans ses poches s'ajoutent aux trente de son paquetage, et c'est trente-six kilos de honte qu'il voit danser sous ses paupières. Bientôt ce seront trente-six chandelles. Les bruits de pas des autres hommes se font de plus en plus lointains. Ses jambes le portent de moins en moins. Soudain, ses genoux le lâchent. Il n'a pas compris comment. Il n'a rien cogné, il n'a rien senti. Ils se sont pliés d'un coup. Le voilà agenouillé dans la terre humide. Le poids de son sac le plaque au sol. Humilié jusqu'à l'os, il entend les pas réguliers des autres s'éloigner, partir au loin, être des hommes. Pas lui. Il est à bout de ses forces physique et morale, mais pas de celle de sa volonté. C'est à Georges qu'il pense maintenant et cette pensée lui donne un regain de vigueur. Il veut se relever, tombe à nouveau, la gueule dans la boue. Il essaie de se défaire de son fusil. Sciée par la courroie du sac, son épaule lui fait mal. Il parvient à le dégager, le dresse. Même le fusil est lourd. Il veut s'appuyer dessus, la crosse ripe sur le sol mouillé. Il finit par se ramasser, se relève en s'appuyant dessus comme un vieillard sur sa canne. Il a vingt-deux ans. Il n'y a pas deux heures qu'ils sont partis, il a le dos brisé, des crampes dans les bras ; ses jambes, ses genoux, ses pieds lui font mal. Au loin les pas des hommes se confondent dans un brouhaha. L'humiliation lui brûle les poumons. Il a défait les sangles de son sac. Le silence vivant de la forêt remplace les pas des soldats. Il s'appuie contre un arbre, dans une nuit aussi sombre que son destin, du moins celui qu'il est en train de vivre. Sa guerre aura duré deux heures et il meurt de lui-même, d'une mort sans gloire, une mort cachée dans l'ombre de la nuit. Il aurait préféré cent fois enterrer son destin dans les ténèbres de la guerre. Tout à coup, des bruits d'avion font taire la nuit. Il n'a plus la force de bouger. Bouger pour aller où ? Se coucher sous une bombe ? Les bruits se font plus lourds, plus proches. Les bombes pleuvent cette fois pour de bon. Çà et là, des feux illuminent le ciel. Un paysage d'horreur fantastique, constellé de soleils de nuit, enflamme l'horizon. La peur le prend aux tripes. La peur, une peur animale, une peur plus forte que tout lui mord les entrailles. Pris entre la beauté tragique de la guerre et cette peur colossale, il reste médusé. Une fatigue de vieillard s'abat sur ses vingt ans.

Après une nuit passée au clair d'obus, il s'apprête à reprendre la route. Ses provisions en corned-beef et en pain dur sont épuisées. Ce bombardement le sauve, qui lui donne une excuse pour justifier qu'il a perdu sa troupe. Ne parvenant pas à rendosser son sac, il le porte à bout de bras et reprend son chemin. Le mot d'ordre était de descendre vers le sud. Face au soleil, il donne un quart de tour à droite et part à la recherche de sa colonne. Les avions sont partout. Il doit se cacher, son uniforme le ferait repérer par les Allemands. Il n'a pas fait un kilomètre qu'il est déjà épuisé. Il lui reste bien une portion de riz et quelques légumes secs, mais le jour est levé, il ne peut pas s'asseoir, allumer un feu, sortir son attirail et se faire à manger. Il s'acharne, il veut y arriver, arriver où, il ne sait pas bien, mais il veut tenir le coup, se prouver au moins à lui-même qu'il est capable de ne pas finir sa guerre comme ça. Il cherche un endroit où se cacher le temps de reprendre un peu de force. Il s'enfonce dans un bois, pose enfin son barda. Il sait que Mad n'est pas très loin. Elle s'est réfugiée chez son frère, à Ruillé-Froid-Fonds. Il décide d'aller la prévenir que les boches arrivent, lui dire qu'il faut rentrer. Ce sera au moins ça de bien. Figée dans son malheur, Mad refuse de partir.

Il marche le long d'un champ pour pouvoir se cacher au cas où et le cas où échet. Un bruit de moteur léger, comme un bourdon motorisé, vrombit au loin. Il s'enfonce dans les épis d'orge, y jette son sac puis se faufile au ras du sol. Il rampe le plus loin possible, jusqu'au moment où les vrombissements cessent. Les Allemands se sont arrêtés. Il les entend parler leur langue en métal rouillé, sèche comme un couperet. Des tirs fusent autour de lui. Une balle siffle à deux doigts de son oreille. Il fait le mort. Attend, immobile, tête bien appuyée dans la terre humide. Il entend leurs pas froisser, piétiner, écraser les plants d'orge. Le bruit se rapproche. Il croit son heure venue. Le vacarme va decrescendo. Des pas bottés vont et viennent sur la chaussée. Les moteurs se rallument. Les Allemands repartent.

Il n'est pas passé loin. L'idée de mourir caché comme un lâche qui fuirait sa guerre alors qu'il est en train de lui courir après et que ses forces ne le suivent plus l'accable.

Il va falloir qu'il règle ses comptes avec le mauvais sort qui lui colle à la peau. Il va changer la donne, c'est sa priorité. Parce qu'on ne fait pas ce qu'on peut avec ce qu'on a, mais ce qu'on veut avec ce qu'on n'a pas. Faire avec les moyens du bord, c'est bon pour ceux qui n'ont rien de plus que leur destin à vivre. Le sien, il va le réécrire. C'est la seule chose qui puisse le sauver. S'opposer à une force suprême qui va à l'encontre des siennes et de tout ce qu'il croit vrai. Appréhender les situations en maître de ce qui vous arrive, même si ce n'est pas vrai et que vous le savez. Refuser le destin comme une fatalité. Le prendre comme un adversaire. Se croire une carrure suffisante pour l'affronter. Ça s'appelle avoir de la trempe. D'aucuns diraient même du courage : il s'agit seulement de ne pas avoir peur des mêmes choses.

Il s'enfonce un peu plus, et là, bien au milieu du champ, s'allonge entre les épis et s'endort. Il se réveille au crépuscule, reprend la route. Il passe dans la famille d'Annie, à Saumur et Oudun, leur emprunter un peu d'argent. De là se rend à Roumazières, trouve une garnison. On le renvoie à Périgueux où son régiment, le 26e d'infanterie, est caserné. Le soir il rentre à Escoire. Il est dans un tel état d'épuisement et de maigreur qu'il finit par être hospitalisé à l'hôpital de Bergerac. En vacances au château, Annie vient lui rendre visite et lui livrer ses doléances de châtelaine qui voudrait l'être à la place de la vraie. Laquelle accourt aussi à son chevet.

À Périgueux, en attendant une autre affectation ou une démobilisation sur laquelle il compte fermement – cette fois il ira les poches vides –, il écrit à son père. Ici débute la première d'une série d'aventures purement épistolaires. Il y en aura d'autres, qui commencent toutes par la même phrase : « J'ai eu pas mal d'aventures depuis la dernière fois… »

« 2 juillet 1940

Mon cher vieux Georges,

Tout va bien ; je suis sain et sauf à Périgueux. Voici ce qui m'est arrivé.

J'ai eu pas mal d'aventures depuis Le Mans. Volontaire pour monter en ligne le jour de mon arrivée, j'ai reçu samedi l'annonce de mon départ pour le front – ce devait être le 15 juin. Le dimanche, attente sur place. Le dimanche soir, ordre de repli vers Laval. Marche de nuit jusqu'à 29 kilomètres de cette ville. Par suite de l'imprudence de fumeurs, la colonne est repérée, et les Allemands, qui ne cherchaient déjà plus qu'à faire des prisonniers, vont bombarder des ponts qui sont à 15 km devant nous. (Toute la garnison du Mans devait être utilisée.) Lundi : repos toute la journée et départ à la nuit pour une nouvelle destination : Brûlon, en direction de Sablé. Bombardement de Sablé dans la nuit. Ponts coupés. Le lendemain, départ sans rassemblement, sans indication, sans signal, la pagaie noire.

Je faisais fonction de sergent, et j'étais chargé d'énerver les traînards, de tâcher de les décider à continuer. Sale boulot, ingrat et éreintant. Arrive un moment où, avec un groupe de trois éclopés, je perds la colonne. Après une poursuite qui a duré toute la journée, je retrouve sa trace à Meslay du Maine. Tout près de Ruillé. Je reviens chercher mes types, trouve une voiture qui nous ramène à Meslay, et quand j'arrive à ce bled, plus de compagnie. Je repars vers le sud, en vélo, et suis accroché par des motocyclistes allemands. Échange de coups de feu, à mon avantage d'ailleurs, parce qu'ils étaient trop pressés pour se battre à fond. Je passe à trois kms de Ruillé-Froid-Fonds, vais voir Mme F pour lui conseiller le départ. Elle refuse. Je continue vers le sud, me bats encore à mon avantage – les motocyclistes se détachant bien sûr (tu penses bien !) sur le clair de lune, et moi étant bien planqué dans le fossé. Je me couche à 4 heures du matin, mort de fatigue. À six heures, je repars en vélo, le fusil en bandoulière, sifflotant tranquillement, ayant appris dans la grange où j'avais couché que les Allemands avaient déjà fait des incursions dans la région, de nuit, et sans se maintenir pendant le jour ; à 300 mètres de là, j'arrive à 20 mètres d'un groupe de 400 Allemands, cachés à la sortie d'un virage. Un Allemand me désarme, casse mon fusil, me vole 300 francs, ma montre et mon stylo et nous partons à pied, en colonne, encadrés de boches armés. À une halte, apprenant que des camions devaient venir nous chercher pour nous embarquer vers Laval, puis Lille, je me suis tiré des pieds ; rampant dans une haie, puis dans un champ de blé, j'ai servi de cible aux Allemands qui, sûrs de m'avoir tué – la balle qui est arrivée le plus près a atterri à 3 doigts de mon oreille – ne se sont pas dérangés pour vérifier. Ils se sont contentés – je l'ai su par les gens du pays – de dire à des femmes : nous avons tué un de vos soldats, allez le ramasser. Je me suis caché pendant plusieurs heures, puis j'ai marché vers le sud-est pour rejoindre un régiment. L'armistice m'a trouvé à Loudun. J'ai continué par Vivonne, près de Poitiers, et ai passé en zone libre aux environs de Champagne-Mouton, Charente. Au total, avec les innombrables détours obligatoires, 400 kms à pied, en 10 jours, partout, sauf à deux reprises, accueil et aide admirables. J'ai eu de l'argent à Saumur et à Oudun (famille d'Annie). Depuis, passé le 27 en zone française (ou le 28 ?) j'ai fait quelques jours de dépôt à Roumazières (Charente) et on nous a amenés à Périgueux, dans un dépôt où je passe chaque jour la matinée, en attendant affectation ou démobilisation. L'après-midi et la nuit à Escoire.

Ce récit est bien sec, mon pauvre vieux. Je ne peux pas trouver autre chose à te raconter, sauf que je serai immensément heureux de te revoir. Mais je suis abruti de fatigue. Je n'ai pas d'adresse militaire. Écris à Annie sans mentionner mon nom. Elle me donnera ta lettre.

Je t'embrasse bien, bien fort. Je suis rudement content de ne pas être resté chez eux.

Henri. »

Naissance de l'écrivain

Prisonnier consentant des rêves de son père, il lui a concocté ce héros d'encre et de papier, alter ego de substitution, commandable à distance, qui couvre ses failles tout en tenant la barre des attentes du pater. Comme jaillit la vie par les rejets d'un arbre mort, portés par les volutes de l'écriture, les mensonges de mon père s'ancrent dans l'esprit du sien et le mythe devient vrai. Georges gobe tout de cette histoire réécrite pour combler ses espoirs. Il reconnaît sa propre veine dans le récit de ses aventures. « Tu me disais que tu comprenais ce que c'est que le sentiment national. Si la France continue d'exister, c'est par les types comme toi et comme nous... » Il y croit si fort qu'il conservera et emportera partout avec lui, jusque dans son dernier voyage, les vêtements que mon père portait lors de son « évasion » comme un précieux fétiche, heureux et fier de ce fils qui lui rend et son orgueil de père et celui du soldat. « Je t'avais écrit (...) pour te dire que j'étais si fier de toi et je te comprenais si bien. Tu auras au moins dans cette affreuse tristesse où nous sommes tous la consolation d'avoir fait ton devoir pour ton pays. »

Riri ne trouve sa voie dans aucune de celles que Georges lui propose. Élevé dans le royaume de ses idées avec l'aisance de son milieu, un monde qui n'a plus tout à fait les pieds sur terre, un monde enfin avec lequel il a un gros compte à régler, mon père est fait pour sortir de ses gonds. Sa révolte ne lui vient pas seulement d'une sorte d'héritage caractériel, elle est congénitale. Georges avait exprimé la sienne par sa passion pour la vie militaire, pour les « terriens », comme lui-même les appelait, leurs coudées franches, leur verbe dru, son mariage avec Valentine, fille du peuple, féministe, camarade de Lénine et athée. Propulsé par la guerre hors enceinte familiale, il était tombé amoureux de ce monde extra-muros, il y avait puisé l'inspiration de ses livres, il y avait mêlé son sang. La mort de sa femme l'a laissé dans un grand vide, tous feux éteints, fantasmes de sédition compris. Ce goût de la rébellion, il ne l'a pas seulement transmis : son fils en est le fruit. La révolte dont Riri est pétri vient de ce que ce même monde, que les choix de son père avaient tant offensé, avait vengé l'outrage en faisant verser à sa mère l'impôt de son propre sang. C'est de ce sang qu'est nourrie sa colère.

La fortune familiale, son père en a été destitué pour avoir épousé sa mère. Ce n'est donc pas seulement qu'il méprise cette opulence, c'est qu'il veut lui régler son compte. Sa seule fortune, c'était sa mère, et il l'avait perdue parce que les autres, ceux qui la possédaient en titres et patrimoine, avaient eu peur qu'avec son léninisme flamboyant, Valentine la Rouge ne la leur fît perdre irrémédiablement. Accorder la moindre considération à l'héritage, c'était se laisser soudoyer par ceux-là mêmes qui avaient tué sa mère.

Plus on le gâte, plus il méprise l'argent. Pour l'instant, toute sa haine est contenue dans ce mépris. Quand une montagne la couvrirait, elle finirait par sourdre comme la lave d'un volcan, comme le pus d'un furoncle. Il ne peut pas se conformer à cette oligarchie. Il n'y a pas sa place. Jamais il ne se résignerait, comme l'a fait son père, à se murer dans une forteresse institutionnelle, si prestigieuse fût-elle. Jamais il n'oublierait. Il n'a pas pu aller se battre, et finalement tant pis. Il a une autre guerre à faire. On a tué sa mère. On lui a volé ce qu'elle avait de plus cher, et ce plus cher, c'était lui. Et l'on voudrait qu'il tombe dans l'ornière à ses pieds, heureux élu d'un système qui a éradiqué sa mère ? Qu'il se plie à ses règles, qu'il adhère à ses lois au mépris de sa pensée, en un mot qu'il trahisse celle qu'ils avaient laissée mourir enceinte dans un hospice de charité, parce qu'*elle* n'était pas née du bon côté, parce qu'*elle* y avait tenu tête, parce qu'*elle* était allée au bout de ses convictions ? Quel lâche faudrait-il donc qu'il soit ! Il verserait le sang plutôt que d'être celui-là. Après tout, c'était le prix qu'on avait fait payer à sa mère pour s'y être opposée de toute la force de son intégrité. Une envie de vengeance, qui le hante depuis le jour où il avait entendu la voix sans âme de Cécile rendre son verdict assassin, remonte du fond de son amertume, chaque fois qu'il y pense. Laisser impuni le crime du fort contre le faible, de l'être qui l'a porté, qui lui a donné la vie et qui a armé son cœur contre ce genre d'ignominie, ou y apporter réponse, quitte à y perdre tout ce que l'on possède et à y risquer sa vie. Être ou ne pas être.

Il ne trouve pas sa place dans la vraie vie, alors il se met à vivre par écrit. Pour la première fois, le fils suscite l'admiration de ce père magistral, la sacralisation virile. Cette aura nouvelle s'étend à la famille et à tous les amis. La relation Georges-Riri bat son plein de parfaite entente. Il vit ses affabulations et se construit aux yeux des siens en tant que héros de ses récits, pour s'essayer à une vie bien à lui. Une vie plus grande que la vraie. Une où il pourrait agir, être libre comme le vent. N'être prisonnier de rien ni de personne. Ou alors pour de faux. Sa plume lui donne des ailes. Il incarne à s'y méprendre le héros de ses histoires sans jamais l'être tout à fait, parce que celui qui est en train de se construire, c'est le raconteur plus que son personnage. Ici naît l'écrivain.

Bien sûr – vous le savez, lui pas encore –, il va dans le mur. Derrière ce mur il y a la vraie vie, la vie sans filet, mort y compris. Quand il aura glané jusqu'à son dernier brin le champ des illusions de Georges, quand il sera au pied du mur, il choisira de le tuer plutôt que de le décevoir, parce que ce serait pour l'un et l'autre la pire des morts. Ils sont d'accord là-dessus. Alors il éteindra sa machine à rêver. Pour qu'il s'en aille avec ses rêves. Mais c'est lui qui décide de passer à l'acte et c'est encore lui qui décide de lui survivre. Il doit ce trophée à sa mère. L'important, c'est qu'il gagne.

Le repos du guerrier

Cécile, la vieille matriarche, la mère crainte et sacrée, la grand-mère détestée, meurt des suites de ses malheurs au printemps 1940, à Escoire. Loin de son ouvroir et des mondanités, dans ce château que ses enfants jadis avaient rempli de bruit vivant, Cécile s'éteint, torturée par les affres des souvenirs heureux.

Tombée malade à la déclaration de guerre, elle a passé tout l'hiver au château. Louise est restée à son chevet jusqu'à son dernier souffle. Six jours plus tard, Cécile rejoint à Paris Charles, Madeleine et Valentine dans le caveau familial que son mari avait acheté à la mort de leur fille. Épuisée par ses aller-retour entre Escoire et Paris, Amélie se dit lasse de gérer la propriété. Depuis la maladie de sa mère, il y a un an déjà, elle n'a cessé d'accourir auprès d'elle, épancher sa tristesse, ses humeurs maussades, acariâtres parfois, que cette dernière épargnait à Louise, les réservant à sa seule fille, et s'occuper de la propriété. Se plaignant volontiers de ses petits ennuis avec les métayers, elle s'est confiée à Georges qui saute sur l'occasion pour proposer de vendre le château. L'idée le tarabuste depuis longtemps. Amélie crie au sacrilège. Le château est le bastion de la famille ! Vendre, c'est vouloir l'anéantissement de toute leur lignée ! Bien que redoutant les colères de son frère, Amélie est l'héritière de l'immense fortune de sa mère, elle a le pouvoir. Lui n'est plus que propriétaire – et encore, par moitié avec elle – du château et des quelques terres qui avaient échappé aux mesures prises par Cécile pour protéger les siens de la ruine qu'aurait fatalement entraînée le mariage de son fils avec Valentine la Rouge, Valentine la féministe, Valentine l'impie. Amélie est dorénavant la « matriarche » en titre. Georges rentre son idée dans sa poche et met son mouchoir par-dessus.

Le vieux père souffre d'autres déconvenues. L'armistice de juin 1940 le transit de honte et de colère inavouable. Son gouvernement s'installe à Vichy au mois de juillet. Il passe de la rue de l'Abbé-Grégoire à l'Hôtel du Parc, de Riri, Mad et Amélie à tout l'univers pétainiste. Son monde – le monde entier aussi – est sens dessus dessous. Le coup est très dur pour le vieux père qui, en plus d'une irritabilité exacerbée par la conjoncture, perd, avec la distance, encore plus le contrôle de son fils. Il compte sur son ami le plus fidèle pour veiller sur les siens. L'amitié qui le lie à Xavier Mariaux s'était nouée dans les tranchées. Éveillant des souvenirs encore vifs qui les remplissent d'amertume, d'une même fureur patriotique et de nostalgie belliciste, la situation fait resurgir cette solidarité de survivance qui les avait unis pendant la Grande Guerre. Chef de famille aussi, Mariaux a installé femme et enfants dans une propriété qu'il possède en Haute-Vienne. Il fait des aller-retour permanents entre Paris, où il dirige une entreprise de construction, et sa campagne. Enfin, habitant rue Madame, pile entre l'appartement de Lili et celui de Mad, il est l'homme de la circonstance. Georges et Xavier se soutiennent mutuellement, ils s'entraident, partagent leurs responsabilités de chefs de famille. Georges lui rend régulièrement visite en Haute-Vienne. Ils s'écrivent, ils s'appellent. Ils sont le meilleur ami l'un de l'autre. La solitude, le poids de la charge qu'il s'est imposée entre son fils, sa sœur, Mad et les trois enfants suscitent chez Mariaux une admiration sans borne qui vaut à Georges le plus grand dévouement.

La correspondance entre père et fils reprend de plus belle. Les inquiétudes aussi. Le danger approche à pas sûrs et bruyants. Paris obéit aux ordres. Paris perd ses ors. Paris parle allemand. Paris occupé endeuille l'âme de la plus belle ville du monde et de tous ceux qui l'aiment. Voulant tourner une page de cette année terrible, atroce, annonciatrice de plus effrayantes encore, Amélie descend à Escoire dès le mois de mai. Elle a convié deux couples de ses amis à fuir l'air infesté de ce Paris défiguré, avec leurs enfants – huit en tout –, au château. Réquisitionnée pour les besoins de la nation, l'aile gauche est remplie de vieillards incurables et alsaciens. « Le chanoine est un vrai boche, écrit Lili à ses amis, c'est affreux ! » Seule l'aile droite est vacante, si bien que tout ce joli monde s'y retrouve entassé, vivant les uns au-dessus des autres dans une atmosphère animée.

Plus châtelaine que la vraie, Annie s'est permis d'inviter un couple de ses amis à elle, sans en demander la permission ni en informer l'officielle. Bafouée en son propre domaine, la maîtresse de céans braque ses foudres sur cette deuxième rivale qui non seulement lui vole son neveu, mais saute maintenant à pieds joints sur ses plates-bandes et sur ses nerfs. Dans cette famille de coléreux de père en fils, les femmes ont en horreur les éruptions cataclysmiques. Elles ne se mettent jamais en colère ; elles agissent. C'est ce qu'avait fait Cécile contre le mariage de Georges. Répondant au sans-gêne de sa « bru » entre guillemets à défaut de particule, Amélie met les amis d'Annie à la porte sans ambages ni délai : *manu militari.* Cette dernière pourra toujours aller s'en plaindre à son époux monsieur mon père, ce qu'elle s'empresse de faire. L'ire différée de son neveu alité à l'hôpital de Bergerac n'inspire nulle crainte à une Amélie rompue aux fureurs mâles de cette famille. Virulentes, brutales, elles sont instantanées et meurent aussitôt exprimées. L'ambiance néanmoins en prend un coup, et ce n'est qu'un début.

Mon père est démobilisé pour insuffisance musculaire au début du mois d'août. Il rejoint sa femme au château. Un terme définitif est mis aux espoirs de carrière militaire que Georges faisait peser sur lui. Cette déception ajoute aux tribulations du vieux père qui se rabat sur la carrière professionnelle de son fils. Il envisage le Conseil d'État. Deux concours sont prévus cette année. Le travail que Riri a fourni au Blocus, où il a donné entière satisfaction, est prometteur. Il va y avoir une préparation spéciale qu'il pourrait suivre. Taureau dans son toril qui n'attend qu'une seule chose, que s'ouvrent devant lui les portes de la vraie vie, mon père est séduit, qui montre de l'intérêt pour la chose politique. Il a beau exécrer le contrôle permanent que Georges exerce sur lui, quand il s'agit de satisfaire les désirs de son père, une sorte d'obéissance automatique répond pour lui.

Le jeune couple s'enferme dans ses appartements. Les gosses des amis d'Amélie courent, crient et font des choses d'enfants qui ruinent les grasses matinées de mon père. Dans une allégresse rageuse, il fait retentir ses coups de carabine sur les aïeux assis dans les tableaux qui jalonnent le couloir de leurs regards éteints depuis des temps immémoriaux. Le Mané, thécel, pharès* s'inscrit en clair, tir après tir.

Il vide avec Annie les caves du château, frappe du poing sur la table, casse la vaisselle dès qu'un plat manque de sel. Évidemment, c'est sur Annie que tombent les reproches. Ses attitudes, ce ton d'autorité hautaine exaspèrent Amélie et Louise, ainsi que les amis qui ne l'oublieront pas.

À bout de nerfs, Lili écrit à son frère. Son neveu la précède, exprimant explicitement et en détail le cordial irrespect qu'il voue à sa vieille tante.

« Mon vieux père,

Je suis bien arrivé, et j'ai eu la veine de trouver ici quelques bouquins de droit qui avaient suivi dans les valises et que je commence à potasser, histoire de déblayer du terrain.

Malheureusement, il est également impossible de travailler et de dormir ici ; les petits Gentil hurlent

* Mané, thécel, pharès : malédiction qui annonce la mort du roi Balthazar. Textuellement : compté, pesé, divisé.

simultanément dès l'aube ; et j'ai beau réclamer, on me répond que 8 h du matin est une heure tardive pour se lever, et que je n'ai qu'à faire comme tout le monde. Comme j'ai recommencé à travailler le soir, tu vois comme c'est gai.

Ma tante est aussi haïssable que sa charmante nature le lui permet. Les questions de respect du travail et de repos d'autrui ont toujours aussi peu d'importance à ses yeux. Par contre, il ne s'agit pas de faire de blagues avec le porte-monnaie – ce qui est d'ailleurs un sentiment louable –, dit-il, prévenant l'irritabilité de Georges sur le sujet –, mais dont les effets sont fâcheux lorsqu'il s'agit de nourriture. On crève de faim, comme il est de tradition, avec de meilleurs prétextes, toutefois… Aussi l'atmosphère est drôlement ambiante. Tu t'en doutes.

Ma tante va sûrement t'écrire pour te dire que je suis odieux, et Annie une gourgandine insolente. Je préfère prendre les devants et t'expliquer dès maintenant ce qui se passe. Tu seras ainsi plus à l'aise pour nous défendre.

Crois bien, surtout, que je te foutrais la paix avec ces drames de province si je n'avais la certitude que tu en seras informé d'un autre côté.

Parlons maintenant de choses sérieuses : le travail. J'ai vu à peu près quelle est l'étendue du programme de révisions personnelles. J'en ai à peu près pour deux mois en travaillant au régime actuel, c'est-à-dire l'après-midi et le soir jusque vers minuit. Les idées que je me faisais et que nous nous faisions tous les deux du reste, sur les trois heures par jour, sont tout à fait illusoires. Je n'ai une toute petite chance de succès qu'en travaillant dès maintenant à un régime forcé – tout au moins pour le concours de cette année. Mais j'ai la certitude, en toute hypothèse, de réussir l'année suivante si ça ne marche pas cette fois-ci, ce qui, je tiens à t'en prévenir, est très plausible. Vois donc Anottin au ministère de la Justice (le type à qui Gentil et Dayras voulaient me présenter, qui ne devait rentrer que mercredi dernier, et qui est au courant des questions de préparation) et tâche de me procurer un programme du Conseil d'État – c'est ce qui peut m'être actuellement le plus utile.

En attendant, je revois, sur un manuel qui n'est pas très récent, mais bien suffisant dans l'ensemble, l'essentiel du droit administratif et j'espère n'avoir pas trop de perte de temps entre le moment où j'aurai épuisé les ressources des bouquins que j'ai ici et celui où j'aurai reçu les tiens.

À part ça, je suis très en forme et plein de désir et de goût du travail. Je te le dis parce que c'est important pour le succès.

Je te quitte, mon vieux père, écris-moi ; et ne te frappe pas pour les histoires de ma tante : ça ne vaut pas l'effort d'un coup de pied au cul, auquel elle aurait tout de même droit si elle était un homme.

Je t'embrasse bien fort, mon vieux Georges.

Riri

P.S. : Quelque chose que j'aimerais bien que tu fasses cesser, c'est sa propagande nataliste. Je n'admets pas d'être publiquement incité à la procréation ; du reste, quand j'aurai des enfants, ce sera pour qu'ils chient pieusement sur les genoux de leur grand-tante, si toutefois je leur tolère d'aussi mauvaises fréquentations. Je suis tout de même maître de ça, et je n'ai jamais compris la rage qu'ont toutes ces vieilles filles catholiques de renifler les draps conjugaux. »

Effondrée, Amélie, qui n'a pas lu la lettre mais fait les frais de cette rosserie, en impute la cause à l'influence d'Annie. Soutenue et conseillée par Louise, elle décide d'écourter ses vacances et rentre à Paris, le cœur aux abois. Elle ne supporte plus cette petite guerre entre elle et son neveu, et quitte le château en pleurs. Personne jusque-là ne l'avait jamais vue pleurer. Mon père disait que jusqu'à vingt-trois ans il était un petit con : je ne le savais pas si modeste. Mon vache de petit con de père. Le quolibet est mi-tendre, mi-amer, car comme Amélie, je connais la pureté du cœur qui se terre sous ce buisson ardent ; comme elle aussi sûrement, je suis prisonnière d'un même lien d'appartenance à un degré plus rapproché, mais qui, pour elle, était le seul amour de toute une vie. « Sans amour, on n'est rien du tout », dit la chanson. À la différence de mon Amélie, j'ai eu des enfants, j'ai aimé, j'aime, j'ai été aimée et je le suis encore. Amélie n'a eu que mon père, petit, pendant une année qui a forgé son cœur *ad vitam aeternam*. Elle a gardé intact, béni, sacralisé, l'amour pour un enfant qui n'avait pas d'enfance, arrivé dans sa vie de femme qui n'avait pas de vie. Un petit enfant tout fait, tout gentil, affectueux et tendre, d'une tendresse qu'elle-même n'avait pas connue et qui avait grossi comme un cancer quand on le lui avait repris.

Amélie rouspète souvent, mais elle aime son Riri envers et contre toutes les discordes familiales, celles du passé comme celles avec Annie. Engoncée dans ses manières interdites, dans ces vieilleries de l'âme qui l'empêchent de parler la même langue que lui, elle adule son neveu. Hélas lui reste aveugle. La mort de Valentine lui a brûlé les yeux. Pour lui, Amélie avait, elle aussi, mis les deux mains dans le dos de sa mère et l'avait poussée au tombeau.

Les oiseaux de mauvais augure se retrouvent seuls au château. Louise refuse de les servir et rentre chez elle, aux Grèzes, à une dizaine de lieues d'Escoire. Les vieillards alsaciens et toujours incurables sont repartis fin août. Vidé de ses meubles depuis la réquisition et maintenant de monde, le château ressemble à un manoir hanté. Le couple s'installe plus amplement, mon père vide les pièces des quelques meubles restés parce qu'il les trouve horribles. À nouveau seuls, en tête-à-tête, sans plus de déversoir à leurs caprices, ils se disputent. Le grand vide du château fait retentir leurs engueulades jusqu'aux maisons des métayers. Il n'y a bientôt plus à manger et plus rien dans les caves. Georges prend une suite dans un hôtel à Clermont-Ferrand où son fils s'installe avec Annie pour préparer le Conseil d'État.

Les colères de mon père

La colère est un délit de l'âme, disait fort joliment Sénèque. Les colères de mon père étaient une réponse au délinquant magnanime que Georges était. Tous les témoignages en attestent : enfant, mon père montre un caractère calme et docile. Lui-même le disait : « Georges était d'une violence telle que lorsque j'étais enfant, pour lui répondre, je me mettais à l'unisson. » Le père que j'aurai trente ans plus tard ne se mettait jamais en colère. Faux. Il se mettait en colère, mais si rarement que j'en ai très peu de souvenirs, et ses colères étaient comme évidées de toute violence. À part celle contre Chaffel, le directeur d'école qui m'avait giflée, les rares que je lui vis exprimer étaient dirigées contre ma mère. Elles survenaient toujours sur une de ces énormités qu'elle seule était capable d'affirmer devant lui sans provoquer de brouille irréversible. Ça pouvait être à propos de Céline, dont elle admirait et la prose et l'esprit alors que lui détestait l'écrivain autant que l'homme, ou, sous couvert d'un éloge de Doña Sagrario*, du misérabilisme intrinsèque

* José Luis de Vilallonga, *Allegro bárbaro.*

des pauvres versus une noblesse naturelle des aristocrates, ou encore des vertus de l'islam dans l'éducation des jeunes filles. Mon père l'enjoignait en deux mots à peine audibles de s'arrêter. Elle faisait mine de ne pas comprendre l'urgence, et, avec une mauvaise foi si intense qu'elle en paraissait presque sincère, lui assurait qu'il avait mal compris le sens de ses propos, ce qui ne faisait qu'empirer la chose. Ses yeux se remplissaient alors de vraie panique, car elle l'aimait éperdument. Hélas pour elle, l'odieux de ses propos avait atteint chez lui le point de non-retour. Désemparée, sur un ton de fausse innocence qui propulsait la colère de mon père jusqu'à son apogée, elle s'étonnait :

— Mais enfin, Henri, pourquoi tu t'énerves ?

Un ouragan rendait aussitôt à mon père son regard de tueur. Pas un son ne sortait de sa bouche, pas un geste n'exprimait sa rage, c'était au contraire comme une panne générale, une panne de l'âme et du cœur, une colère du sang qui en perdait sa couleur, qui crachait son écume, le couvrant de pâleur. Une pâleur d'un gris sale, une pâleur à faire peur, qui pétrifiait ma mère et la faisait enfin taire. Un silence de glace remplissait la maison. Mon père se levait, nous invitant à le suivre dans sa chambre, ma petite sœur et moi. Là, il s'asseyait à son bureau, prenait dans ses grandes mains les nôtres, nous assurait qu'il nous aimait et qu'il ne nous quitterait jamais, promettait qu'il reviendrait vite et nous annonçait qu'il partait. Puis il nous embrassait et s'en allait de la maison sans claquer la porte derrière lui. On ne le voyait plus. Il revenait, la colère passée, entre trois jours et une semaine après, avec dans la poche toujours une bague, toujours ancienne, toujours très belle, qu'il offrait à ma mère en signe d'absolution. Et leur feu reprenait.

Ainsi étaient les colères de mon père. Elles ressemblaient au calme d'avant la tempête, mais il avait appris à changer de ciel avant que la vague ne déferle.

La fin du couple

Mon père s'installe avec Annie à Clermont-Ferrand, au début du mois d'octobre 1940. Finis la vie de château, les jours à l'envers, les nuits en jours de fête, l'heure est aux choses sérieuses. Annie s'ennuie, mais il s'agit de la carrière de son homme de mari, le jeu en vaut la chandelle. Ils passent de 1 000 à 40 mètres carrés, mais ils sont chez eux et Georges dans son Georgeoir. Mon père a deux mois pour préparer un concours assez difficile qu'il a révisé avec des livres qui n'étaient pas exactement les bons. Il potasse la nuit, dort le jour, lit le reste du temps. Trouvant les journées un peu longues, Annie se lie d'amitié avec madame sa voisine. Père et fils continuent de s'écrire.

Arrive le concours en décembre, dont il ressort en quelque sorte premier, mais premier sur une liste d'attente qui n'existe pas. Classé 16e sur 15 places, la chasse est bien gardée, il n'y a pas de désistement : mon père est recalé. Le grand superviseur son père ne lâche cependant pas l'affaire. Hors de question que Riri abandonne. Ce contrôle incessant est inutile : lui-même a décidé de se représenter à la prochaine session qui aura lieu en juin.

Au mois de février, débarque l'un de ses anciens copains de lycée, Lemoine*, qui vient d'être démobilisé. Lemoine est une sorte de bernard-l'hermite – il porte le même prénom – qui, trouvant là son ermitage, n'hésite pas à squatter le couple. Nous verrons plus tard à quel point, Bernard est une sangsue qui se greffe partout où il voit l'ombre d'un profit. Il fait partie de ces fameux copains sans lesquels mon père ne pouvait pas vivre, remplaçants interchangeables de tous ceux dont son enfance fut privée.

Lemoine – dit l'Hermite – profite des repas quotidiens au restaurant et de l'opportunité offerte d'une préparation de qualité. Son copain vient de louper le coche de peu, tous les livres sont à sa disposition. L'Hermite décide, puisqu'il y est si gentiment convié, de préparer comme lui le concours du Conseil d'État.

Son ami mon père voit sa venue comme celle du Messie : enfin l'occasion d'animer un peu la vie trop sage qu'il mène depuis trois mois. Georges le perçoit de prime abord d'un tout autre œil, mais il connaît son fils, il sait comme il est difficile de le tenir en place. L'Hermite est un arriviste, il veut réussir. Peut-être faut-il voir là un moyen de s'assurer que Riri ne déraille pas, pense Georges. Le raisonnement se comprend. Il eût été plus efficace de le laisser n'avoir d'exutoires, à une vie somme toute monotone, que ses études et son doudou… Toujours est-il que

* Ce personnage – qui a vraiment existé – reviendra sous les noms de Bernard, de Lemoine et, le plus souvent, du surnom que je lui ai donné : l'Hermite.

Georges, apprenant l'arrivée de l'Hermite, l'accepte sans rechigner pour la raison qu'on sait.

Sa présence quotidienne ne fait donc qu'accentuer des penchants naturels, et la conséquence n'en est que ce qu'elle peut en être : l'Hermite s'installe, l'Hermite est là, l'Hermite ne repartira pas de sitôt. Reprennent les longues soirées d'hiver avec leurs grands débats arrosés de whisky qui se prolongent loin dans la nuit et se terminent parfois en scènes à grands éclats suivies de gueules de bois que mon père gomme à coups de Benzedrine. Ses nuits sont réalcoolisées, son travail amphétaminé. Ce cadeau empoisonné que nous devons aux Allemands est d'un usage très répandu et en vente libre dans toutes les pharmacies. Annie s'insurge contre l'Hermite, lui reproche de vivre aux crochets de son mari. Mon père hurle à l'incongruité d'une telle accusation. Des scènes de plus en plus fréquentes éclatent. Le couple court à sa fin.

Arrive le mois de mars et, en avance sur le printemps, une lettre porteuse d'une nouvelle page de sa vie : Marie-Louise entre en scène. Amie de lycée d'Annie et fiancée de Jean, l'un des copains avec lesquels ils avaient fait une partie de leur voyage en Yougoslavie, Marie-Louise est inquiète. Son fiancé ne donne plus signe de vie depuis plusieurs mois. Elle demande si Henri, par le biais des Affaires étrangères où travaille son père, pourrait obtenir quelque information, ce qu'il s'empresse de faire.

La nouvelle tombe comme un couperet sur la vie amoureuse de la jeune femme et sur celle de mon père par la même occasion : Jean s'est engagé, il est parti combattre les Allemands en Indochine où ces derniers, aidés des

Japonais et soutenus par Pétain, font la chasse à nos vrais alliés, les Anglais. Marie-Louise est fixée et libre d'un seul et même coup. Le flirt interdit qui se jouait entre la jeune femme et mon père depuis la première fois qu'ils s'étaient rencontrés trouve ici son puits de lumière. C'est indirectement à lui que Marie-Louise s'est adressée pour savoir où en était sa situation sentimentale et donc sa liberté. Il aime sa beauté préraphaélite, la douceur de ses traits, la voix de Marie-Louise. Il ne lui en faut pas plus pour déployer ses ailes vers un amour nouveau. Il plante là femme, Hermite, études, père et Clermont-Ferrand, s'occupera des formalités paperassières et de Georges plus tard, l'urgence est de rejoindre Marie-Louise. Prétextant des livres et des vêtements à récupérer à Paris, il saute dans le premier train et quitte sa femme sans autre forme de procès.

La réconciliation

La liberté qu'il vient de s'octroyer donne à Riri l'impétuosité de qui a décidé de changer de vie et vient d'en faire le premier pas. Quand elle lui ouvre la porte, Lili tombe des nues. Ce vent de bonne humeur balaie, le temps d'une embrassade, la raideur atavique de ses manières. Il est 9 heures du soir, elle a déjà dîné, lui non. Égayée par effet de contagion, elle le conduit vers la cuisine, papillonnant autour de lui comme pour s'assurer qu'elle ne rêve pas ou pour vérifier qu'on le lui rend bien entier. Tandis qu'elle ouvre son garde-manger, son neveu lui annonce tout de go son intention de divorcer. Il n'a pas le temps d'en dire plus que Lili se retourne, main plaquée sur le cœur, visage illuminé et le regard humide :

— Alors, ça ! Ton père doit être tellement content !

— Je ne le lui ai pas encore dit. Annie ne le sait pas non plus, ajoute-t-il après un bref silence.

Le temps pour l'émotion de passer les barrières de la coincitude, Lili reprend sur un ton un peu hésitant :

— Tu veux dire… que je suis la première à l'apprendre ?

— Oui. Je te devais bien ça, après ce que je t'ai fait supporter à Escoire l'été dernier.

Deuxième claque sur le cœur. Lili est aux anges. Elle retrouve bien là son Riri, celui d'avant la mort de Valentine. Ce rôle de mère qu'elle refusait de croire perdu reprenait finalement le dessus. Restée fidèle à cette maternité de secours que le sort lui avait confiée, Amélie se sent renaître de ses cendres. Elle avait bien senti sa rancœur depuis la mort de Valentine, mais son amour, au lieu de s'affaiblir, s'en était accru. Leur relation est un équilibre presque parfait d'une même passion prise en des sens contraires. Amélie aime son neveu aussi fort que celui-ci s'en défend. Autant elle l'admire, autant il la méprise. Lui trouve-t-elle quelque qualité, il lui reproche l'exact pendant contraire, avec autant de véhémence qu'elle en met à s'émerveiller. S'émeut-elle de quoi que ce soit, il ressent aussitôt du dégoût pour la chose. Ils se ressemblent de façon symétriquement opposée. Chacun otage de la souffrance d'une mère, ils y ont répondu avec la même loyauté, la même intégrité, le même aveuglement. La même loyauté envers une maman qu'un mauvais sort avait frappée, damnant la maternité de chacune en deux points opposés. La première en lui enlevant deux enfants, la seconde en l'enlevant trop tôt au seul qu'elle avait. La même intégrité vis-à-vis de leurs croyances, des valeurs qu'ils défendent. Le même aveuglement enfin, lui, aux qualités d'une mère de seconde main avec un cœur de premier ordre ; elle, aux ravages d'une enfance saccagée par une haine familiale à laquelle elle avait pris part.

L'heure qu'ils sont en train de vivre est leur moment de grâce. Le mariage avait servi de paratonnerre à Amélie contre la rosserie de son neveu. Le divorce endosserait la vieille rancune que, dans sa fuite, elle espérait qu'il eût laissée derrière lui. Il a débarqué sans prévenir, comme on rentre chez sa mère. Cette trêve dans sa perpétuelle rancœur contre celle qui porte à ses yeux l'indélébile sang de sa mère est une halte accidentelle, l'entracte d'un drame où chacun a laissé ses blessures au vestiaire. La différence, terrible pour Amélie, tient en ce que dans sa sincérité, elle est une mère à part entière, tout en abnégation, méprisant les souffrances subies, quand elle n'est pour son neveu qu'une négligence de l'âme, un abandon du cœur qu'il oublie d'empêcher. Une parenthèse dans l'histoire de sa vie où il n'est ni le fils, ni le neveu, ni le mari de gens qu'il ne peut pas aimer ; où, sans s'en rendre compte, il est lui-même un instant et peut-être pour la première fois. Un début, une amorce de ce qu'il lui faudra quelques décennies encore pour parvenir à redevenir, mais qu'il était pourtant au départ : un être capable d'aimer les siens.

Toute chrétienne et toute pieuse qu'elle soit, elle n'a eu de cesse d'espérer ce divorce. Ravie de retrouver « son Riri » enfin désenvoûté, Amélie est la première à qui il se confie. Tout cela doit être fêté ! La voilà qui sort un foie gras venu tout droit d'Escoire, des fèves que Louise a envoyées. Ils trinquent, ils rient, légers comme ils ne l'ont pas été depuis très longtemps. L'effet du miracle dure ce que durent les instants magiques. Lili se prend les pieds dans ses émois de mère interdite et, pour rattraper le coup, redouble de sérieux. La conversation tourne sur le divorce. Elle s'occupe de faire annuler le mariage à Rome, ça ne devrait poser aucun problème, mais il faut absolument que le divorce soit prononcé aux torts d'Annie. Il ne s'agirait pas d'y perdre de l'argent ! Il retrouve dans ses craintes celles que Valentine avait inspirées.

Comme Georges, quand il revenait dans ses lettres à l'enfance de son fils, faisait le pont sur sa violence, Amélie enfouit tout ce qui n'allait pas dans sa relation avec son neveu dans la commode « Annie » qu'on allait mettre aux encombrants. Et son père qui ne le savait pas ! Voulait-il qu'elle se charge de le lui annoncer ? C'était aller un tantinet trop loin. Georges, c'était son affaire à lui. Elle n'avait rien à voir, rien à faire, rien à dire. Elle n'avait pas sa place entre eux. Qu'elle s'occupe de l'annulation, à la limite, des témoignages, mais Georges, tout ce qui touchait à Georges, ne regardait que lui. Il ne manquera pas, elle s'en fait fort, de témoins pour établir la preuve d'un comportement que la morale aussi bien que la loi réprouvent. Ces paroles achèvent de lui faire reprendre sa place dans la haine de son neveu. L'entracte est terminé.

Il sort faire un tour dans Paris qui lui a tant manqué. Lili lui donne sa clé en lui recommandant de faire bien attention aux boches – personne dans cette famille ne les nomme autrement –, ils sont partout ! Voilà mon père aux prises avec sa liberté.

Il flâne dans les rues de son enfance et entre prendre un verre dans le premier bar ouvert. Un, deux, trois verres d'alcool pour allier à l'ivresse de sa jeune liberté une plus habituelle qui servirait de guide à la première.

Marie-Louise ou l'école de Sisyphe

Ils se retrouvent dans un café du boulevard Montparnasse, lui, rapporteur d'une liberté prise en otage qui lui a donné des ailes, elle, ni veuve, ni éplorée, mais heureuse de le revoir. Ils ont vingt-deux ans tous les deux et l'amour à fleur d'yeux. Sa peau diaphane, ses cheveux d'ocre roux qu'elle porte en couronne tressée autour de la tête, ses boucles cuivrées qui retombent sur sa nuque, sa voix voilée, ses doigts fuselés, tout en elle est beauté. Elle écoute le jeune fou qui n'ose pas lui parler d'eux, scrutant dans l'onde de son regard une ombre de désir, un reflet de tendresse, n'importe quoi qui soit elle encore plus. Il se laisse envoûter par sa voix qui monte dans les aigus quand elle termine ses phrases. Les accents d'une langue qu'elle ne parle pourtant pas font vriller l'émotion, électrifiant chacun de ses regards. Italienne de naissance, catholique à l'envi, Marie-Louise se signe discrètement le menton du pouce à mesure que son trouble grandit. Dieu sait s'il hait toute religion, mais à cette lutte entre ardeur et foi qui se disputent la larme à l'œil de sa pieuse amoureuse, il veut bien se damner. Puisant la paix dans ses yeux agités et humides, il veut s'étendre avec elle en lui tenant les mains. Il aspire, il inspire, il s'enivre du souffle que sa bouche recrache, il en fait son éther. Bras en croix sous une pluie de mots effervescents qui jaillissent de ses lèvres de corail, les premières notes d'une mélodie des sens s'échappent telles des bulles dont chaque explosion est un éclat du cœur. L'émoi infuse en eux l'ivresse exquise. Un parfum poivré embaume l'air du jardin suspendu où ils se tiennent par les yeux comme d'autres par la main. Tout cela se passe de mots et ça se passe entre eux l'instant d'un rendez-vous. Le feu avait pris la première fois qu'ils s'étaient vus, l'un au bras d'une autre et vice versa. Ce n'est qu'un flirt, mais elle se plaît au jeu et son amant s'enflamme.

Trop croyante pour s'autoriser à franchir le seuil du péché, Marie-Louise s'en tient à la demande d'Annie, laquelle l'a chargée de plaider leur réconciliation et de s'assurer qu'aucune femme ne soit la cause de leur séparation… Les pourparlers se prolongent, se resserrent, se transforment en rendez-vous. Les rendez-vous deviennent sulfureux. Après l'étreinte retombe sur sa conscience de pratiquante un chapelet de péchés dont certains capitaux : le mariage de mon père, la luxure, et quelque part peut-être, le scrupule de son amitié avec Annie qui fait partie du jeu puisqu'il ne forme au fond qu'un interdit de plus. Lui se déploie en trésors rhétoriques, se livrant sans merci à une lutte où le désir finit par soumettre à leurs ébats la piété de sa belle. Chaque jour est une course après la nuit suivante, chaque nuit une victoire, chaque matin une bataille à refaire. Le défi sans cesse renouvelé par cette sylphide opposant un rocher qu'il soulève sans fin éveille en lui l'amour. Niant l'impossible, il embrasse son fardeau, il est heureux. À l'école de Sisyphe, il apprend à conduire son destin. Leur feu secret va se propager dans les circuits ardents de l'âme de mon père, brûler sa vie entière et ils n'y pourront rien, mais nous n'en sommes pas encore là.

Voilà bientôt deux semaines qu'il vit chez Amélie. Il a liquidé l'appartement qu'il occupait avec Annie et vendu son contenu afin de pourvoir aux dépenses de cette nouvelle vie. Tout y passe, jusqu'à la bague de fiançailles qui avait coûté une fortune.

Il va falloir qu'il trouve un autre appartement car la crainte d'une visite à l'improviste d'Annie terrorise Marie-Louise. Il va falloir surtout s'occuper de Georges qui ne sait toujours rien. Rien de son départ, rien de son intention de divorcer, rien de son nouvel amour. Il faut que Georges le sache, il faut que Georges le croie. Il s'est trompé de femme. Il l'a trouvée, c'est elle, elle seule, elle pour toujours. Maintenant il le sait. Quand il est parti de Clermont, il ne savait rien encore. Il répondait à l'appel de Marie-Louise dans un élan de spontanéité qui lui ouvrait les portes d'une nouvelle vie sans même avoir idée de l'accueil que cette dernière lui ferait. Il partait lui rendre le bouquet de liberté dont elle lui avait demandé de vérifier si elle y avait bien droit. Rien ne disait qu'elle le lui tendrait ; elle aurait aussi bien pu le garder pour un autre, ou pire : pour elle-même. Maintenant que le feu avait pris, il lui était impossible de rien envisager avant cette obsession : faire sa vie avec elle. L'arracher à ses murs, délivrer son âme des lianes de la foi, la rendre à son envie de vivre. Lui donner enfin la force dont elle avait besoin pour se défaire des chaînes qui entravaient sa liberté de femme, et céder librement à cette volupté qui avait raison d'eux après chacune de leurs batailles. Il a un bonheur à construire.

La vérité au fond du mensonge

> « Celui qui ne sait pas mentir ne sait pas ce que c'est que la vérité. »
>
> Friedrich Nietzsche, *Ainsi parlait Zarathoustra*

Il écrit à Georges. Tout ce qu'il veut, c'est aimer Marie-Louise, vivre avec elle, rien d'autre. Il lui est impossible d'annoncer qu'il a pris une telle décision sans l'aval du maître son père. Qu'il veuille quitter sa femme ne pose pas de problème en soi. Au contraire, Georges n'aime pas son mariage. Georges, au fond, déteste Annie. Mais que son fils envisage un plan de vie qui ne soit pas en symbiose avec lui, là est le vrai problème. Riri n'en est pas tout à fait capable non plus. Il étouffe, il a besoin d'échapper à la mainmise de son père sur absolument tout ce qui le concerne, mais il est pris inextricablement dans les rouages de leur dépendance. Et dans cet attachement fait d'habitudes nouées dans les arcanes de l'enfance, il y a l'amour sur lequel il s'est construit. Un vieil amour tout rapiécé qui enveloppait, en couverture de survie que la machine de la vie avait élimée, le nerf vital de son père.

Chez Georges, tout ce qui avait fait sa vie d'homme lui avait échappé : sa famille lors de son mariage, ses amis, sa fortune, la naissance de son fils, son rôle de père, sa femme, tout ce en quoi il avait cru. Riri était aujourd'hui sa seule possession, son bien vivant, la dernière chose sacrée sur laquelle il avait encore prise. Il avait réussi à le rapprocher de lui, et voilà que, débarrassé d'une harpie qui le lui avait enlevé, il venait de s'envoler. Il exigerait qu'il revienne, il l'aurait enfin à lui, à lui seul. Il lui prendrait un autre appartement, ou mieux, il le logerait dans sa chambre, à l'Hôtel du Parc. Il l'avait déjà proposé quand il espérait le faire venir étudier sans Annie. Son fils devra trouver un argument de taille pour se défaire de cet accaparement de Dieu-son-père. Il faut aussi qu'il ait son plein accord, car il n'a ni les moyens, ni la puissance de l'ogre. Le voilà donc qui reprend son chemin d'apprenti écrivain pour esquisser quelques faux pas de plus vers sa liberté.

Dans le contexte d'une France envahie par Hitler, il prend pour cible tout ce que son père retient, étouffe, enterre de rage, de honte bue, de bravoure ravalée. Il va frapper pile là où Georges a enseveli tout ensemble son cœur de soldat et son honneur de citoyen. Cette fois, il ne s'agit plus d'enjoliver une mésaventure, ce sont des faits qu'il va se mettre à inventer. Et puisque Georges veut sa guerre, il va lui en servir une à la mesure de ses rêves impossibles.

Il a suivi l'exemple d'Antoine, le neveu modèle de Mad, qui a rejoint de Gaulle en Angleterre. Cet argument, ce mensonge, il le sait, coupera à Georges toute velleité de lui faire reprendre cette vie rangée que son père veut pour lui, et dont lui ne veut à aucun prix. Il a loupé d'une place le concours du Conseil d'État. Il a failli être reçu dernier, ce qui aurait suffi à Georges, mais il n'a pas pu. Être le premier au rejet de sa candidature souligne sa volonté de plaire à son père aussi clairement que son incapacité à le faire. Ce concours avait été le souhait de Georges, pas le sien. Il promet d'essayer encore pour avoir la paix. Parce qu'il est prêt à tout pour que ce dernier lâche un peu sa bride. Ce départ, il affirme le faire par amour, et là, il ne ment pas. Georges ne souffrirait pas que son fils veuille exactement ce qu'il redoute le plus : se défaire de cette emprise. Or c'est exactement ce qu'il est en train de faire. Mais infliger de la peine à son père lui fait autant horreur que cette emprise elle-même. Il part « au fond de lui pour rester intact ». Là encore, il dit vrai. Il fuit pour pouvoir être lui. Ce qu'il veut être, il ne le sait pas lui-même. Il sait ce qu'il ne veut pas être, et ça commence par là. Ce principe d'obéissance consentie qui a dirigé l'éducation que Georges lui a donnée n'est qu'une tromperie, un leurre de dictateur qui permet d'aliéner toute sorte de liberté. Son fils l'a cru sincère, car en effet Georges l'est jusque dans les mensonges qu'il se fait à lui-même. Mais ce principe est un mensonge. Il a tout essayé, il y a mis la meilleure volonté, la plus grande amitié, une amitié si forte, si belle, que tout le monde, père et fils les premiers, l'ont prise pour de l'amour, et un sacré amour – pas le contraire, hélas. Ce départ dont le mobile est inavouable sous peine d'agonie du vieux père, cette fuite en avant déguisée en acte héroïque, car, enfermé dans le souterrain de sa propre vie, Georges a besoin d'un mensonge plus extraordinaire encore pour se sentir revivre, c'est la seule façon qu'il ait de lui livrer sa vérité, de rester intact, d'être lui-même.

Georges ne boit pas les mots de son fils, il se gorge de fierté de l'histoire que celui-ci a inventée pour lui. Qu'importe qu'elle soit vraie, elle l'est pour Georges, c'est une question de vie ou de mort. Car Georges étouffe dans sa vie de père, dans sa vie d'homme, dans sa conscience politique, dans son âme de guerrier. Georges n'est pas mort : il n'existe plus. Georges le tout-puissant, Georges le combatif, Georges le courageux a baissé les armes et s'est soumis à tout ce qui était plus fort que lui. Sa famille, sa petite sœur, l'argent, le système politique qu'il vomit mais avec lequel il coopère pourtant. Il a laissé son énorme caillou lui rouler sur le corps. L'air frais, que dis-je, la bulle d'oxygène dans ce climat de soufre que lui apportent les mensonges de son fils le sauve de l'asphyxie. Celui-ci a tapé juste là où il fallait pour que tous deux puissent reprendre leur souffle. Hélas les bulles sont faites pour exploser, le soufre et l'oxygène font l'acide sulfurique : incolore, inodore, et mortel.

Comme suite à leur logique invraisemblable, il confie à son père la charge matérielle de l'Hermite. Ça fait partie de ce fatras de valeurs auxquelles Georges regrette sang et ongles de l'avoir laissé croire : un éclat du rocher qui l'écrase.

Son fils ne peut plus obéir mais il ne veut pas lui faire mal. Plus écrivain que menteur, il met le mensonge au service d'une vérité qui serait fatale au père. Il accroche à ses mots quelques accents lyriques, car Georges est un pleureur ; touillant là où ça fait du bien au père qui déteste sa bru, il transforme leurs tirs de carabine du Col de Porte en tentative de meurtre. Il enrôle, il enroule, il envoûte le maître et inverse les rôles : c'est lui qui donne le la. Il affirme qu'il a de la peine, qu'il souffre énormément, que s'il est parti sans rien dire, c'est par amour pour lui, et là encore, il ne ment pas. Ils ne peuvent s'aimer que libres. Les chaînes corrodent l'amour. C'est la teneur même du principe éducatif que Georges prêche à ses dépens. Cette liberté tronquée que son fils a prise à la lettre, le cœur à vif. Sa déchirure est profonde, viscérale. Il s'agit d'une rupture des ligaments du cœur, de l'âme, du caractère, de cette double emprise qui l'enserre depuis sa naissance. Il est en train de rompre avec son père, il aurait préféré l'aimer. Tout l'amour qu'il lui porte n'est qu'inquiétude d'être la cause de son malheur, et cette inquiétude est sincère. Il termine sa lettre en se disant toujours « son petit, son tout petit ». Il est en train de couper le cordon ombilical que Georges a renoué.

Et ça donne cette ébauche, cette première étape où il commence par se défaire du joug qui l'empêche d'exister. C'est en ce sens que ce départ, bien que couvert par le mensonge, « doit lui être plus précieux que tout ». Le jeune homme qui est en train de mentir à son père ne le fait ni par vice, ni par rouerie, ni dans un intérêt quelconque, mais bien pour essayer de le rendre heureux. S'appuyant sur les principes selon lesquels il a été élevé, il s'aide du mensonge pour dire sa vérité car s'il la lui disait, Georges s'effondrerait. Son père lui ment aussi, mais de manière contraire. Ayant fondé leur relation sur de grandes vérités auxquelles il ne croit plus, voire n'avait au fond jamais cru, Georges, bon père de famille, continue de prôner une transparence de plus en plus opaque. Repris par lui, ces idéaux venaient de Valentine. Le père les avait maintenus en surface, en guise de linceul maternel, couverture de survie pour son orphelin de mère qui s'en servait maintenant de bouclier derrière lequel, au milieu d'un tas de mensonges, se cachait sa vérité existentielle. Le fils retourne vers son père ce tissu de mensonges qui a durci avec le temps, sous lequel son vieux s'est enterré et l'a enterré avec lui. Il est en train de s'en défaire. Trouver sa voie sans faire souffrir son père. C'est ce qu'il cherche à faire.

« Mon vieux père,

Je suis parti pour rejoindre Antoine. Tu sais que ça représente pour moi le devoir le plus strict. Tu ne peux vraiment me tenir rancune que des modalités.

Ce n'est pas par manque d'affection et de confiance que je m'en vais sans te revoir. C'est purement de la pitié pour nous deux – de l'horreur pour le mal que je t'aurais fait en opposant à ta demande de sursis une volonté malheureusement irrévocable. J'ai voulu t'éviter la sensation du mur contre lequel on s'arrache les ongles. Ça me coûte terriblement de partir comme ça. Je le fais vraiment par amour pour toi.

Je pars parce que je suis français de père français. Si je ne le faisais pas, ce serait fini pour toi d'avoir pour fils un chic type ; je pars, au fond de moi, uniquement pour rester intact : ça doit t'être plus précieux que tout.

Je divorce d'avec Annie. Tu savais que ça arriverait – je le savais aussi en me mariant. J'y ai été contraint par son attitude et un sens de l'honneur stupide et congénital. J'ai payé cher ma sottise, mais je ne veux pas aller jusqu'à sacrifier ma vie professionnelle et mon avenir.

Ma femme a sur la conscience une tentative de meurtre, plusieurs ignominies du genre de celle qui concerne Lemoine et que je t'ai racontées, des dépenses considérables et injustifiées, l'installation à mon foyer de la crasse et du désordre, des scènes quotidiennes et violentes qui m'ont pendant des mois rendu impossible tout travail.

Je lui laisse sa chance. Elle pourra, du fait de ma condamnation prochaine et inévitable, obtenir à son profit un divorce dont toutes les raisons sont nées d'elle. Ma tante s'occupe de l'annulation à Rome. Si Annie ne veut pas entamer la procédure civile, c'est moi qui le ferai, et avec des témoignages virulents, dis-le-lui.

Ce n'est pas à cause de cette garce que je pars. Mais la vie qu'elle m'a fait mener eût été – en l'absence du sens du devoir – une raison suffisante – ne la ménage pas. Je te confie, en mon absence, la gérance de Lemoine qui est sans ressources à Clermont, et qui ignore mon départ dont il m'aurait certainement dissuadé. Aide-le, fais-le vivre financièrement. C'est mon meilleur ami.

J'ai vendu certaines pièces du mobilier de la rue Chomel. C'est largement compensé par ce que nous doit Jules. Je regrette d'avoir eu à le faire. C'était obligatoire.

Je te confie enfin et surtout Marie-Louise Lalliche. C'est pour moi, et d'une manière très désintéressée, quelque chose de très précieux.

Mon vieux père, je souffre énormément de ce départ. C'est le sacrifice de bien plus que ça ne semble, un sacrifice définitif et douloureux. Si je le fais, c'est bien *because* le devoir. Tu es trop semblable à moi pour m'en vouloir. Je suis sûr de revenir victorieux. Tu peux tellement m'aider en attendant, en luttant de ton côté, en étant fier de moi. Pardonne-moi et mon départ et le fait que je ne t'aie rien dit de vive voix, c'est par amour pour toi. Je fais ça parce que c'est une condition de la réussite de ma vie, c'est-à-dire pour notre bonheur à tous les deux.

Fais aussi les quelques choses que je te demande. C'est le condensé le plus précieux de mon cœur que je t'ai exposé dans cette lettre.

Je ne peux pas continuer cette lettre. Ça représente pour moi trop de chagrin de te quitter comme ça – mais ça n'aurait été que pire de te refuser ce que tu m'aurais sûrement demandé.

Je suis content de ce que je fais. Il n'y aurait pas de bonheur possible pour moi si je n'avais pas fait ça.

Je t'embrasse de toutes mes forces, mon vieux. Je suis toujours, et avec de plus en plus d'amour, ton petit, ton tout petit.

Je t'embrasse.

Riri. »

Le crime premier

À la fin de l'envoi, il touche. Georges exulte. Toute sa rancœur d'homme muré dans une lâcheté qui ne dit pas son nom, œuvrant aux ateliers mêmes de l'Histoire qui se trame devant lui sans qu'il ose ni agir, ni dénoncer, ni démissionner, toute cette frustration douloureuse trouve sa catharsis dans le récit que lui sert son fils. Au fond, il y a dans ce leurre une ambivalence, une complicité sous-jacente. « Je pose une fenêtre sur le tombeau dans lequel tu enterres ta vie, je l'ouvre sur celle que tu voudrais et tu me rends la mienne. » C'est sur ce mode-là que leur entente tacite fonctionne, que l'incroyable est cru. Je n'imagine pas que Georges ait si mal connu son fils qu'il n'ait compris que celui-ci n'était pas un soldat et ne pouvait pas l'être. Je ne crois pas une seconde que Georges ait pu être assez aveugle pour ne pas voir l'évidence dans la seule déchéance de force physique à laquelle son fils était sujet. 1,82 mètre pour 56 kilos. Voilà mon père à vingt ans. Georges a fait un déni qui lui servait d'œillères. Reconnaître la faiblesse musculaire de son fils, c'était rendre son ampleur à la gravité des violences qu'il avait perpétrées sur lui depuis la mort de Valentine. Je ne mets pas en doute l'amour colossal que mon grand-père portait à mon père, mais cet amour pesait aussi le poids de son déni, et par là celui de son crime. Car le crime commence là.

Dans la force de l'âge, mon père avait peu ou prou la même corpulence. 1,84 mètre pour 59 kilos : voilà mon père à trente-cinq ans. Je n'imagine pas son poids à quinze ans, à douze ans, à dix ans. Pourtant cela n'a pas empêché le sien de le battre de toute sa force d'homme fait et rempli de colère.

Ce premier crime est pour beaucoup dans la suite de l'histoire. Admis, banalisé, perpétré jour après jour, pansé coup après coup tout au long de l'enfance. On pèse sur un enfant de toute sa violence, on viole sa candeur, on abat sur lui à grandes gifles, à coups de poing, à coups d'insultes, son écrasante misère. Quand l'enfant grandit, quand le travail de sape est achevé, la misère fleurit et son nectar devient un poison qui se nomme la haine. S'il le peut encore, s'il n'est pas mort à l'intérieur de l'âme et s'il veut s'en défaire, ce que mon père a fait dans une violence extrême, on ne le lui pardonnera pas. Il va payer de sa folie les sévices de son père, et il faudrait encore qu'il paye pour cette folie elle-même. Car il est un adulte. Son mal lui appartient. Si la vérité s'était sue, mon père aurait été guillotiné alors qu'il était déjà mort cent fois quand il était petit, mais ça ne comptait pas. Ça ne faisait pas le poids. Comment un rang social, une fortune, quatre ans de guerre, 90 kilos de muscles et toute une vie de rage feraient-ils le poids contre un gamin de 30 à 56 kilos étalés sur quinze ans, et qui n'est même plus un enfant ? Mon père a réglé son problème en l'éradiquant à la source, comme on gratte un cancer. Aussi impitoyablement qu'on s'y était pris avec lui. Si l'on veut bien y réfléchir, son crime va contre la société, contre le dogme, mais n'est pas tant contre-nature. Nous poussons tous nos parents au cimetière. C'est le sens de la vie. Hélas, il arrive que le rythme s'accélère. Sous diverses considérations. Biologique d'abord, psychique souvent, criminelle parfois. Mais combien de vies mortes vives, écrasées, saccagées, ruinées par un père violent, une mère dévorante, une famille étouffante ? Mon père a eu les trois et leur a répondu avec la trempe dont on l'avait sacré. Il a raclé jusqu'aux racines du mal et l'opération a réussi. Il est ensuite redevenu ce qu'il aurait dû être toujours. Celui que tout au fond il n'avait jamais cessé d'être : un homme bon. C'est là sa rédemption première.

Parce qu'un enfant n'a ni les moyens, ni la force, ni le choix, parce qu'il aime ses parents inconditionnellement, le crime contre l'enfant peut prospérer. Son père l'avait criblé de terreurs vertigineuses vues de son âge et de sa taille et de son poids et de l'enfance qu'on ne lui avait pas permis d'avoir. Il avait injecté en lui cet autre venin : la peur. Le gosse l'avait combattue de toute son âme, de toute sa force d'enfant que la disproportion d'avec celle de son père avait faite impuissance, et que son caractère – parce qu'il en avait un – avait récupérée, accumulée et transformée en haine. L'enfant cache ses peines, il les écrase tout au fond de lui. Parce qu'elle lui fait honte, il enterre sa douleur vivante. Il pense que c'est sa faute. Vrai pour le viol, vrai pour les coups, vrai pour l'inceste, vrai pour la mort. Les adultes posent leur conscience blindée contre ses propres souillures qu'à ce titre seulement ils qualifient de « bonne » sur le mal qu'ils ont fait ou qu'ils ont laissé faire. Le temps ajoute sa couche de silence et d'oubli et le crime s'efface. Il disparaît pour resurgir plus loin, avec la force tellurique qu'il aura fallu à l'enfant pour maintenir son souffle vital et traverser tant d'étouffoirs, pour percer la montagne qui l'avait enseveli chaque fois qu'il n'avait pas eu la force de tenir sur ses jambes. Le crime enfoui dans l'enfance, quand il ne tue pas l'âme, fait taire la souffrance. La douleur encore vive enfièvre la volonté qui veut changer ce qui hélas ne peut plus l'être, puisque emmuré dans le passé. Alors cette fièvre gagne l'esprit qui devient fou, et la folie prend la parole. Ici, c'est elle qui a eu le dernier mot.

De bringue et de braque

Commence un train de vie en roue libre. Ivre de cette nouvelle émancipation officialisée par sa lettre, mon père endosse cette liberté presque trop grande pour lui qui n'en veut faire qu'une chose : la repeindre en Marie-Louise. Il a éliminé toute perspective qui ne soit de sa seule initiative. Il n'y a pas encore complètement renoncé car Georges y tient trop et qu'en outre il a toutes ses chances, mais sa présentation au concours du Conseil d'État est renvoyée aux calendes grecques. Ravie de cette espèce de lune de miel après trois ans d'Annie, Amélie le présente à toutes ses amies. Chargée d'avancer pour le compte de son frère tout ce dont il aurait besoin, elle devient au passage son ministre des Finances en même temps que, pour Georges, celui de la Jeunesse et des Sports, avec comptes rendus hebdomadaires – voire quotidiens – obligatoires : Dieu-le-père veut tout savoir des faits, gestes et dires de son fils. Pour ce dernier poste en particulier, Amélie n'est pas vraiment douée, mais Georges, lui, fait avec ce qu'il a. L'avantage pour mon père est qu'il est très facile de leurrer sa tante. Non qu'elle soit bête, loin s'en faut, mais entre son ouvroir du quartier

Saint-Sulpice, ses œuvres caritatives et ses lectures approfondies de la Bible, l'incommensurable naïveté qu'elle a héritée de sa mère s'est minéralisée.

En attendant, il est censé prendre tous ses repas chez elle. Exigence paternelle. Toujours à court d'argent, il « découvre le mécanisme et les joies des trafics prohibés, chaparde » dans les tiroirs de la rue de Fleurus « mille vieilleries dont la pénurie fait des trésors et dilapide le prix de ses larcins* » en Marie-Louiseries diverses et variées. Lili s'en aperçoit, soupçonne des ouvriers venus œuvrer dans son appartement. Elle diligente son neveu, lequel « fait son enquête » et innocente les travailleurs. Amélie classe l'affaire au rayon des mystères qu'elle préfère ne pas élucider parce qu'au fond, elle sait. Le déni est une arme récurrente dans cette famille.

Horrifiée par les dépenses exorbitantes de son neveu, Amélie ne dit pas tout à son frère des excès de Riri. Elle redoute ses colères, dont la fréquence et la violence ont redoublé depuis la débâcle. Les crises de Georges sont telles qu'une sorte de peur définitive s'est installée en elle. Son neveu s'en rend compte et tire sur la corde par une sorte de chantage à la colère. Pour éviter les scènes, Amélie s'est mise à céder à toutes ses exigences d'argent. Ces dépenses l'affolent, et la joie que lui procure ce rôle de tante prodigue devient sa seule compensation. Le pli prend vite ; mon père pousse ses avantages, « laissant parfois paraître, oh ! à peine, le fond de son cœur : juste de quoi faire, lui aussi, un peu peur à sa** » tante.

---

* Georges Arnaud, *Lumière de soufre*, *op. cit.*

** *Ibid.*

En attendant d'accéder à une vraie indépendance, s'il veut continuer de jouir de cette liberté, il faut qu'il ménage son vieux Georges qui, lui, est loin d'être aussi naïf que sa sœur. Il va devoir travailler un peu plus sa crédibilité. Sa décision de rejoindre l'Angleterre hante les conversations de Georges et Amélie. Le fidèle Mariaux est bien évidemment mis dans la confidence. Comme Georges, il y croit et partage son engouement.

> « Pour ton fils, vois-tu, est-ce que tu ne regrettes pas comme moi de ne pas pouvoir faire ce qu'il fait ? Est-ce que tu n'attends pas le jour où nous pourrons oublier notre âge et reprendre des grenades ? Je ne pense plus qu'à ça alors je comprends ton fils qui ne veut pas accepter de rester un vaincu. »

Emballé par le succès de ses propres inventions, mon père étend son champ d'admirateurs à Marie-Louise ainsi qu'à quelques-uns de ses amis. Lili s'affole, se tourmente, essaie par tous moyens de le convaincre de ne pas partir. Son neveu lui accorde la juste dose d'attention et le temps nécessaire pour qu'elle se sente écoutée, puis, dès qu'elle le croit convaincu, il lâche d'un coup la bride de la désillusion. Elle n'ose dire mot à Georges de ses défaites, espère mordicus jusqu'au dernier moment qu'elle parviendra, à la seule force de ses talents de mère, à le persuader de renoncer à ce départ. Après deux semaines de discussions sans fin, il fait faire à ses mensonges leurs premiers pas dans la vraie vie, leur conférant ainsi une teinte de réalisme en laissant Lili l'accompagner vers son faux départ.

Remontant côte à côte la rue d'Assas, ils se séparent à l'angle de la rue de Vaugirard. Il lui fait promettre qu'elle transmettra bien à Georges son souhait que ce dernier continue de verser à Lemoine ce qu'il lui donnait, car il sait que son départ de Clermont met son copain dans l'embarras. Ils s'embrassent. Puis il tourne les talons et monte vers la rue de Rennes. Amélie le regarde partir le cœur gros, emportant avec lui ce rôle de mère qui lui échappe encore et auquel se substitue une vraie panique. Elle n'a pas réussi à le garder, elle l'a laissé partir, sans en parler à Georges. Elle rentre, se précipite à son bureau et écrit à son frère.

« 6 avril 1941

Mon pauvre vieux,

Que te dire ? Tu sais que je suis de tout cœur avec toi, partageant ton angoisse… J'ai passé quinze jours de cauchemar faisant tout pour le renvoyer vers toi, croyant par moments avoir réussi, pour le voir changer d'avis deux heures après ! J'ai passé par toutes les alternatives d'espoir et d'atroce inquiétude, le voyant paraître puis disparaître sans jamais savoir où le prendre… et j'avais le cœur déchiré en pensant à toi…

C'est un chic gosse quand même, et je peux t'assurer qu'il ne part pas sur un coup de tête, mais que sa décision est mûrement réfléchie ; il a été bouleversé par l'occupation de Paris, et c'est ce qui a déclenché sa décision latente depuis l'armistice…

Quant à l'autre chose, c'était fatal, et comme moi, tu ne peux en être étonné, quoique nous étions loin de deviner ce qu'elle était, mais plutôt soulagé, mais méfie-toi ; qu'elle ne sache rien, qu'elle le croie à Paris, car elle se vengerait et serait capable de tout pour lui et nous faire avoir les pires ennuis. C'est aussi l'avis de Mad Flipo.

Le dernier mot de Riri a été : que mon père s'occupe de Lemoine et lui donne ce qu'il me donnait…

Ce départ ! Je le verrai toujours se retournant vers moi rue de Vaugirard… calme et grave, sans excitation, mais résolu et il a été si affectueux avec moi comme l'enfant d'autrefois…

Je l'ai embrassé doublement pour toi et pour moi, et maintenant, il faut vivre dans l'attente, et c'est affreux !

Je t'embrasse comme je t'aime… si seulement tu pouvais venir…

Écris-moi.

Lili. »

L'imparfait du subjonctif et la rue

Marie-Louise partage un appartement avec sa sœur et l'un de ses frères, à quelques encablures de celui de leurs parents. Son père, dentiste, a fait ses études à Paris. Soucieux de l'éducation de ses huit enfants, il surveille de près celle de ses filles, mais une fois son aval donné, les amis sont reçus à la table familiale. Marie-Louise ne sort qu'accompagnée d'au moins l'un d'entre eux. Depuis quelques semaines, elle fréquente d'un peu plus près mon père, connu et apprécié de la famille pour être entré dans la vie d'Annie dont Marie-Louise est, comme on sait, une amie de lycée.

Trouver un travail, comme il a déjà fait, rien ne lui serait plus facile. Bachelier en droit, fils de famille de surcroît, il serait pris dans n'importe quel ministère. Mais se soumettre à la tyrannie d'un système qui aliénerait sa liberté fraîchement acquise, vendre son temps qu'il ne veut plus remplir que d'une seule vie, la sienne, et de son grand amour, ce serait aller dans le sens de tout ce qu'il cherche à fuir. Il ne se le formule pas encore, mais c'est certain, le monde du travail salarié ne le reverra plus.

Ce renoncement n'a rien à voir avec la paresse. C'est une question de choix, une affaire de conduite de vie, un héritage aussi. Un luxe qu'on peut s'offrir ou pas. Il pense à écrire. C'est la seule chose qui ne menace pas sa liberté et pour laquelle il a montré quelques dispositions. Un roman qu'il écrirait sous la forme d'une longue lettre à Marie-Louise. Il pourrait vendre son histoire. Il tente et fait page blanche parce que, pour lui, écrire c'est romancer sa vie et que la sienne est encore vide de lui-même.

Leurs joutes amoureuses se poursuivent. Il a calé sa vie à l'heure de Marie-Louise. Ses journées se passent à s'occuper un peu de son divorce, beaucoup à lui écrire et à noircir ce qu'il peut de ses nuits blanches. Ils se retrouvent le soir, en cachette, boivent jusqu'à la dernière goutte ce que contient le cœur de l'autre. Il la raccompagne chez elle en seigneur, revient boiteux et triste comme un Quasimodo. Il booste son humeur à coups d'amphétamines, boit plus que d'habitude. Ajustant la course d'un cœur qui bat trop fort sur une qui le fait battre trop vite, les pilules lui font vivre son amour à grandes palpitations et ne plus rien sentir des effets de l'alcool. Une fatigue colossale s'abat ensuite sur lui, une torpeur qui l'écrase, qui l'emplit de paresse, paresse même d'écrire. Alors, pour retrouver son rythme, il en reprend encore puis sort peupler sa solitude à tous les coins de rue, jusqu'au bout de la nuit, termine aux Halles ou bien dans un café qui ne ferme qu'à l'aurore. Sous l'effet volubile des amphétamines, il se retrouve un soir dans une sale situation et rentre couvert de bleus car les amphèts, la rue et l'imparfait du subjonctif ne font pas bon ménage. Il rentre rasant les murs, les paupières tuméfiées. Il arrive chez lui, s'effondre à même le sol. L'humiliation lui mord les boyaux. Elle lui renvoie en pleine figure son impuissance musculaire, elle le remplit de rage vaine. Ce même fiel d'amertume sourdait au fond de lui juste après les coups de son père, enfant, alors qu'il apprenait la haine. Un venin de honte et de rancœur rancie remonte, âcre et amer comme un reflux gastrique. Il ne peut se consoler auprès de personne, il chasse les ombres sales de ses nuits à la lumière de son imagination. Comme il faudra justifier tous ces bleus, puisant dans sa mésaventure une source d'inspiration pour un nouveau chapitre dans l'esquisse de sa vie, il invente une nouvelle histoire.

Arrêté par les Allemands – il tape pile dans le répertoire des rancœurs d'Amélie : ils ont tué son frère et infestent Paris – tandis qu'il descendait la rue d'Assas – double violation de territoire : le Q.S.S.*, comme elle l'appelait, est son quartier depuis toujours et le chevalier d'Assas, l'un de nos aïeux –, il est conduit à la prison du Cherche-Midi, roué de coups au même titre que tous ceux arrêtés avec lui. Parmi eux, un « camarade » atteint d'une maladie de cœur – organe cible du récit – meurt dans ses bras. Cette mort dans les bras n'est pas sans évoquer celle de Valentine qu'il avait tenté en vain de soulever. On la retrouve plus tard dans le roman le plus allégorique de toute cette histoire, *Le Salaire de la peu*r – j'y reviendrai aussi – avec un Johnny moribond qu'il fait porter à bras-le-corps dans son camion par son alter ego – pardon, par

* Quartier Saint-Sulpice.

son héros. À cette seule différence que, dans ses narrations, c'est toujours un homme qui meurt dans ses bras. Un père dont il porte la mort dans un geste qui le lierait à sa mère ? En attendant, dans la vraie vie, pour éviter que ça ne se reproduise, dorénavant il sortira armé.

Bien sûr, il incrimine Annie, la donnant comme probable instigatrice de son arrestation. Le grief ainsi jeté en pâture, comme de l'huile sur le feu, à l'animosité de sa tante envers la jeune femme, fomente la catharsis qui lui fait décrocher la palme de crédibilité et d'enthousiasme, et le propulse encore plus haut dans l'estime de Lili.

La tante la plus extraordinairement naïve prend à cœur le spectacle des blessures de son neveu. D'une dérouillée nocturne dont il est rentré mortifié jusqu'à l'os et humilié jusqu'à la moëlle, il a fait une pièce en un acte d'où toute honte a disparu. Il perfectionne un procédé narratif dont il a usé dans son aventure guerrière, lequel consiste à greffer aux mêmes faits une histoire qui serve son personnage et tienne l'auditeur en haleine. Ce n'est pas de la mythomanie, c'est une flexibilité entre vérité et champ des possibles. L'écrivain glane les émotions et prend toute liberté autour d'une vérité à laquelle il s'amarre. Le mythomane fait le contraire : lâchant les rênes de la réalité, il se retrouve perdu, prisonnier de ses mensonges, dans le champ de l'impossible donc vierge d'émotions autres que la pitié.

Mon père se situe dans le premier cas. Sa vérité, c'est qu'il est en train de flirter avec la violence et la mort. Il en fait une approche par tâtonnement, avec une imagination qui ne sait pas encore où elle va. Performance réussie : Amélie s'épouvante des ecchymoses qu'il porte partout sur le visage et sur le corps. Elle tremble autant qu'elle s'exalte, elle est fière de son neveu et de ce qu'elle prend pour de l'amour patriotique et du courage. Elle en parle à toutes ses amies, lesquelles se mettent à lui rendre visite en espérant voir ou entendre les dernières de Riri.

Évidemment elle n'en dit mot à Georges. Dernière figure matriarcale de la famille, elle protège son frère et, sachant qu'il n'y pourrait rien, elle se refuse à ajouter inutilement à ses angoisses. Horrifié par ce qui est en train de se passer en zone occupée et à Paris surtout, Georges tient sa revue de presse tous les matins. Il fait le décompte des condamnés à mort par les Allemands « à titre d'exemple » ou encore « préventif », et fusillés par les gardes mobiles français par grappes de dix, quinze ou vingt jeunes hommes, sur ordre du gouvernement vichyste dont lui-même fait partie, ce qui le ramène au schisme crucial entre ses convictions et ce qu'il en fait, renforce son addiction aux mensonges de son fils et nourrit sa fierté en même temps que ses peurs.

Mensonges sincères

> « Il est certain qu'apparemment, pour avoir vu cent fois le même acteur, je ne l'en connaîtrai personnellement pas mieux. Pourtant si je fais la somme des héros qu'il a incarnés et si je dis que je le connais un peu plus au centième personnage recensé, on sent qu'il y aura là une part de vérité. Car ce paradoxe apparent est aussi un apologue. Il a une moralité. Elle enseigne qu'un homme se définit aussi bien par ses comédies que par ses élans sincères. »
>
> Albert CAMUS, *Le Mythe de Sisyphe*

Maintenant qu'il a réussi à se faire une place au soleil sous le ciel paternel, il faut qu'il justifie ses retours incessants à Paris. Et puis surtout, il a eu l'expérience avec son mariage, il doit préparer l'arrivée d'une nouvelle femme dans sa vie – donc dans celle de Georges. Il ne se pose pas de question. Il doit lui en parler. Ses mensonges l'ont libéré du contrôle de son père sur son emploi du temps, mais pas de son emprise. On ne se défait pas d'une domination qui dure depuis l'enfance juste en claquant la porte ou en changeant d'adresse. Il doit rendre des comptes non seulement sur ses agissements mais sur ses états d'âme, et son consentement à cette obligation n'est pas le seul fait de l'autorité de Georges. C'est l'autre tenant de cette même mainmise qui prend ici le relais : une servitude automatique, une habitude qui remonte à l'enfance, un fonctionnement rompu à ses dysfonctionnements.

Triste au fond de devoir transgresser leur pacte d'amitié en or, où le mensonge, qui ne devrait pas avoir sa place, est inhérent puisqu'il ne s'agit pas ici d'amis mais d'un père et d'un fils, nostalgique du copain formidable qui est son seul confident, il livre à son père ce qu'il peut de vérité. Comme la seule qui l'occupe aujourd'hui a pour nom Marie-Louise et qu'il ne peut en dire plus qu'il ne la connaît, c'est-à-dire très peu, il dresse, sous forme de confidence, un portrait drastique et détaillé de ce qu'a été son mariage afin de laisser le champ libre à l'intronisation de la future femme que Georges va devoir accepter. Il survole la question de ses activités – sa lettre va à Vichy, ce genre de choses, son vieux Georges le sait bien, doit être tenu secret. Son courrier passe tout pile entre les œillères de son père. Pourtant, sa structure elle-même hurle son mensonge : un paragraphe balaie l'exil patriotique, un autre suffit à dépeindre la femme de sa vie, tout est dans la nécrologie, romancée elle aussi, de son mariage.

Sa belle intelligence abreuvée d'alcool et d'amphétamines, le fils a enrobé de mensonge extraordinaire l'annonce de leur rupture en substituant les mots qui feraient mal à d'autres qui font frémir et revivre son vieux père.

Comme lui, enfant pris dans l'étau des haines matriarcales, n'avait plus eu que son père à aimer, Georges n'avait plus que lui. Parce qu'un bacille avait tué la mère de son fils, parce qu'une guerre contre laquelle il n'avait pas les armes l'avait empêché de la sauver, parce qu'une autre lui avait pris quatre ans de sa vie, parce qu'il y avait perdu un frère et tellement d'autres, son fils était devenu sa raison de vivre, la seule qui le tenait par toutes les fibres de son être, par ses espoirs, par ses peurs, par ses larmes. Le temps, la défaite, le remords de voir cet enfant partir, avec dans le regard, sur le cœur et dans l'ardeur glaciale de ses mots l'empreinte de sa propre violence, font peser sur son fils le poids de sa presque mort. Le poids de son malheur. Pour le lui cacher, il lui a bandé les yeux, il les a couverts de fanions dont chacun revendique une fausse liberté. Or, la liberté veut d'abord un non. Celle qui ne dit jamais non est la plus sûre des prisons.

La violence chez Georges est omniprésente. Elle s'exprime dans l'amour qu'il lui porte, autant, et même plus aujourd'hui que jamais, que dans les coups qu'il lui avait assenés. Seulement le fils portait déjà trop lourd. Il y avait eu d'abord une amertume instillée par les peurs d'enfant que l'emprise de sa mère avait provoquées. « Quelles peurs merveilleuses, aux cataclysmes chargés de poésie, ont escorté mon enfance. Je ne les retrouverai jamais plus. Leur nevermore bat à mes tempes le glas de mon enfance*. »

* Georges Arnaud, *Le Voyage du mauvais larron, op. cit.*

Cette amertume n'était pas consentie, mais la menace de la maladie, qui avait fini par emporter sa mère, l'avait légitimée à ses yeux d'enfant. Il en avait souffert beaucoup, il l'a dit toute sa vie, mais aimait sa mère plus encore. À cette violence du sort s'étaient greffées des guerres internes auxquelles il a imputé la mort de sa mère. Sa raison n'y peut rien : elle s'est figée quand il avait neuf ans. De ce clan qui s'était acharné sur Valentine, Georges fait encore partie, il y est même attaché. C'est le poids de cette violence, qui s'ajoute à celui de celle infligée par son père, qui fait l'overdose et l'empêche de l'aimer plus qu'il ne le hait. Il est perdu dans cet imbroglio d'amour et de haine. Il est en train de se libérer. Il a trouvé le moyen, par un leurre encore, de se défaire de l'emprise de son père, de passer à travers les murs de sa prison. Ils n'étaient que du vent. Un vent violent dans lequel il est en train d'apprendre à voler.

La violence de Georges poursuit sa course dans les circuits internes de Riri. Tandis qu'elle court à sa fin chez le père, chez le fils elle monte à son apogée. Riri est l'oxygène de Georges, Georges la cause de son asphyxie.

Dans une aberration complète sur les réalités de la vie pratique, son fils est plus lucide que lui sur ses vérités fondamentales. Il n'en a qu'une : sa liberté. Il se sert du mensonge pour dire sa grande vérité – ici, le besoin de rupture existentielle – parce qu'un tel aveu serait fatal à son père. Georges fait le contraire. Il ment sur ses vérités essentielles. Il a renoncé à sa vie d'homme au nom de son fils, alors que Riri n'aspire qu'à une chose : le bonheur de son père comme condition élémentaire pour construire le sien. Non par amour mais pour se libérer, ne plus être sa seule attache, son obsession, la condition nécessaire et suffisante à son bonheur. Comme on souhaite voir son parent esseulé refaire sa vie. Parce que ça nous soulage d'un poids que l'amour filial nous renverrait en pleine figure, nous amenant à croire qu'on doive le porter, alors que ce n'est pas vrai. Nous ne sommes pas plus responsables du bonheur de nos enfants adultes qu'eux ne le sont du nôtre lorsque nous vieillissons. Tout ce que nous faisons de meilleur pour eux ne consiste qu'à ne pas mettre d'entrave à leur épanouissement. Au mieux, à le nourrir. Ce qu'ils en font dépend d'eux-mêmes. Nous le sommes bien plus de leur malheur hélas, parfois, parce que le mal qu'il arrive que nous leur fassions peut les détruire. C'est vrai dans les deux sens.

L'amitié extraordinaire qui leur tient lieu d'amour n'a pas le même sens pour chacun. Mon père prend le sien pour un « copain formidable » alors qu'il est son meilleur ami. Il a posé un déni sur la violence subie, il l'a tout encaissée et il en est pétri. Elle macère sous le pansement de cette amitié extravagante dont Georges a couvert ses blessures. Georges est attaché, arrimé à son fils comme au témoin vivant d'une vie qu'il n'a plus, celle d'avant que le destin n'ait eu raison de son droit à être heureux. Il appelle ça de l'amour paternel et croit si fort à ce dernier mensonge qu'il en est devenu sa seule vérité. C'est son leurre de survie. Les autres font les pierres de son mausolée. Car, écrasé par son destin, Georges garde la lucidité pratique de ceux qui, croulant sous le poids de leur malheur, ont renoncé à leurs grands idéaux. Ceux qui n'ont plus de rêves et se contentent des petits pas qu'il leur reste à faire pour conduire leur propre char sans trop de heurts jusqu'à la mort. Ceux qui ont peur de vivre.

Georges se ment pour se consoler. Il couvre son désastre. Il voudrait le gommer, en faire la suite heureuse d'un bonheur qui non seulement n'existe plus puisque Valentine n'est plus, mais dont au fond rien ne dit qu'il ait existé. Né dans les tranchées, abreuvé de chagrin, de peur inhumaine et de gnôle, il y avait d'abord enfoui ses larmes, son instinct de survie, ses espoirs aussi. Valentine l'avait nourri d'idées neuves pour lui, généreuses, intelligentes et porteuses de grands idéaux. Peu à peu, ces grandes pensées s'étaient entourées de mots de plus en plus tendres. Comme les lettres de son fils lui font oublier le souterrain où il enterre sa vie, celles de Valentine l'avaient élevé au-dessus des tranchées pleines de morts où il s'était senti vivre pour la première fois. Il en avait fini par craindre le retard du courrier plus encore que les pluies d'obus. Un bonheur en perpétuelle agitation, fait d'attente et de peur incommensurables, qui avait bâti ses fondations dans le ventre de la guerre, un havre de paix sous un ciel d'obus. Une alchimie scénique avait fait son amour. À la ville, la paix enfin revenue, une autre guerre avait remplacé la première, qui s'était soldée par la perte de celle dont les mots l'avaient maintenu en vie, au temps où la mort pleuvait tous les jours. Plus tard, alors qu'ils n'étaient qu'à l'ébauche de leur vie maritale, en proie à une passion plus grande pour l'enfant qu'il lui avait fait, sa femme l'en avait écarté. Il ne voyait pas que lui aussi l'avait sauvée d'une solitude que son fils avait repeuplée, parce que la guerre, la vraie, l'avait soustrait à celle qui, elle aussi, avait porté sur lui toutes ses espérances.

Georges s'en veut de ne pas avoir été assez fort pour les sauver du drame qui les a accablés. Son désespoir qui s'était exprimé en coups, en pleurs et en tendresse meurtrie avait fomenté la haine chez son fils. Riri n'aime pas son père. Il le prend en pitié. Il lui en veut aussi de ne pas avoir lutté assez contre les siens pour sauver Valentine. Il lui avait pardonné petit, mais la violence de Georges avait tourné cette pitié en rancœur. Pour lui, son père s'est fait avaler par le sort comme la langue du caméléon capture l'insecte, tandis que sa mère, elle, avait pris son destin par les cornes. Née dans un village d'où, à son époque, étant une femme, elle n'aurait jamais dû sortir, elle avait atterri à la Sorbonne. Elle avait côtoyé, partagé les idées des grands penseurs de son temps, de ceux qui portaient sa révolte et qui allaient faire, du moins elle y avait cru et y avait même participé, de la chance qu'elle s'était construite, le droit d'un peuple tout entier. Elle y avait cru si fort que son fils y croirait toujours. La perte de sa mère avait cristallisé en lui ses idéaux. Valentine représentait tout ce que l'aristocratie dont Georges était issu avait de tout temps voulu écraser. L'équité de droits pour les femmes, leur accès aux études, la lutte pour l'abolition des chaînes du mariage, le rejet de l'assujettissement à la chose religieuse et de l'asservissement à la peine salariée. Pour lui, sa mère était une épopée vivante. Elle incarnait l'insoumission que Georges a réduite au choix de son vocabulaire et à quelques valeurs sur lesquelles il était revenu. Il s'est mis à prendre au sérieux absolument tout, sauf ses idéaux.

Dans un ravalement de conscience, il s'est rangé du côté de ceux qui n'en ont jamais eus. Et comme, d'idéaux, lui en avait eus, et de grands et de beaux, il brûle de honte de voir ce qu'il en a fait. Il n'a pas eu le courage de se mentir assez pour connaître sa vérité. Il les a mis dans une vitrine à l'effigie de Valentine où son fils peut les admirer sans jamais y toucher, non pas parce qu'il en a jeté la clé, mais parce qu'ils ne sont que des idéaux d'exposition, des trophées de jeunesse. Voilà comment Riri voit Georges.

Georges a fait de Valentine ce que les hommes qui ont du cœur font de la femme de leur vie : un poème, un mythe, une légende. Pour elle, il s'est arrêté de vivre et il a enfermé son fils dans son mouroir vivant.

Riri se met à table et écrit à son père. Pour tout ce qui concerne son présent, et son avenir à plus forte raison, à part qu'il aime Marie-Louise, et là il ne ment pas, il n'en sait rien lui-même. Il pourrait lui parler de la préparation du concours auquel Georges veut qu'il se présente, mais un tel engagement s'appuie sur une réalité qu'il a abandonnée en chemin. Or il ne ment que par honnêteté, c'est-à-dire pour exprimer ce qui lui est essentiel, primordial. Sa lettre trace la ligne de déhiscence entre aberration et folie.

« J'ai eu pas mal d'aventures… »

Il félicite son père de croire à ses histoires. Rien d'étonnant au fond, puisque ce dernier l'a élevé sur des barricades de principes factices. La tromperie tient dans le prétexte qu'il donne à son départ, mais le but de sa lettre est bien l'acceptation par Georges d'un choix de vie qui lui soit propre, d'une décision prise par lui-même, la conquête de sa liberté. C'est en effet la seule chose qui peut les rapprocher. Son enthousiasme est sincère. Il y a vice de forme et non de fond. Certes, tendre à une vérité aussi fondamentale en passant par le mensonge en compromet l'issue, mais cette façon de faire se calque sur l'exemple de son père, à cette différence près que ce dernier triche sur ses importances, non sur ses agissements. Otage d'un père qui a fait de lui l'axe immuable de son bonheur en même temps que le déversoir de sa détresse, il est aussi son geôlier, parce que c'est en son nom que Georges s'est interdit de vivre. Ce dernier en veut au premier de vouloir sans cesse s'évader, et au second des chaînes qu'il se force lui-même à porter. Et c'est précisément de cette façon que son fils l'exaspère plus encore qu'il n'y est attaché, comme il lui en voulait petit de lui voler sa femme tout en l'aimant quand même parce qu'il était son père.

Le cœur en haleine devant être tenu, il est arrêté à la frontière avant d'être refoulé à trois reprises. Cette fois, il a un tuyau fourni par un nom de code, qu'il « croit » sûr, en prévision d'un échec couru d'avance qui justifiera son retour à Paris : pas question de s'éloigner de Marie-Louise.

Si la clandestinité de ses activités fictives interdit d'en étaler le détail, en tout cas, « ce fut tellement amusant » – c'est comme ça qu'on qualifie le vrai danger, dans la langue de son soldat de père, pour dire qu'on le brave ; « très pittoresque », « très sportif » relèvent du même registre et montrent ses vraies armes : ici une litote qui se bat en duel avec un euphémisme.

C'en est assez pour le cœur du soldat ! Retour à sa vérité première : que son père n'aille surtout pas croire qu'il est parti car l'aventure l'amuse : « c'est bien plus profond que ça ». Et en effet ça l'est. Il sait très bien ce qu'il dit.

Il pense beaucoup à Georges, « à ce qu'aurait pu être la vie à eux-trois ». Cette vie à eux-trois, Georges l'évoque dans l'une de ses lettres écrite trois ans plus tôt lorsque son fils se fiance avec Annie : « Dis à Annie (...) que mon plus cher désir serait que nous soyons très amis tous les deux – tous les trois. » Le couple père-fils est indéfectible, lui s'est trompé de femme.

Il enchaîne sur un fantasme sexuel qui ne fait de mal à personne, surtout pas au vieux Georges : un quasi-viol par sa vamp de vingt ans dans une chambre d'hôtel au Val Cenis où il l'a emmenée froisser la blanche poudreuse des hors-piste. Annie se dit enceinte au mois d'octobre, d'où l'urgence du mariage. L'hymen consommé avant l'heure et sitôt officialisé, elle ne l'est plus : Annie tenait à ce mariage. Il en dresse un portrait sur mesure à Georges qui la déteste de moins en moins cordialement depuis le début. Replace le tir de carabine du Col de Porte, invente des coups juste pour pouvoir les rendre, en déduit l'échec au concours. Petite touche enfin dans le cœur du soldat autant que dans celui du père : le départ à la guerre où Georges l'avait accompagné lui a valu une scène mémorable. La décision de divorce est prise. La catharsis opère, qui soude la raison de Georges au déraillement de son fils.

Bienvenue dans l'alambic affectif de mon père. Il part « par sentiment du devoir, et même avec tout ce que ça comporte d'effort – et aussi d'impérieux » et en sait son père convaincu. Tout est vrai dans cette phrase, le seul leurre se cache derrière l'objet de son départ. Il part à la conquête de sa liberté. Il part pour la vie. Il part pour toujours. Cette lettre remplie de mensonges sincères porte sa vérité et elle est « assez dure à porter seul ». Il a besoin de le lui dire parce qu'ils sont tellement liés, qu'il est « tellement son fils, son gosse de fils qui a confiance en lui (...) », c'est ainsi qu'il dépeint le lien qui les attache si fort, le garrot qui l'étrangle. Car son tyran de père est aussi « son vieux Georges chéri ».

L'impersonnalisme que prend la tournure de sa phrase lorsqu'il évoque l'émotion et l'affection entre son père et lui me fait froid dans le cœur.

> « (...) ton gosse de fils qui est tellement ému de l'amour qu'il y a entre lui et toi. »

Le passage à la troisième personne montre son incapacité – une seule fois avouée en parlant de son père plus tard dans sa vie – à l'aimer. « Ah ! (guttural, profond) je ne pouvais pas aimer cet homme ! Pourtant je l'adorais », a dit mon père du sien. Ce n'est pas « moi » qui suis « ému de l'amour qu'il y a entre nous ». C'est entre « lui », celui qu'il ne peut plus être, et « toi », le Georges que tu es, que ça se passe. On remarque le même détachement dans les dépositions et lettres où il est amené à parler de son meurtre. Comme si ce n'était pas lui qu'on accusait de parricide, mais un homme enchaîné qu'il ne sera plus jamais. L'enfant que son père avait tué.

« Mon vieux père,

Une lettre qui fait suite au coup de fil de ma tante. J'ai eu pas mal d'aventures depuis que je t'ai envoyé des nouvelles au début du mois – ou en fin d'avril, je ne sais plus.

Mon idée d'origine, c'était de rejoindre par un pays méridional mes amis de là-bas. Malheureusement je n'y ai pas réussi, parce que le passage est interdit – non seulement sur la ligne même qui sépare ce pays du nôtre, mais encore sur son territoire. Ayant réussi trois fois à y entrer, j'en ai été refoulé aussitôt. Maintenant, je pars, avec, je crois, un tuyau sûr. Monique me l'indique.

Je veux surtout dans ce mot te remercier, mon vieux, et te dire combien j'ai été ému de ce que ma tante m'a dit de la manière chic et généreuse dont tu avais pris ma décision de départ. C'est en agissant comme ça, du reste, l'un et l'autre que nous nous rapprochons le plus. Je suis enthousiaste de toi, mon vieux.

Que te dire d'autre ? Je n'ai pas la possibilité de te donner beaucoup de détails sur les jours qui viennent de passer. Ce fut tellement amusant et très pittoresque. Très sportif aussi. Mais ne va pas croire que c'est ce côté "histoire de fous" qui me tente, c'est bien plus profond que ça.

Au fond, je m'aperçois que, en te cachant ce qu'était vraiment mon mariage, je t'ai laissé ignorer pas mal de choses de moi. Ça tombe du reste assez bien, parce que je suis beaucoup plus à mon aise pour me raconter par écrit que verbalement.

Je suis pris en ce moment entre le désir de te dire des tas de choses et celui de t'éviter l'impression pénible que je ne pense qu'à moi, en ce moment. Or, ce n'est pas du tout vrai, et je pense beaucoup à toi, à ce qu'aurait pu être la vie à nous trois. Je suis vraiment fait pour être marié – si je ne m'étais pas trompé de femme. Et encore, je ne me suis même pas trompé.

J'ai dit à Annie que je l'aimais un soir où j'étais saoul comme un âne. J'ai ceci de terrible que mes cuites sont absolument invisibles, même pour l'observateur le plus averti.

Six mois passèrent, je n'y pensais plus que vaguement, j'étais vaguement amoureux, par passe-temps. Ça ne m'aurait pas mené bien loin s'il n'y avait pas eu les sports d'hiver à Lanslebourg (Val Cenis). Annie en mourait d'envie, comme une gosse qui n'est pas heureuse chez elle et qui a une occasion de s'en échapper. J'ai toujours eu une vocation de terre-neuve. Je l'emmenai.

À Lanslebourg, je fus quasi violé au bord d'un lit. J'aurais dû saluer, remercier et m'en aller, je ne le fis pas, et me persuadai que c'était par ma faute que les choses en étaient arrivées là. D'autre part, je savais déjà ne pas être amoureux fou d'A., mais la perspective d'une vie avec elle n'était pas odieuse. En juillet 1937, le principe du mariage était admis. En octobre, Annie me confia naturellement sous le sceau du secret, qu'elle était enceinte.

*Inde** la campagne en vue d'un mariage immédiat. Cette campagne, c'est moi, terre-neuve comme par le passé, qui en assumai les frais. En décembre, j'appris qu'Annie avait eu une liaison, comme on dit à *Paris-Soir*, avec un de ses amis, mais c'était vieux, et l'enfant, récent, était de moi. Passant là-dessus, passant sur l'opinion déjà établie sans équivoque que j'avais pu me faire du caractère et surtout de l'intelligence d'A., je me mariai.

Au mois de ~~mar~~ février, A. se rendait compte qu'elle n'était pas enceinte.

Au printemps 1938, je découvris la femme de ma vie, la seule, l'unique. Six mois trop tard. Coup dur. Très emmerdant. Cependant, et contrairement aux apparences, je ne suis pas incapable de résignation. Je me dis que je devais payer ma connerie, sacrifier ma vie sentimentale, découvrir un autre but. Je devins à ce moment-là – je le dis sans modestie – un type très amusant, avec de l'esprit, de la rosserie, du dynamisme et tout et tout. Je cherchais à oublier et à cacher la vie intenable que je menais quotidiennement en face d'une femme qui était idiote et d'une paresse intellectuelle et physique totale, mais exigeait que je lui consacre tout mon temps, tous mes efforts et mon intelligence.

Diverses scènes de drame comique : un coup de carabine dans l'estomac au Col de Porte, arrêté en route par ma plaque de ceinture, la dilapidation quotidienne de l'argent – je suis inapte à surveiller, et moi-même très dépensier, mais seulement par crises. Scènes,

* *Inde* : d'où (latin).

hurlements, coups – que je recevais vraiment passivement pendant un certain temps, mais que je finis par rendre, et vigoureusement. Le plus ignoble enfer qu'on puisse rêver. Malgré ça, je fais tout ce que je peux pour ne rien casser : je m'inflige la punition de continuer parce que je me dis que c'est la solution la plus simple.

Arrive la guerre. Je découvre le travail. Alors le supplice commence pour le lion. Jusque-là, j'avais pu me consacrer à peu près entièrement – bien qu'inutilement – à la distraction, à une espèce d'éducation d'Annie. À partir de septembre 39, plus moyen : beaucoup de travail, et du travail intelligent et passionnant. Impossibilité d'en parler chez moi : le mur, la guerre pour les heures de présence, l'incompréhension complète ; jusque dans mon bureau-cave du Bd Latour-Maubourg, elle venait me disputer à mon travail. Un beau jour, au cours d'une scène, elle prend une bouteille d'encre et la renverse sur une carte que j'étais en train d'achever pour la joindre à un travail pressé.

Le départ pour ce que nous pensions tous les trois devoir être la guerre : scène au Mans parce que tu m'y avais accompagné.

Depuis, scènes parce que mon travail de préparation au concours m'absorbait énormément. Résultat : mon échec. Arrive Lemoine. Une scène très pénible où elle lui reproche de vivre à mes crochets. Pourquoi ? Parce que je travaillais trop avec lui.

Arrivé à ce degré d'expérience de la vie commune, je tiens le raisonnement suivant : "Tu as renoncé entièrement à l'amour. C'est déjà très pénible quand ça ne reste pas une renonciation théorique, quand on aime quelqu'un. Tu as joué honnêtement, c'est-à-dire que ta femme n'a pas eu à en souffrir, n'en a même pas eu connaissance. Actuellement, tu es mis en demeure de renoncer également à ta vie professionnelle, à ton avenir. Ne marche pas." *Inde* ma décision de divorce.

Mais je ne voudrais pas que tu croies que ma décision de départ a été en aucune manière influencée par tout ça. Dès juillet, j'avais pris parti. J'avais tardé à en tirer les conséquences. Le spectacle de Paris m'y décida.

En même temps commença pour moi une nouvelle orientation de la vie. La femme que j'aime, c'est Marie-Louise. Je pense que tu le présumais. Elle aussi m'aime, mais elle ne s'en doute pas. Elle refuse de l'admettre, refuse d'y penser, à cause de tous les obstacles d'ordre social – mariage, religion, etc. Mais nous ne sommes l'un et l'autre heureux et en forme qu'ensemble. Nous en sommes à pouvoir mettre dans la bouche de l'un des paroles de l'autre sans que ça choque. À ces détails près, une convention d'abord tacite, puis exprimée veut que nous ne nous aimions pas.

Il me restera donc à l'issue de cette guerre à divorcer – j'ai des motifs juridiques de le faire – à obtenir l'annulation de mon mariage – je le peux également – et à faire constater un amour, comme on fait constater les dégâts avec la même rigueur scientifique.

Tout ça est très joli, mais voilà. La preuve que je ne pars pas *because* le désespoir ou la rogne : je ne sais pas du tout ce qui va se passer en mon absence. Mon charme – sans blague ! – n'opère que par ma présence.

Je ne peux pas lui demander de m'attendre, parce qu'à ses yeux de catholique, je ne suis pas libre, et elle n'a pas le droit de présumer que je le serai un jour. Donc, en partant, je fais exactement le contraire d'un coup de tête. Je risque plus en partant, à ce point de vue-là, qui est le seul qui puisse m'amener à faire quelque chose qui ne soit pas raisonnable, qu'en restant – ouf ! quelle phrase ! J'ai bien cru que je n'en sortirais pas. Tout ceci pour te redire que je pars par sentiment du devoir, et même avec tout ce que ça comporte d'effort – et aussi d'impérieux. Je sais que tu en es convaincu. Mais j'ai besoin de te le redire, parce que c'est assez dur à porter tout seul. Mais je pars quand même radieux, enthousiaste, heureux de faire ce que je crois devoir faire.

Voilà, mon vieux, la fin de cette lettre que j'ai écrite, pas tellement pour me raconter que pour te renseigner. Si tu viens ici, sache que Marie-Louise est de toutes les personnes qui m'ont vu celle qui peut te dire le plus de choses de moi, et que toi, tu peux lui apporter un peu de ma présence.

Je te quitte, mon vieux père. Excuse cette longue conférence sur moi-même. J'avais absolument besoin de te mettre dans le coup. Je me sens tellement ton fils – ton gosse de fils, ton fils qui a confiance en toi et qui est tellement ému de l'amour qu'il y a entre lui et toi. Tu es mon vieux Georges chéri.

Je t'embrasse bien bien fort.

À bientôt, Riri. »

La débandade

Quatre jours après que Georges a reçu la lettre de son fils, celui-ci passe le voir en coup de vent à Vichy. Sa tentative a bien évidemment « échoué ». Cette vie de fausse errance et de vraie perdition n'est pas tenable. Il ne peut pas rester chez sa tante. Il lui faut un chez-lui à lui, où il puisse continuer de vivre à l'abri de toute surveillance. Il sait Georges prêt à tout pour qu'il renonce à sa guerre buissonnière. Sa visite est brève et pour cause : trop de questions pourraient apporter à son père une lumière qui lui ferait de l'ombre. Mais Georges ne lui pose pas de questions, il veut seulement le faire renoncer à ses ambitions clandestines et le remettre sur les rails de ses études. Le fils aiguille le père de telle façon que ce dernier croit convaincre le premier de tout ce que celui-ci a pour but d'obtenir : s'installer à Paris, prendre un appartement, s'atteler peut-être, si le cœur lui en dit, à ce concours qu'il a loupé d'un cheveu, rappelant par là le procédé dont Georges avait usé pour amener Cécile à consentir aux fiançailles de Riri. Le tour est bien ficelé, mon père obtient ce qu'il voulait et repart aussi vite que s'il avait une armée entière à ses trousses : il n'a pas vu Marie-Louise depuis quarante-huit heures.

Il a pris un appartement rue Notre-Dame-des-Champs, à dix minutes à pied de chez sa bien-aimée. Le loyer est un peu cher, cinq cents francs par mois pour un studio avec une vraie cuisine et une salle de bains, mais le quartier n'a jamais été bon marché. Amélie n'est pas loin non plus : Georges exige toujours qu'il prenne ses repas chez elle. Pour assurer la paix de son havre, il se fait inscrire sur le tableau de défense passive sous le nom de sa mère, Arnaud, fait dire à la concierge qu'il n'est là pour personne, prévenant ainsi une éventuelle visite indésirable. Si Annie venait à connaître sa nouvelle adresse, elle ne manquerait pas de revenir à la charge, car elle tient à sauver son mariage. Quant à Georges, si l'envie lui prenait de passer à l'improviste, le bateau de son cher fils prendrait méchamment l'eau. Du reste, de ce côté-là, il est tranquille : son père est à Vichy, Vichy, à cinq heures de train, la voiture, réquisitionnée.

Bien sûr, il lui écrit. Il a des comptes à rendre. Commence une énumération de dépenses hallucinantes qui remplissent Georges de rage. Victime de son image de copain formidable, celui-ci n'en pipe mot. La colère a besoin d'un champ de bataille. Ne pouvant exprimer les siennes à distance, il les garde pour plus tard. Taper du poing sur la table ne sert plus à rien, pas seulement parce que ce ne sont pas les tables qu'il a l'habitude de frapper du poing dans ces cas-là, mais parce qu'il a très bien compris que son fils est en train de lui échapper. Georges fait l'autruche. Sans le vouloir, mais sans s'y opposer non plus, il court au-devant des folies de son fils. Plutôt que de prendre des mesures – comme, par exemple, couper les vivres ou les réduire et s'y tenir –, il abreuve ses dépenses et ravale sa colère.

S'excusant de la brièveté de sa dernière visite en s'appuyant sur le mensonge sacralisé par le père, il justifie, au flocon près, comment, jusqu'au dernier, les deux mille cinq cents francs que Georges lui a donnés il n'y a pas un mois ont fondu comme neige au soleil. Ce n'est qu'une entrée en matière : il va lui en falloir quatre mille de plus – deux mille pour la résiliation de son ancien bail, le reste pour se faire faire un complet, un pantalon, des lunettes, des soins chez le dentiste. Il sait bien que c'est cher, mais « il fait au plus juste pour ce qui dépend de lui ». Nul ne saurait lui reprocher le contraire : il n'a jamais fait faire le costume en question, pas plus les lunettes, encore moins le pantalon. Il n'est même pas allé chez le dentiste. Il a tout bu et tout craqué en invitant à tour de bras sa clique d'amis dans les restaurants du quartier et en cadeaux à Marie-Louise. Nous ne sommes qu'au tout début du mois de juin. L'argent était censé le faire tenir tout le mois. Qu'à cela ne tienne ! Il n'y a pas lieu de s'inquiéter, le rassure-t-il, il reste treize mille francs dont il se charge de récupérer une partie dès qu'il aura trouvé un repreneur pour son ancien appartement. Au total, ses dépenses s'élèvent à plus de quatorze mille francs pour le mois. Le salaire moyen à Paris est de mille deux cents francs.

À part ça, tout va bien. Son divorce est en marche. Il assure sa paix en affirmant sentir la victoire à plein nez pour l'épreuve du concours qui aura lieu en décembre. Il termine sa lettre par une description de lui-même qui aurait dû alerter Georges. Il dresse un portrait de son cadre de vie comme on suspend une bâche décorative sur ces immeubles dont on ne conserve que la façade pour démolir entièrement l'intérieur. Quelque chose est en train de s'effondrer derrière cette parure tout en mots. Ce tableau qu'il fait de lui-même camoufle si grossièrement quelque chose de plus grave que je le sens un peu plus fort à chaque relecture de sa lettre, plus de quatre-vingts ans après. Il resplendit de santé, fait de la culture physique tous les matins, il ne boit plus, il fume très peu, il se couche tôt ; il ne voit pas assez Marie-Louise à son goût, mais pas assez non plus pour que cela nuise à son travail, ni à son divorce, et va jusqu'à se dire « ravi » de sa vie « rangée » de garçon. Ce qui pour d'autres pourrait sembler n'être que l'expression de sages résolutions de rentrée est, chez mon père – outre le fait qu'on est en juin –, symptôme avant-coureur d'un profond dérangement. Il n'a jamais soulevé un haltère de sa vie, il boit tous les soirs et ça ne se voit pas à cause de l'effet des amphétamines, il fume trois paquets de Gitanes Vizir par jour, et il ne dort pratiquement plus. Il voit Marie-Louise autant qu'il le peut. Ce n'est jamais assez, d'où ses dérives nocturnes. Il ne fout absolument rien et sa vie de garçon rangé est en train de le rendre fou.

Georges doit le croire ! C'est comme ça qu'il l'adore. Il parle de calme et d'ordre jamais connus jusqu'ici et entend persévérer dans cette voie qui s'avérera une impasse d'où il se sortira avec pertes et fracas. Cet ordre dont il se loue pour cacher son chaos est absolument inouï pour quiconque a connu mon père. Qu'il ait pu s'imaginer que Georges le croirait me laisse sans voix. Or il le pense et Georges le croit. Comme s'ils étaient tenus par une même force aveugle qui serait en train de mener l'un à son premier désastre et l'autre à son dernier.

Dans une autre lettre, il a confié au père de Marie-Louise qu'il ne comprenait pas pourquoi l'on n'exigeait pas des jeunes hommes la même pureté avant mariage que celle qu'on imposait aux femmes... Lui, le grand admirateur de Léautaud, le défenseur de l'amour libre, le père qui m'apprit que salope pour une femme était une qualité... Si cette dernière assertion peut choquer, je dois dire qu'elle m'a sauvée. Les tourments de mon enfance – j'apprendrai adulte que le phénomène est fréquent – avaient éveillé une sexualité précoce, réparatrice, presque vengeresse, comme pour effacer celle qui m'avait été imposée par la force et par la peur. Savoir qu'aimer le sexe – puisque c'est en gros ce que voulait et ce que veut encore dire le mot salope attribué à une femme – était une qualité me préserva du poids supplémentaire de salissure qui n'aurait pas manqué de m'écraser s'il ne me l'avait pas dit.

Riri sait parfaitement qu'il outrepasse les limites en termes de finances. Seulement mettre fin à son train de vie, c'est perdre ses copains, son image de grand prince et surtout Marie-Louise. Un peu comme le personnage de Samuel dans le film *Five*. Tout son mobilier est vendu. Il ne lui reste plus que sa plume. Il travaille sur une idée qu'il avait eue adolescent. Une adaptation de *Polyeucte* revue sous l'angle du bonheur de Pauline. Il pense aussi à écrire son histoire, la vendre. Ici commence la véritable débandade. L'onde qui sculpte la vague scélérate.

En attendant, il va falloir qu'il trouve un autre moyen de maintenir son train de vie.

La fausse arrestation

Arrive juillet et avec lui l'Hermite, dont les résultats au concours sont sans surprise. Ne perdant pas une goutte de son opportunisme, il a, lui, vraiment décidé de se représenter et compte sur son ami mon père pour sa préparation. Mais ce dernier a autre chose en tête. Le succès de ses fabulations épistolaires, celui, plus théâtral, de sa première arrestation, l'argent qu'il a versé à flots dans son tonneau des Danaïdes lui inspirent un nouvel épisode qu'il trouve très drôle, et qui promet d'être fructueux. Il lui faut cependant un complice tout trouvé en l'Hermite, lequel, ne reculant jamais devant aucun profit, est l'homme qui tombe à pic.

Voici son plan : alors qu'il dînera chez sa tante, Lemoine lui téléphonera. Il répondra à demi-mots plombés d'un sombre augure, puis raccrochera. S'ensuivra un silence grave et songeur, face auquel Amélie ne résistera pas à lui poser quelques questions. Il hésitera un peu avant de lui révéler, sous le sceau du secret, qu'il doit accomplir une mission urgente. Elle voudra en savoir plus, insistera. Il finira par lui avouer, en lui rappelant l'importance

– vitale pour lui autant que pour ses camarades – de sa discrétion, qu'il a des documents importants à récupérer dans le cadre de ses activités fictives. Lili lui demandera, le priera, le suppliera de n'en rien faire. À quoi il opposera que ne pas l'honorer serait encore plus dangereux. Elle continuera. Lui mettra un terme à leur discussion en affirmant que cette affaire ne devrait pas lui prendre plus de deux jours, qu'au-delà de cette limite seulement, il y aurait lieu de s'inquiéter. Sur ce, il s'en ira et ne donnera aucune nouvelle pendant quarante-huit heures. Le troisième jour, à sept heures du matin, Lemoine appellera Amélie pour l'informer de son arrestation par les Allemands. Un vaguemestre en civil sera venu lui remettre une lettre écrite de sa main à lui, qu'il se proposera de lui apporter sur-le-champ. Il faudra surtout qu'il reparte avec cette missive afin de ne laisser aucune preuve. Ainsi sa tante apprendra-t-elle que, si une rançon de cent mille francs n'est pas versée le jour même avant dix-sept heures, son neveu sera fusillé.

Il a pensé à tout. La scène devra se produire le jeudi soir suivant pour deux raisons. Georges, en déplacement dans le Maine-et-Loire, ne sera pas joignable ; Mariaux, qui veille sur Amélie et sur son fils depuis que Georges est à Vichy, sera à Limoges et ne rentrera pas avant lundi matin – il le tient d'Amélie elle-même. Mais les banques sont fermées le samedi, s'inquiète Lemoine. Pas celles d'Amélie, rétorque son ami. Pour s'assurer de façon certaine que celle-ci n'aille pas faire capoter son affaire en l'ébruitant avant qu'ils aient l'argent, l'Hermite devra rester auprès d'elle jusqu'à remise de la rançon, et ne cesser de lui rappeler que la moindre fuite pourrait coûter la vie à son neveu. Ainsi, si une tournure inattendue devait changer la donne, Bernard pourrait le prévenir, car il a un plan B : il se sera évadé – ça il sait faire – et réapparaîtra en aussi peu de temps qu'il en faut pour se rendre de chez lui à la rue de Fleurus : cinq minutes en courant. Il ne laissera seule la pauvre tante que le temps de porter la rançon rue Notre-Dame-des-Champs, puis il la rejoindra au plus vite.

Comme il ne faut à aucun prix qu'il soit vu chez lui ni dans le quartier pendant sa supposée absence, il donne une version édulcorée de la même histoire à Marie-Louise, où il n'est plus question de danger de mort. Il lui promet d'être rentré lundi soir au plus tard et reste sagement chez lui tout le week-end. Pour accréditer son récit, il simulera une perquisition dans son appartement. Et pour encore plus de vraisemblance, il portera des traces de coups – ceux qu'il a reçus dans son enfance ont développé chez lui une grande résistance à la douleur physique. Il s'auto-flagellera ; le coquard à l'œil sera donné par l'Hermite avec son consentement, et cinquante pour cent du montant de la rançon. Sans attendre davantage, mon père rédige sa lettre.

« Cher vieux,

J'ai été arrêté par les Allemands et l'on m'informe que je serai fusillé si une rançon ne leur est pas versée avant dix-sept heures aujourd'hui.

La seule personne susceptible de pouvoir faire quelque chose pour moi est ma tante. Aussi je te demande d'aller la trouver dès que tu auras reçu cette lettre. Bien sûr, je compte sur toi pour rester auprès d'elle et la soutenir à tout moment.

Voici leurs conditions que je te prie d'observer minutieusement car mes heures sont comptées. Une somme de 100 000 francs, en coupures de 1 000, devra être placée dans une valise fermant à clé. Cette valise sera déposée avant 17 heures à la consigne de la gare Saint-Lazare.

La clé de la valise ira dans l'enveloppe blanche ci-jointe, que tu glisseras, avec le ticket de consigne, dans la grande enveloppe beige préaffranchie et préremplie, également jointe.

Le tout devra être posté dans la boîte aux lettres qui se trouve devant la grande poste, rue La Boétie, avant dix-sept heures trente.

Tu devras porter une veste bleue, un pantalon beige, une cravate bordeaux ; tu tiendras, plié sous le bras gauche, bien ostensiblement, un numéro du journal *L'Auto*. Ne néglige aucun de ces détails car il y va de ma peau. Pour la même raison, je compte sur ta discrétion pour n'en toucher mot à personne d'autre que ma tante : elle seule peut me sauver. Je te demande aussi de bien prendre soin d'elle. Embrasse-la pour moi.

Ton vieil ami qui espère vous revoir vite et qui t'embrasse fraternellement.

Henri »

Le jeudi suivant, le plan est mis à exécution. Trente-six heures sans nouvelles se passent. L'Hermite se lève à l'aube. Il a dormi rue Notre-Dame-des-Champs, chez mon père. Il appelle Amélie, se rend chez elle aussitôt. La pauvre tante est passée par toutes les couleurs depuis deux nuits et une journée entière. Elle n'a pas fermé l'œil, son visage est défait, son cœur bat la chamade. Elle a tremblé toute seule, sans personne à qui confier sa détresse. Elle ne boit pas, elle ne se drogue pas, elle n'a donc eu aucun moyen de s'éteindre le cerveau, de le mettre en veille jusqu'au retour de son neveu. Personne avec qui se renvoyer les interminables minutes qui font des heures, des jours, des nuits d'attente. Jeanne ouvre la porte. L'oiseau de mauvais augure annonce la nouvelle et se met à lire la lettre. Il a répété dans la nuit, il la connaît par cœur. Il trébuche exprès sur quelques mots en prétendant ne pas être sûr de bien les lire, lui tend le papier pour qu'elle confirme. Amélie s'en saisit d'un geste sec, le déchirant un peu. Elle parcourt l'écriture de son neveu sans dire un mot. Ses yeux s'emplissent d'une buée qui se condense. Deux larmes se bousculent au bord de ses paupières. Ce n'est pas le moment. Il faut agir, et vite. Lili, la tante à l'indestructible naïveté, se transfigure en trombe sous le regard idiot de l'Hermite. Il reste planté là, hésite à reprendre la feuille.

— Voulez-vous que je la range dans mon veston ? bafouille-t-il en tendant la main.

Amélie la plaque sur son sein.

— Cette lettre s'adresse à moi, répond-elle d'un ton rogue. Vous n'êtes que le messager. … Et Mariaux qui n'est pas là ! Ne perdons pas de temps. Allez donc acheter une valise et…, hésite-t-elle en le toisant de la tête aux pieds, une cravate bordeaux.

Elle range le pli dans son sac, met son foulard, prend son chapeau. L'Hermite porte une veste bleue et un pantalon beige. Il toussote pour reprendre contenance et lance, dans un sourire courtisanesque :

— Je ne vous laisserai pas seule. Je suis votre homme !

Soufflé par la tornade qui a pris Amélie, il a presque peine à la suivre tant son allure est vive. Il n'est pas huit heures du matin. Les banques ouvrent à neuf. Il y a bien la somme chez le notaire mais la succession n'est toujours pas réglée, il est rue de Berry, de l'autre côté de la Seine, sur les Champs-Élysées, et puis on est samedi. Qu'importe ! Elle va, court, vole et fait chou blanc : le notaire n'est pas là. Après un entretien tout en exhortations, sommations et ultimatums avec son remplaçant, elle en ressort avec dix-sept mille francs à onze heures du matin. Hèle un autre taxi, se fait conduire rue La Vrillière, franchit les portes dorées de l'Hôtel de Toulouse, martèle d'un pas décidé le plafond de la Souterraine, tape du pied sur les deux mille tonnes d'or que gardent ses colonnes d'acier. Mais tout retrait est impossible : on ne fait pas ce genre d'opération sur un coup de tête, encore moins un samedi matin ! lui apprend-on. Furieuse, elle saute dans un troisième taxi, se fait conduire dans le seul établissement où elle possède un compte. Tout son argent est en zone libre, à Périgueux. Là encore, sa démarche est infructueuse. Un quatrième taxi la ramène à la poste de la rue de Tournon où elle possède un livret de caisse d'épargne. Le vide. Il est midi passé. Arrivée à la fermeture, elle a tenu ouvert une demi-heure de plus le guichet de sa dernière chance. Il reste dix mille francs à trouver. Toutes les banques sont fermées. Elle réfléchit. L'Hermite a faim, propose de s'arrêter manger. Le regard qu'elle lui lance lui coupe net l'appétit.

— Allons plutôt acheter une valise qui ferme à clé et une cravate bordeaux.

— J'en ai une chez moi ! se prend de zèle Bernard, pensant flatter une hantise des frais inutiles dont il la sait coutumière.

— Vous croyez vraiment que c'est le moment ? répond Lili. Achetons tout ça ici !

Ils se dirigent vers les boutiques de l'avenue des Champs-Élysées quand, tout à coup, Amélie pense à Boccon-Gibod, marié à l'une de ses cousines. Son cabinet n'est pas loin et le couple habite juste au-dessus.

— Occupez-vous de la valise, de la cravate et du journal, et attendez-moi 16, rue Dupont-des-Loges, lance-t-elle à l'Hermite en se dirigeant vers une station de taxis.

— Je viens avec vous, c'est plus prudent.

— Oui, venez avec moi. Il est à deux pas du Bon Marché. Vous trouverez tout là-bas.

Amélie en ressort avec les dix mille francs qui lui manquaient. Lemoine n'a pas bougé.

— Où est la valise ? demande Amélie.

— Je… j'ai… j'ai préféré vous attendre. Mais nous avons le temps, il n'est que trois heures.

Il est quatre heures de l'après-midi quand ils rentrent rue de Fleurus. L'Hermite dispose par liasses les coupures de mille francs dans la valise. Avant de partir, il pense à rappeler à Lili l'importance d'observer la plus grande discrétion, mais il n'ose pas. Pour la première fois de sa vie, Lili fait peur. L'Hermite se tait. Elle n'a pas de leçon à recevoir – et surtout pas de lui –, elle n'a jamais pu le sentir. Valise pleine de billets en main, elle le met à la porte, le presse d'y aller. L'Hermite sort en nouant sa cravate, son journal sous le bras. Il court rue Notre-Dame-des-Champs. Les deux complices s'embrassent à grands coups de claques dans le dos. Mon père hurle : le sien est criblé de zébrures sanguinolentes. Bernard suggère de commencer le partage. Mon père ouvre la valise et laisse faire son copain, qui lui propose de recompter.

— Tu rigoles, vieux ? Je te fais confiance, fait-il en riant. Allons, ne perdons pas de temps, tu veux ? Tu vas voir la vieille, je te rejoins, je la console et on sort !

L'Hermite décroche le téléphone. Il prévient Amélie que tout s'est bien passé, puis arrive chez elle en beaucoup moins de temps qu'il n'en faut pour venir de la gare Saint-Lazare – même en taxi –, mais comme ce temps lui a paru atrocement long, Lili ne le remarque pas. Lemoine fait son entrée, coquelet content de son affaire, s'assied à sa table, se retenant tout juste de se frotter la panse. Lili est dans tous ses états. À dix-huit heures sonnantes, la sonnerie du téléphone retentit. Elle se précipite pour décrocher, blême de peur, tremblante. C'est Riri qui la remercie, son argent est bien arrivé et il va être libéré incessamment… Assommée du bonheur d'entendre sa voix, de le savoir sain et sauf, elle ne s'étonne de rien. Tout ça en une heure ? s'esclafferont tous ceux qui plus tard seront mis au courant. Comment peut-elle seulement croire à une telle aberration ? Elle y croit comme elle l'aime, aveuglément. Elle l'aime si fort que, lorsqu'elle racontera l'histoire à ses amies, toutes y croiront aussi. Pourtant au fond elle sait. « Un vrai scénario de roman policier », dira-t-elle à Mariaux en lui montrant la lettre trois jours après. Tous deux décident de ne rien dire à Georges. Il le croirait aussi, comme le laissent présager les lettres de Mariaux.

Riri se pointe moins d'une heure après son coup de fil, les vêtements déchirés et les plaies bien visibles, exhibant ses blessures comme d'autres leurs médailles. Amélie pleure de joie et de peur épuisée. Il la console avec une anecdote d'inspiration toute giraldienne : tandis qu'il était en cellule, un officier allemand venu le libérer s'est entretenu avec lui et, sur un ton des plus mondains, ils ont parlé littérature et écrivains contemporains. Puis il l'a ramené en voiture, ce qui explique comment il est rentré si vite. Il l'a même invité à prendre un verre. Ne pouvant boire avec celui qui l'avait fait si copieusement rosser, il a évidemment refusé.

Tandis qu'Amélie exulte, il cadenasse ses mensonges : il n'est pas seul dans cette affaire. En cas d'indiscrétion, d'autres risqueraient leur tête, et lui serait exécuté sans autre forme de procès.

L'affaire s'arrête là. Georges n'en saura jamais rien. Mon père quitte Amélie, qu'il laisse seule dans sa joie sans saveur et sans rire. Lui va faire la fête ailleurs, avec ses amis.

Je ne décolère pas de cette histoire. Elle me ramène aux rages dévastatrices que me donnait la lecture des lettres de Georges, bouleversantes d'amour et de tendresse, de cette amitié formidable. Cet amour brut, coupable, désespéré, qui signe son urgence d'une plume minuscule et noueuse à la fin de chaque lettre, la sanglante vérité dans laquelle j'étais seule à plonger soulevaient une colère qui prenait sa source trois générations au-dessus de moi. Tout l'amour d'une enfance heureuse, de ce père formidable que j'admirais, toute la tendresse, les rires, notre amitié, au lieu de m'apaiser, la nourrissaient, la rendaient abyssale. Jusqu'à ce que j'aie tressé par écrit la toile de toute cette histoire et pesé un à un les mots avec lesquels je l'écrivais ; jusqu'à ce que j'aie décortiqué les forces et les faiblesses de Valentine, celles de Cécile, replacé Charles dans ses laboratoires et dans ses champs, Louise dans l'enfance d'Amélie et de Georges ; jusqu'à ce que vingt fois sur le métier j'aie remis ma détresse et compris de chacun les souffrances subies et celles infligées, savoir que mon père a tué me rendait leur lecture insoutenable. Je ne décolérais pas. De l'une de ces colères qui, en écrivant, m'ont fait rugir de rage et bondir de ma chambre, ni vaincue ni vainqueresse, le cœur en lambeaux, comme sortie d'un combat contre l'Hydre de Lerne. À chaque excuse arrachée sang et ongles, cent blâmes repoussaient. Je dus ranger mon père dans la case maladie mentale. Au rayon étiologie, j'y mis en vrac le drame de son enfance, la violence, physique, psychique, et aussi celle du sort, la haine familiale ; ça ne faisait pas le poids. J'y ajoutai l'alcool associé aux amphétamines pour tuer l'empathie. Il n'y avait rien à faire : dès que j'y revenais, c'était le cœur d'Amélie qui battait à tout rompre en moi et les larmes de Georges qui coulaient sur mes lèvres. Il m'a fallu atteindre un tel niveau d'« aimance », une insondable capacité d'aimer, aveugle, égale, non quantifiable, pour me plonger dans l'histoire de mon père sans laisser la colère prendre le dessus et transformer tout cet amour en haine ; sans juger, m'attelant seulement à comprendre. Je me suis amarrée à cet amour suprême qui me maintenait au-dessus de la tempête de sentiments que traversait mon âme. J'aurais voulu garder toujours ce calme qui règne dans l'œil de l'ouragan. J'étais cet œil et je voulais dire mon regard. Mais cette froideur sereine où une haine glaciale se rit de faire brûler le feu lui-même, l'amour inextinguible d'une mère, qu'importe qu'elle ait accouché par le ventre ou seulement par le cœur, eut raison de mon œil et de tous ses regards. Un cyclone de colère m'emportait chaque fois, je devenais cet ouragan en soi. J'avais envie de mettre tout ça à la poubelle, fracasser mon ordinateur, le jeter par la fenêtre, prendre les voiles, rendosser mon déni, me noyer dans n'importe quelle ivresse qui voudrait bien de mes larmes.

Quant à l'Hermite, que nulle forme de souffrance, nulle tragédie ne liait à Amélie, qui déjeunait chez elle tous les midis et n'avait d'addiction autre que sa petite ambition, il ne méritait pas ma rage, trop forte, trop pure, trop ancestrale pour permettre qu'elle s'échouât sur tant de mesquinerie. Je refuse un tel exutoire. Cette fureur, c'est une affaire entre mon père et moi. Elle ne pouvait admettre pour adversaire que celui auquel j'étais liée par un sentiment de force égale : un amour inconditionnel.

J'écrivis ma colère et repris mon histoire.

Conscience tranquille

Cette affaire dépasse de beaucoup les bêtises ordinaires des jeunes fils de famille, si écervelés puissent-ils être. Loin d'en éprouver la moindre gêne, rien en lui n'indique le remords. Son opération réussie, il mène allégrement sa vie dispendieuse. Aucun scrupule ne vient entraver sa conscience : d'abord, les scrupules, il est contre, et sa conscience s'est perdue dans le mépris de cette immense fortune à laquelle il a associé la mort de sa mère. Le vol des 100 000 francs lui paraît drôle, il n'y voit rien de mal, au contraire. L'argent n'a servi qu'à de bonnes causes. Il l'a redistribué, améliorant ainsi la vie de Lemoine et de sa vieille mère, gâtant tous ses amis, suivant l'illustre enseignement de Valentine. Il n'a rien fait de grave. Il avait prévenu Amélie que l'attente ne durerait pas plus de quarante-huit heures. À la trente-sixième, il lui avait envoyé l'Hermite. Certes, il s'en était fallu de peu qu'il en allât autrement, mais il avait vu juste. La rançon avait pu être réunie le jour même, et il s'était empressé de rentrer au plus vite pour calmer son effroi. Le reste ne compte pas.

Je me souviens d'un dîner en famille un dimanche soir aux Charpentiers. C'était pendant l'une de nos périodes fastes. Un musicien entra et se mit à jouer de la guitare. Mon père lui trouva du talent et l'invita à notre table. Ils parlèrent de musique et de contrées lointaines : notre hôte était vietnamien. À la fin du repas, il se vit remettre un chèque de 10 000 francs* qui, dans la bouche de ma mère, épouvantée, se transformèrent en un million : le choc l'avait renvoyée au temps des anciens francs. Des histoires comme celle-ci, il y en a plusieurs : son mépris de l'argent ne le quitta jamais.

Certains pourraient lui reprocher de vivre aux crochets de ses parents, seulement dans cette famille, sauf bannissement pour cause de sortie de caste, on vit de rentes séculaires et l'on ne travaille que pour meubler l'ennui. Malheureusement pour Amélie, la rancœur qu'il lui tient pour le rôle qu'elle a eu dans la « mise à mort » de sa mère fait feu de tout bois. Voilà comment ce que l'on pourrait considérer comme cruel et irresponsable trouve ses fondements dans l'esprit de mon père.

Un peu moins de trois mois suffisent à lui faire dilapider trois ans et demi de salaire moyen en épopées nocturnes dans les restaurants et les bars de Saint-Germain-des-Prés, traînant partout derrière lui son cénacle, essentiellement L'Hermite, Marie-Louise, L'Hermite, Maxime, l'Hermite encore et certainement d'autres dont je ne connais pas les noms, parmi lesquels l'Hermite. Il s'expatrie rarement, ne dépasse jamais les grands boulevards. Marie-Louise le tient étranglé à l'étau de sa virginité. Il vit son amour en secret et ne rêve que d'une chose : vaincre ses

* 8 200 euros en valeur actualisée.

tourments, la posséder enfin, pour cela l'épouser. La procédure de divorce suit son cours. Une ordonnance de non-conciliation l'autorise à vivre séparément, mais ce n'est pas assez pour rassurer sa belle qui ne bougera pas d'un iota sans un divorce avec annulation à Rome, amen du Saint-Esprit, remariage *e tutti quanti*. Son amant se met en tête de lui offrir un avenir en or. Après tout, il en a les moyens ; cette fortune, dont une part lui revient aussi, va bientôt devenir accessible : la succession de Cécile doit être réglée début septembre. Il va s'en ouvrir très franchement à Georges. Celui-ci avait parlé de vendre le château. Ce serait formidable !

Jusque-là Georges n'a que son traitement, mais le rendez-vous chez le notaire devrait changer la donne. L'immense part de leur héritage – des immeubles situés dans le quartier Saint-Sulpice et à Saint-Cloud, de nombreux titres et rentes – venait des Gratet Duplessis, donc de Cécile. Destitué côté sang bleu, Georges n'a cependant pas été dépossédé de tout. En effet le château, offert en dot au moment du mariage de Cécile, avait donc été l'apanage de Charles, ainsi que de nombreuses terres en Beauce et à Escoire, lesquelles lui venaient de ses parents. Or, bien que son fils fût fâché avec lui, Charles ne l'avait pas déshérité. Cécile avait reçu les biens de son époux en partage avec ses enfants, mais le danger Valentine étant à jamais écarté, Georges devait s'en retrouver l'heureux propriétaire, par moitié avec Amélie. De là lui était venue l'idée de vendre Escoire. La vente rapporterait entre deux et trois millions de francs qui, même réduits à leur quart, constitueraient une somme largement suffisante pour que s'ouvre devant lui un plus vaste horizon. Il pourrait enfin acheter Conches, épouser Mad, vivre sa vie au grand jour. Son fils, du moins c'est ce que se figure celui-ci, demanderait à se faire attribuer sa part. Il achèterait une maison au bord de la mer, s'y installerait entre ses livres et Marie-Louise, et consacrerait sa vie à leur amour et à écrire. C'est tout ce qu'il a en tête.

Relancer Georges sur ce projet ne devrait pas poser de problème puisque c'était initialement le sien. Il ne songe pas à Amélie. Pas seulement à cause de son inexistence dans son panorama affectif, mais parce que la part d'héritage de Lili étant beaucoup plus importante, il ne voit pas pour quelle raison elle refuserait de vendre Escoire. La pensée qu'elle y soit attachée ne l'effleure même pas. Pour lui le cœur d'Amélie ne compte pas. Si elle devait s'y opposer, rien ne serait plus facile à Georges que d'imposer sa volonté. Car Georges est le plus fort, Georges est le plus puissant, Georges est le plus intelligent. Lili n'aurait jamais ni la force, ni le courage de le contrarier. C'est du moins ce qu'il s'imagine. Or, si en effet sa tante redoute plus que jamais les colères de son frère, ce dernier s'est toujours plié à l'autorité de sa sœur. Financièrement, c'est elle qui a le pouvoir.

Dressé par quatre ans de guerre à obéir aux ordres de tous sauf de lui-même – ce que son fils n'a pas encore compris –, Georges paye très cher les choix de sa jeunesse. Il n'a plus aucun pouvoir sur les questions d'héritage et prend la chose très au sérieux. On l'a vu lors des fiançailles et du mariage de Riri : pour rien au monde il ne serait allé à l'encontre des exigences de Cécile ou d'Amélie. C'est d'elles avant lui-même qu'il s'est senti l'obligation d'avoir l'assentiment. Des deux, Amélie est même celle qu'il avait crainte le plus. Les femmes ont de tout temps commandé aux finances. Car cette famille est complètement matriarcale – ce qui explique peut-être l'irascibilité atavique de ses hommes, mais c'est un autre débat.

L'heure de la vérité

Nous sommes au début du mois d'août. Paris s'offre presque nu et tend ses rues vidées de monde dans un calme alcyonien qui fait croire aux oiseaux que la ville est à eux. Mon père vit sa vie de patachon, Marie-Louise ne part pas en vacances, Bernard s'affole d'autant plus que son escarcelle est à sec : son ami craque son fric à tort et à travers et il n'est plus le seul à graviter autour. Surtout, il ne fiche plus rien, or il comptait sur lui pour préparer ce concours. L'Hermite s'inquiète, en vient à regretter Annie qui pourtant le déteste.

Son ami, lui, ne se soucie guère que d'une chose, préparer son futur mariage avec Marie-Louise. Pour ça, il va falloir qu'il s'entende avec Georges. Ce dernier sera à Paris à partir du 15 août. Il saura lui parler. Il n'est plus un enfant. Que son père s'interdise tout pour lui pèse autant sur l'un que sur l'autre. Ce n'est pas seulement Riri mais lui-même qu'il fait gardien de sa propre prison. Il y met tout son cœur, qu'il a aussi impétueux que violente la colère. Mad s'est installée dans le cocon qu'il a tissé pour elle, faisant reposer sur lui ses préoccupations morales, l'avenir de ses filles, son chagrin, leur ravitaillement, leurs vacances, leurs Noëls, leurs moindres contraintes. À aucun moment elle n'envisage d'officialiser la place qu'il a prise aujourd'hui parce qu'à force de se priver pour les siens, Georges s'est banni lui-même du bonheur qu'il veut leur offrir. Les autres se sont habitués à vivre sous ses auspices, appréciant ses bontés, redoutant ses orages, esquivant son contrôle permanent et sur tout. Sa sœur le craint ; Mad, qu'il n'ose pas épouser à cause de Riri, n'a jamais révélé à ses filles qu'ils s'aimaient ; son fils cherche à se défaire de son emprise. Dans quelques mois, ce dernier aura vingt-cinq ans. Il veut être libre. Il va persuader son père de rompre les chaînes qui les tiennent. Sonne le glas de ses mensonges, retentisse le tocsin de leurs vérités ! Cette fois, il va lui dire.

Les deux semaines se passent à cuver la moitié de ce qu'il lui reste de bonheur à vivre avec Marie-Louise, mais ça non plus, il ne le sait pas encore. Arrive Georges. Il va l'accueillir à la gare, ils passent rue de l'Abbé-Grégoire déposer sa valise, puis ressortent pour dîner. Mon père, que ses sulfureuses activités ont bien sûr empêché de se présenter à la session de juin, rassure le sien : il travaille comme un fou et sent le succès du mois de décembre comme s'il le tenait. Georges roucoule, enfouit un peu plus la colère des mois passés et écoute son fils lui parler de la femme qu'il aime. Intarissable, celui-ci ne voit pas que son engouement agace le vieux père, qui bifurque sur son avenir. L'un parle d'écrire, l'autre de concours.

Le sujet les tient en verve jusqu'à la dernière goutte de la première bouteille de vin. À la deuxième, mon père aborde l'idée de vendre le château, que Georges accueille sans sourciller. Comme il l'a fait pour le mariage, il répond qu'il faut d'abord soumettre la question à Lili. Vendre Escoire avait certes bien été dans ses projets ; depuis, il y avait eu la guerre, la réquisition du château, pire que tout, la débâcle. L'incertitude de l'époque l'en avait dissuadé, et il n'était pas près de changer d'avis. Mais le copain formidable n'oppose jamais de refus frontal à son fils.

— Ah ! vendre Escoire ! Il va falloir que ta tante y consente, car, contrairement à moi, elle y est attachée, tente-t-il sur un ton qu'il voudrait désinvolte.

— Oui, peut-être, lui répond son fils, mais finalement, regarde : elle n'y a pas mis les pieds depuis un an, il y a toujours des problèmes avec les métayers qui se foutent littéralement de nous. Pour te dire, Georges : la semaine dernière, on a reçu un colis avec, tiens-toi bien, une oreille de cochon, et c'est tout ! Sans parler de leurs bêtises ! Souviens-toi seulement de Taulu* qui nous volait l'électricité au risque de faire partir le château en fumée !

— C'était en partie ma faute : je leur avais promis de la faire installer chez eux et puis je ne l'ai pas fait. D'ailleurs, le problème est réglé. En revanche, ce à quoi tu ne penses pas, c'est qu'Escoire rapporte, bon an, mal an, dix mille francs. Ta tante risque de ne pas être d'accord… Et puis trop de souvenirs immémoriaux l'attachent au château. Elle va nous ressortir la vieille histoire des Sanzillon et des Hautefort, de son arrière-grand-mère, du mariage de tes

* Victoria et Romain Taulu sont les gardiens du château.

grands-parents ! On en a pour trois siècles de jérémiades, et c'est encore moi qui vais me les farcir...

— Mais sérieusement, toi, Georges, qu'est-ce que tu en dis ?

— Moi, je ne suis propriétaire de rien. Enfin de très peu, et qu'à moitié.

— Dont le château. Il n'y a qu'à convaincre Lili.

— Tu en as de bonnes ! C'est bien le problème, la décision ne dépend pas que de moi. Je vais en parler avec elle.

— As-tu songé qu'en vendant seulement le château – pas les terres, ni les métairies –, on pourrait chacun s'acheter une maison et il nous resterait suffisamment d'argent pour vivre, dit le fils prodigue.

— Ce n'est pas si simple que ça. Encore une fois, ta tante ne sera jamais d'accord.

Après un silence qui laisse Georges renfrogné derrière un « non » qu'il n'a jamais su dire, son fils reprend :

— Mais combien de temps vas-tu rester terré dans tes sous-sols, à te priver de tout, à ne vivre que pour les autres, seul aux commandes de ton navire avec moi en figure de proue ? Quand est-ce que tu t'autoriseras à vivre pour toi ? Est-ce que tu t'es seulement posé la question de savoir ce que toi – toi, Georges – tu veux vraiment ? Cet héritage est l'occasion ou jamais de te le permettre. Tu pourrais même...

— Je pourrais quoi ?

— Tu pourrais même épouser Mad.

Georges ne nie pas. Il ne confirme pas. Il ne dit rien. Son fils reprend :

— Tu sais, je ne suis pas dupe. Et je ne suis pas le seul à le savoir. Ma tante aussi l'a bien compris. Même Mariaux le sait. Tu t'interdis pour moi de te marier avec elle, alors que tu n'imagines pas à quel point je le souhaite ! Je serais heureux pour toi.

— Écoute, sans vouloir t'offenser… mêle-toi de ce qui te regarde, tu veux ?

— Mais ça me regarde ! Ça ne regarde même que moi puisque c'est à cause de moi que tu t'interdis de vivre ! Je peux faire toutes les conneries de la terre, te décevoir, te coûter cher, quels que soient mes abus, tu les couvres, tu les assumes, parce que tu as renoncé à ta vie, alors tu vis avec la mienne. Je déteste que tu te brimes pour moi plus encore que ce contrôle permanent, obsessionnel, que tu ne peux pas plus t'empêcher d'avoir sur moi que moi de m'en affranchir. Vendre Escoire est la seule chance que tu as de te libérer financièrement. De t'offrir une vie à toi, celle que tu veux vraiment, et arrêter de t'approprier la mienne. Donc, de me libérer aussi.

Il a dit tout cela sur un ton sans éclat, simple comme la vérité.

— Te libérer de quoi ? Je te cède tout ! Ta liberté, je te la sers sur un plateau, et toi tu craches dedans comme d'autres se signent à l'eau d'un bénitier.

Son fils ne l'écoute plus. Leur conversation dévie sur un monologue.

— Ce que tu ne vois pas, continue-t-il en insistant sur le « tu », c'est qu'en me faisant porter le poids de tes sacrifices, tu nous fais geôlier et captif l'un de l'autre. Je déteste l'idée d'être la cause de tes privations. Vis, sois heureux, sors de ce souterrain dans lequel tu t'enterres vivant ! Sois libre, aime, sois toi ! Je ne ressemble à rien de ce que tu aimerais que je sois. Je fais semblant de t'obéir et je te mens en permanence. Je ne peux pas être celui que tu veux, et t'abandonner m'est impossible. Arrêtons ça. Ça m'éviterait de partir en vrille. J'ai presque le cœur et même la force de briser le joug. Ce n'est qu'une affaire de temps. Je finirai par m'en défaire, tu le sais aussi bien que moi. Tirons un trait sur ce système. Tu n'as pas plus de droits sur cet argent que moi. Ni toi, ni ma tante, ni personne. Aucun de nous n'a donné de sa sueur pour le gagner. Vendons ce qui nous revient, partageons-le, garde la part la plus importante, tu la mérites, et donne-moi la mienne. Je veux que tu sois libre et je veux l'être aussi. Le seul moyen de ne pas nous perdre est de nous libérer de nos chaînes. Ne m'oblige pas à les rompre moi-même.

Georges l'a écouté sans l'interrompre, sans un regard, les yeux tournés tout au fond de lui-même. D'accord sur l'idée, il ne l'est pas du tout sur son application, et masque l'aporie en rendossant sa vieille défroque de copain formidable. Il y va de ses réponses équivoques, reconnaît qu'il n'a pas tort : il va tout faire pour convaincre Amélie. C'est presque un oui. Son fils tient le bon bout.

Décidément, son père est un chic type.

Le vent du cœur

Les mots de son fils ont soufflé leur vent de jeunesse sur les idées bien rangées de Georges. Il a raison, se dit le père en se servant un verre de scotch. Il pense à Mad, à leur maison de Conches, à la vie qu'il aurait près d'elle, au bonheur qu'ils pourraient partager. Pour eux deux, pour eux trois, pour les filles, pour eux tous. Il faudra qu'ils en parlent. Plus encore que lui-même, Mad craint de choquer les enfants. Ses filles, qui aimaient plus que tout leur père. Riri qui adorait sa mère. Ce n'est pas seulement qu'elle craigne de les heurter, mais elle s'est enfermée dans les souffrances de son passé et elle ne veut plus en sortir. Riri a raison. Ses propos valent pour elle aussi. C'est par les mêmes arguments qu'il pourrait l'arracher à cette torpeur dans laquelle elle s'est installée. Leur vie pourtant va de l'avant, leurs enfants grandissent. Eux s'aiment et s'en défendent violemment, figés à jamais dans le rôle qui les tenait au moment où la grande foudre de leur vie s'est abattue sur eux. De même leurs enfants, frappés par le malheur, petits, en garderont les stigmates le reste de leur existence. On sait ce qui arrive à mon père. N'ayant personne à venger, Colette et Françoise, les filles de Mad, s'en prennent à elles-mêmes, s'enfermant à jamais dans la solitude de leur mère. Toutes deux mourront vieilles filles. Se défendant d'enfouir leurs morts dans un passé plus grand que leur avenir, Georges et Mad ont enseveli avec eux leur droit à être heureux.

— Mon petit veut prendre son envol, et pour ne pas m'abandonner, il m'enjoint de voler avec lui, se surprend Georges à penser à voix haute tout en se resservant un autre verre. Si je ne le suis pas, il partira sans moi.

Cette dernière phrase réveille une peur qui le ramène à celle qui l'avait pris à la mort de sa femme. La peur de cette solitude cosmique dans laquelle il s'était trouvé avant de se raccrocher à son rôle de père. Il se sert un autre whisky. Riri a dit qu'ils pourraient s'acheter une maison. Une maison où chacun vivrait. C'est la fin de sa vie de père. S'il ne lui donne pas son aval, il partira quand même. Lui reviennent ses mots, en boucle, dans un écho long et sans voix : « Ce n'est qu'une affaire de temps. Je finirai par m'en défaire, tu le sais aussi bien que moi. »

Il va l'écouter. Il demandera à Xavier de l'aider. Lui seul peut convaincre Amélie. Il se remplit un dernier verre puis se couche sans se déshabiller.

In violentia veritas

Mariaux a longuement parlé avec Amélie. Il lui a fait part du désir de son frère. Lili, qui n'ose jamais s'en prendre directement à Georges, s'offusque et rejette en bloc cette idée d'échange. Elle trouve la demande profondément injuste. Contrairement à son frère, *elle* aime Escoire. Lili est l'âme du château. Elle y a passé tous ses étés, toutes ses vacances, de son enfance à aujourd'hui. Sa mère y était morte en châtelaine, suivante de leurs aïeules dont la belle Eugénie Taillefer de la Roseraie. Elle n'était pas héritière d'une moitié de parts, mais d'une lignée de reines. Aujourd'hui, c'était elle qui portait le flambeau. Elle ne laisserait personne en éteindre la flamme.

Xavier revient vers Georges, l'exhorte à ne pas vendre. Amélie a raison, affirme-t-il. Escoire est une sécurité en ces temps incertains, c'est même la seule qu'il ait, et encore, à moitié. S'il vendait, que laisserait-il donc à son fils ?

Père et fils se retrouvent trois jours plus tard chez Georges. Riri arrive plein d'enthousiasme. Il vient chercher la réponse, pas celle du père, ni celle du copain formidable, celle de l'homme qu'il a mis devant leurs vérités.

Un voile de gêne dans le regard de Georges calme son élan. Les yeux rivés sur la bouteille de Tanqueray qui traîne sur la table, le vieux père remplit deux verres, en tend un à son fils sans lever le regard, et se lance :

— J'ai demandé à Mariaux de convaincre ta tante. Son refus est catégorique. Mariaux lui-même me le déconseille.

— Ça, on s'y attendait, fait son fils, d'un ton mi-enjoué, mi-sec. Et alors ?

— Et alors… ? Alors tout réfléchi, je ne suis pas d'accord non plus.

— C'est toi-même qui parlais de vendre le château. Quand je t'en ai reparlé, tu étais d'accord.

— J'étais d'accord sur l'idée, pas sur ses conséquences…

— C'est un peu court, vieil homme ! Comment peut-on être d'accord sur un principe sans l'être sur son application ? Pas toi. Je ne te crois pas. C'est ridicule !

— Ça n'est pas ridicule, c'est tout ce que tu auras ! dit Georges dont le ton monte en décibels.

— C'est complètement absurde ! réplique son fils, criant tout aussi fort. Tu sais très bien que si j'hérite d'Escoire, je le bazarderai et je claquerai l'argent ! En faisant ce choix…

Le fils a touché pile là où ça démangeait. Il n'en faut pas plus à son père qui retient sa colère depuis des mois.

— Ah ça ! Parlons-en justement ! Dépenser l'argent, c'est à peu près tout ce que tu sais faire !

— On en a déjà parlé la dernière fois ! Cet argent n'appartient à personne. Pas plus à Amélie qu'à toi ou moi. Et je n'en dépense certainement pas autant que ma tante, qui passe son temps à en abreuver, et par dizaines de milliers de francs, les œuvres pour tuberculeux de France et de Navarre, espérant racheter à bon prix sa place au paradis, des fois que le Bon Dieu se souviendrait du temps où elle poussait sa chère maman à envoyer la mienne crever dans son enfer ! C'est de cet argent que tu veux parler ?

— Laisse ta mère en dehors de ça ! Elle n'a rien à voir avec ce que je suis en train de te dire ! Oui, c'est de cet argent que je parle ! Tu ne te rends pas compte que c'est vital, je te l'ai dit cent fois !

— Personne mieux que moi ne peut s'en rendre compte ! Personne. Cette fortune, tu sais aussi bien que moi ce qu'elle nous a coûté !

— Tu es vraiment bouché ! fulmine Georges. Tu ne comprends rien ! Tu ne sais rien ! Ferme un peu ta gueule, tu veux ?

— Non, je ne la ferme pas, ma gueule. C'est toi qui ne comprends rien ou qui ne veux pas comprendre ! En faisant ce choix, tu te prives du seul moyen de construire ton bonheur et tu empêches le mien !

— De quel bonheur tu parles ? Mais tu te rends compte de ce que tu dis ? Tu l'as vu, ton bonheur ? Tu as vu ce que tu en as fait ? Tu es parti en courant devant, tu l'as abandonné dans une ville de province et tu me l'as laissé sur les bras, comme toujours ! Parlons-en de ton bonheur ! Ton bonheur, c'est moi ! Tu n'en as pas d'autre !

— Justement si, j'en ai un autre ! C'est même le seul qui compte ! Et non, tu n'es pas mon bonheur ! C'est toi qui ne te rends pas compte ! Tu me fais prisonnier en même temps que toi d'une prison à laquelle tu fais porter mon nom !

— Toi, prisonnier ? Mais prisonnier de quoi, bordel de Dieu ? Je fais tout ce que je peux pour toi ! Tu es toute ma vie !

— Justement non, je ne suis pas ta vie ! Toute, encore moins ! Ta vie, c'est toi ! La mienne ne regarde que moi !

Le bras de Georges se lève plus vite qu'il n'en faut à sa pensée pour l'arrêter. Sa main s'abat de toutes ses forces sur la joue de son fils qui vacille sans tomber.

Une clé se fait entendre dans l'entrée. C'est Marguerite Pelaud qui rentre et les surprend. Selon son habitude, elle fait mine d'avoir oublié quelque chose et ressort aussitôt en refermant la porte.

— C'est toi que ça regarde ? Toi et pas moi ? Mais qui es-tu sans moi ? Qu'est-ce que tu ferais sans moi ? s'égosille Georges, l'attrapant au collet et le plaquant au mur.

— Même pas mal, même pas peur. Fini, le temps où tu me faisais trembler ! La peur, j'en ai mangé, j'en ai chié, j'en ai goutté des litres de sueur et jusqu'à la dernière ! Il ne m'en reste plus que quelque chose entre la pitié et le dégoût ! T'as essayé de rattraper le coup en me passant au col le carcan par lequel tu enchaînes ma vie à la tienne. Tu y as accolé ton cœur comme on met son nom sur le collier d'un chien pour être sûr qu'on vous le ramène si jamais il fuyait ! Tu as fait de moi la condition d'un bonheur impossible parce qu'il y a maldonne ! Erreur sur la personne ! Tu t'acharnes à vouloir le construire sur une vie qui n'est pas la tienne ! Pourtant, tu en as tellement fait pour qu'elle le soit ! Tu t'y es pris à bras raccourcis et à mains nues chaque fois que tu perdais pied. Et ça ne prend plus. Et tu t'étonnes.

Georges a pâli. Le sang a quitté son visage et irrigue tous ses muscles. Il se contient mais ne peut retenir une autre gifle monumentale. Il claque à pleine main l'oreille de son fils qui ne s'arrête pas.

— T'occupe pas de mon avenir ! Tu en as bien assez fait avec mon passé !

Une troisième gifle ouvre une petite fente sur sa lèvre inférieure. Il continue, sur un ton aussi brûlant que le verbe est glacial.

— Tu peux frapper tant que tu veux, tu ne me feras pas taire. Je ne serai jamais celui que tu veux que je sois. Tu crois que je ne les vois pas, tous tes mensonges, toutes tes compromissions, ta colère permanente, furieuse, malade de ta conscience salie ? Ta pauvre conscience qui n'a plus que moi et mes mensonges pour se donner l'impression d'exister ?

Le visage de Georges se contracte comme s'il retenait une tempête intérieure. Il se mord la joue.

— De quels mensonges tu parles ?

— Tous ceux que je te fais. Pour ne pas faire voler en éclats ton cœur de père, j'ai dû t'inventer un autre moi-même ! Je l'ai calqué sur ce héros que tu n'as jamais pu être et que tu aimerais que je sois ! Je ne peux que te mentir pour honorer tes exigences ! Et ce n'est pas par peur, mais parce que dans ce poids gigantesque qui m'écrase, il y a aussi tout ce qui fait de toi mon vieux Georges, et que ça pèse presque aussi lourd.

Le visage de Georges se desserre. L'émotion suscitée par cet aveu inattendu de tendresse apaise ses traits. Riri le voit, y croit, il continue :

— Cette superbe façade fait la grande porte de ma prison ! Te demander de l'entrouvrir te détruirait ! Ma servitude n'est pas volontaire ! Elle est plus forte que moi parce qu'elle dépend de toi. Toi, Georges, le plus fort, le plus intelligent, le plus puissant. Ton empire est ma prison, et il n'y a pas de clé. S'il y en avait eu une, je l'aurais volée depuis longtemps. Mais pas fou, le Titan ! La clé, il l'a jetée tout au fond de mon enfance. Enterrée sous mes peurs. Et moi, mes peurs, je les ai bouffées tout cru. Voilà pourquoi je n'ai d'autre arme que ma fausse obédience. Voilà pourquoi le mensonge, la manipulation. Voilà ce que tout ça fait de moi.

Comme s'il n'écoutait plus, comme s'il se refusait d'entendre la confession des mensonges de son fils, Georges se raccroche au plus infime d'entre eux et repart de plus belle. Son calme a disparu. Il abaisse les paupières et contracte les lèvres.

— Ne me dis pas que tu parles du concours ?

— C'est tout ce qui t'intéresse ? Je te parle de ma vie et de la tienne ! Et pas par altruisme ! Moi aussi, figure-toi, j'ai une vie à construire ! Elle s'appelle Marie-Louise. Elle est la femme de ma vie, la seule, tu comprends ? Si je ne l'épouse pas, si je n'ai pas de vie à lui offrir, je vais la perdre ! Ce n'est pas seulement ton bonheur qui est en jeu, c'est le mien ! C'est celui de la femme que j'aime ! C'est celui de la tienne aussi ! C'est le nôtre, le nôtre à nous quatre. Je ne veux plus être ton empêcheur de vivre.

Est-ce que tu te rends compte qu'en agissant ainsi, ce n'est pas seulement ta vie, c'est aussi la mienne que tu plombes ? Et toi, tout ce que tu veux savoir, c'est si oui ou non, ton fils finira au Conseil d'État ? Je te le dis tout net : je ne présenterai pas le concours. Ce n'est pas mon avenir, c'est celui que tu aurais voulu si tu avais été moi. Ta juste récompense pour tout ce que tu avales d'ordres que tu n'oses pas contrer. La couronne de lauriers qui couvrirait ta pauvre âme de soldat vendu. La Légion d'honneur qui couronnerait cette guerre que fut pour toi la charge du sale gosse que je suis et que tu aimes avec des chaînes. Je ne veux pas de ton avenir. Je le vomis. Pourquoi irais-je vendre mon temps pour de l'argent alors qu'on en a largement encore pour vingt générations ? Quand bien même je serais né pauvre, je serais devenu voleur, bandit ou fou, plutôt que d'aliéner ma liberté ! Alors, mon héritage ? Sois certain que de tout ce qui me reviendra, je ne compte rien garder ! Je ne veux pas de cette « raison » dont tu as fait tes remparts, qui a figé un cœur que tu ne sens plus battre que la coulpe de tes peurs. Pas plus que des principes que tu honnissais pourtant quand il battait encore, ce cœur de copain formidable qui finalement s'avère n'être qu'un faux-ami.

— Un faux-ami ?! hurle Georges d'une voix que sa rage éraille.

Son teint est livide, ses mains se raidissent, un roulis de colère gronde dans sa gorge. Son fils connaît par cœur ce sale tournant d'humeur, et il tremble lui aussi, non pas de peur, mais d'une rage bien plus jeune et encore plus vive. Ils ont exactement la même façon de se fâcher, de mettre leurs griefs de côté, puis de les dégainer bien acérés de haine au premier coup d'éclat. C'est toujours Georges qui tire le premier. L'élève n'a pas encore dépassé le maître. L'appartement retentit d'invectives, de fureur débridée. Une énième claque s'abat sur lui, suivie de coups de poing qui l'envoient valdinguer à l'autre bout de la pièce. Il ne fait pas le poids. Une violence surprenante l'anime. Une haine exacerbée. « Une envie totale de meurtre, le désir imminent de le tuer. Le tuer. C'était certain, il le voyait, il le savait. Le tuer, lui le plus fort, le plus intelligent, le plus puissant*. »

Georges s'est enfermé dans sa chambre, en claque la porte de toutes ses forces. Son fils se ramasse, puis s'en va. Il laisse volontairement la porte ouverte derrière lui, forçant ainsi son père à la refermer lui-même, sur ses propres déboires et sur sa solitude.

---

* Georges Arnaud, *Lumière de soufre*, *op. cit.*

Les larmes des enfants

Une bonne centaine de kilomètres et quelques nuits ont porté leurs sages conseils à l'un autant qu'à l'autre : la réconciliation a lieu à Conches où mon père a rejoint le sien. Georges n'a pas supporté leur fâcherie, le copain formidable est revenu au galop. Son fils est sûr qu'il finira par l'écouter. Il ne peut en être autrement, il faut qu'il le convainque. Il y est presque.

Chez Mad, l'ambiance n'est pas la même. Georges est beaucoup plus calme, moins prompt à s'emporter ; ils se disputent toujours mais moins, et il n'en vient jamais aux coups. Derrière la maison, un petit parc mène à un bois où père et fils s'en vont dénouer leur fâcherie en mode péripatéticien. En général ils font ce genre de balade plutôt dans les rues de Paris, rarement à la campagne : ni l'un ni l'autre n'aime le vert. C'est l'idée de Georges, et signe d'une probable discussion.

— J'ai beaucoup réfléchi depuis la dernière fois. Je comprends ton point de vue et tu n'as pas tout à fait tort… J'ai repensé à tout ce que tu m'as dit.

— C'est vrai, tu es d'accord ? s'empresse son fils, prêt à y croire.

— Non. Mais là, mon vieux, écoute-moi. Ôte-toi de la tête l'idée de mon mariage. Je t'avoue que j'y avais pensé aussi, et je sais que ce n'est un secret ni pour Mariaux, ni pour ta tante, mais je n'épouserai pas Mad.

Son fils marque un temps. Non seulement son argument premier vient de s'effondrer, mais il ne comprend plus son père.

— Elle ne veut pas ?

— Non, je ne lui en ai même pas parlé. C'est simplement que ça n'est pas possible.

— Pourquoi ?

— Pour la même raison qui m'a fait renoncer à vendre Escoire. Les conséquences pour toi n'en seraient que pires. Ton héritage serait à diviser en quatre. Tu n'aurais plus qu'un huitième des parts du château. Je me doute que tu n'y as pas pensé, mais moi j'y pense pour toi !

— Non, je n'y ai pas pensé. Tu sais aussi bien que moi…, continue-t-il sans terminer sa phrase.

Il ne peut pas croire que Georges puisse rejeter l'idée de son mariage pour les motifs mêmes qui avaient provoqué leur dernière dispute. Il sent monter en lui une colère qu'il refrène. Et si Mad ne voulait pas de lui ? Pourtant, qu'ils s'aiment ne fait de doute pour personne. Quand lui s'était marié, Georges avait pris un appartement dans la rue où elle habitait, à quelques numéros. Ils passent tout leur temps libre ensemble, et Georges parle d'acheter Conches… Tout le monde est au courant. Lili, Pelaud, Mariaux. Même Louise qui s'est occupée d'eux à Escoire et par qui il lui fait envoyer des colis pour son ravitaillement. Et il n'est pas le seul à vouloir ce mariage. Xavier et

Amélie le souhaitent aussi. Cette réponse est invraisemblable. Un refus de Mad serait la seule raison plausible, en même temps que la plus terrible. Peut-être a-t-il été rejeté et a honte de l'avouer, ou il est trop blessé… Ça ne colle pas non plus. Georges ne sait pas cacher ce genre de chose. Il serait dans un tout autre état.

Un crachin les oblige à interrompre leur promenade et leur conversation. À peine rentré, Georges monte rejoindre Mad dans sa chambre. Colette est là, elle lit dans un fauteuil. Riri hésite un peu à lui parler. Les filles adorent Georges, elles seraient certainement de son avis. Colette est par nature la moins enthousiaste des deux, et le Pou – surnom qu'on avait donné à Françoise parce que, petite, adorant se faire gratter la tête, elle prétextait qu'« un pou » courait dans ses cheveux chaque fois qu'elle voulait un câlin –, le Pou est à Bordeaux. Il se décide quand même à lui demander ce qu'elle en penserait. Sans grande surprise, Colette n'est pas d'accord. Colette n'est jamais d'accord. Chez elle, le mot non est un principe. Georges a beaucoup changé depuis la défaite, argue-t-elle, et c'est vrai. Son humeur s'est encore assombrie. Et puis sa maman est malade. Depuis la mort de son fils Vincent, elle souffre de maladies auxquelles les médecins trouvent tout un tas de diagnostics qu'ils traitent sans jamais la guérir. Mad ne veut pas guérir. Elle est attachée à son mal comme au dernier crampon d'or et d'acier qui la lie à son fils. De toutes ses forces, de tout son cœur, de toute son âme. De tout son corps aussi. Mad est atteinte d'une neurasthénie qui ne la quittera plus, dont elle souffrait encore lorsque je l'ai connue, en 1972, et qui durera jusqu'à sa mort… à quatre-vingt-treize ans.

Ne pouvant rien tirer de plus précis sur ce qu'en pensait Mad, il décide de rester. Le lendemain, pendant que Georges est occupé à écrire son journal, il monte la trouver dans sa chambre.

Mad parle peu et d'une voix très discrète. Il n'ose pas lui dire tout de go – comme il a fait avec son père – qu'il sait. Il cherche l'inspiration en se tournant vers la fenêtre qui donne sur le parc, se perd dans de vaines réflexions, puis vient s'asseoir à son chevet.

— Tu sais, Mad, je serais très heureux si Georges et toi vouliez vous marier.

Une joie discrète, furtive, balaye instantanément son visage, que sa mélancolie ne parvient pas à estomper. Le sujet est bien trop intime et Mad bien trop timide pour oser dire ce que son émotion trahit. Mon père a sa réponse. Colette peut penser ce qu'elle voudra, un visage ne ment pas, en tout cas pas celui de Mad. Il rentre à Paris le jour même.

Une colère muette et froide lui glace les os jusqu'à la moelle. Georges se masque à lui-même sa lâcheté. Il escamote ses tristes vérités en les couvrant d'un panache de valeurs sacrificielles. Parmi ces vérités, la plus quotidienne est Vichy, antagonisme magistral entre l'homme qu'il voudrait être et celui qui a fourré ses grands principes dans tous les angles morts de sa conscience. Georges n'est pas menteur, Georges est un mensonge. Il s'est claquemuré entre les parois bien épaisses d'une raison toute pusillanime, faite de compromissions contre lesquelles il s'est élevé dans tous ses livres, dans ses choix de jeunesse, dans l'éducation qu'il a donnée à son fils. Il a confiné sa quête de vérité dans les sous-sols de son ministère, fouillant, classant, rattrapant le fil de l'Histoire dans ses archives. Et même là, quelques bavures viennent souiller son intégrité : Georges a écrit, sous l'égide et les ordres de son gouvernement, le *Livre jaune*, publication fallacieuse et tronquée de documents diplomatiques relatifs à la guerre de 1939, qui répugne l'historien, bafoue l'honneur de l'homme, mais dont le fonctionnaire est pourtant bien l'auteur, le sbire exécutant.

Enfin, la première et ultime vérité, celle qui fait le plus mal, qui ne le quitte plus, qui ressurgit toutes les fois qu'il y pense et il y pense beaucoup, ce sont ces images sonores, vivantes, que sa conscience, furieuse contre elle-même, lui repasse la nuit, quand il s'endort, qu'il est fatigué et oublie d'oublier. C'est le son de sa propre voix beuglant, vociférant, vomissant sa colère sur son enfant qui le supplie d'arrêter, ce sont ces larmes qu'il lui interdisait de verser qui submergent son cœur, c'est cette peur abyssale qui s'ensuit, d'avoir perdu le lien sacré. Il a beau boire pour ne plus y penser, il a beau se saigner pour expier son crime, elles reviennent toujours. Pour les chasser, il n'a que la colère, une colère profonde contre lui-même, inextinguible, flamme éternelle d'une violence atavique qu'il porte, comme Amélie le flambeau de son sang bleu. Pour vaincre cette colère, il se déploie en sacrifices, il y met toute sa bonté, brûle les mauvaises pages de l'histoire et réécrit sa vie, à l'ombre de ses principes tombés en désuétude. Son *Livre jaune* rien qu'à lui.

Fini le temps des replis en position fœtale et des supplications, finis les cris de son impuissance, ces pleurs d'enfant dont l'écho déchire le cœur du vieux père. Cette colère qu'il a instillée dans l'âme de son fils a plus de douze ans d'âge. Elle a fermenté au point de devenir rancune et même méchanceté pure. Elle est une entité à part entière, un autre lui-même, un autre qui en devient presque fou et qui attend son heure. Parce que rien ne vaut les larmes des enfants.

Discussion

Rentré à Paris, sa première urgence est de retrouver Marie-Louise, son étreinte, leurs promesses d'un avenir qu'il est bien décidé à lui offrir. Il arrive juste à temps pour prendre une douche et la rejoindre. Bernard, qui fait office de copain de paille, accompagne le couple pour un dîner aux Charpentiers avant de s'éclipser, son repas pris – vous l'aurez deviné. Les amants s'en vont ensuite roucouler en duo dans les rues de Saint-Germain-des-Prés, puis s'aimer sous les toits de la rue Notre-Dame-des-Champs. Il ramène Marie-Louise chez elle juste avant l'heure d'un crime qu'ils ne commettront pas, retrouve sa solitude qu'il occupe toute à réfléchir à son affaire. Il reste deux semaines et demie avant la signature chez le notaire. Deux semaines et demie tout pile pour réconcilier son père avec sa vieille idée de vendre le château, lui faire entendre que de cette décision va dépendre leur avenir.

Ils se revoient chez Georges, rue de l'Abbé-Grégoire. Les quelques jours que celui-ci vient de passer à Conches l'auront, l'espère son fils, mis en meilleure disposition.

Il retrouve son vieux père, égal à lui-même, traînant ses pantoufles éventrées, bretelles pendant aux fesses, chemise mal enfoncée dont un pan dépasse sur son pantalon. Une bouteille de scotch et un verre déjà vide se trouvent sur la table du salon. Georges en sort un deuxième, remplit les deux, en tend un à son fils.

— Je sais bien que tu n'en as pas envie, mais j'aimerais qu'on reparle de ce mariage, commence ce dernier.

— De quel mariage ? demande Georges que sa demande excède déjà.

— Du tien. À vrai dire, des deux. Du mien aussi, mais toi d'abord, si tu veux bien. Je sais que tu voulais te marier, tu me l'as dit toi-même. Et tu m'as dit aussi que ce qui t'avait amené à y renoncer, c'était mon héritage.

— Tu ne vas pas recommencer, on en a déjà assez parlé ! Ma décision est prise, je n'ai pas l'intention d'en changer.

— Mais est-ce que tu te rends compte à quel point c'est absurde ? Tu ne peux pas me soutenir le contraire ! J'en suis la preuve vivante ! C'est parce que tu t'es moqué de ton héritage que j'existe. C'est parce que tu as placé l'amour, le bonheur de ma mère, le tien, le vôtre, bien au-dessus ! C'est parce que tu as été un homme à la hauteur de sa passion, de ses idées, que je suis là ! Et aujourd'hui c'est à mon héritage que tu suspends ton bonheur et le mien ? Je me fous de mon héritage ! Notre bonheur est bien plus important ! Pour toi, pour Mad, pour moi, pour nous tous ! Là-dessus, Xavier est de mon avis ! Même ma tante est d'accord !

— Tu serais gentil de me laisser libre d'en décider ! le coupe Georges, bougon.

Il remplit à nouveau leurs verres. Aucun signe de contrariété sur son visage. Ses gestes sont calmes. Son fils reprend :

— Okay ! Venons-en au mien. Je t'ai parlé de Marie-Louise. C'est la femme de ma vie. Je l'aime plus que je ne m'aime moi-même, et elle m'aime aussi. Je l'épouserai sitôt mon divorce plié. Ça non plus, tu ne peux pas ne pas le comprendre. Et encore moins ne pas me soutenir. Nous sommes bien trop les mêmes pour ça !

Georges a baissé la tête et lui répond sans la lever.

— Je te comprends parfaitement. Seulement l'amour ne fait pas tout, crois-moi. Encore faut-il faire partie d'un même monde… C'est bien plus important que tu ne crois. Tu l'as bien vu pour ton mariage. On sait ce que ça a donné !

— Mais nous appartenons à un seul et même monde ! Je te l'ai déjà dit : on en est à deviner ce que l'autre pense sans s'être concertés ! Comme si le cœur de l'un battait dans le corps de l'autre ! Vraiment ! Ce monde-là est le seul qui m'intéresse, il est unique, il n'appartient qu'à nous ! Marie-Louise…

— Ce n'est pas de ce monde-là que je te parle. Il te faut une femme avec laquelle tu puisses t'entendre sur le long terme, l'interrompt Georges en avalant cul-sec son verre qu'il repose sur la table comme un juge son maillet. Or c'est loin d'être le cas, tu…

— C'est toi, Georges, qui dis ça ? le coupe son fils, estomaqué. Parce que tu en avais prévu un, de terme, toi, lorsque tu as épousé ma mère ? Tu l'avais vu venir, celui qui allait ruiner nos vies ?

— Tout ce que tu pourras me dire ne servira à rien ! La dernière fois déjà, je n'étais pas d'accord, et tu ne me convaincs toujours pas ! Mais alors pas du tout ! Ce mariage va contre la raison la plus élémentaire ! Ce ne serait qu'une connerie de plus ! Aujourd'hui plus que jamais, il faut penser à ton avenir !

— Mon avenir, on en a déjà parlé. Où veux-tu en venir ? demande son fils sur un ton qu'il s'efforce de garder le plus calme possible, se concentrant sur le remplissage de leurs verres, comme si en en régulant le débit, c'était sa colère qu'il contrôlait.

— Te marier serait complètement idiot. Il faut que tu trouves une femme de ton milieu. Tu l'as bien vu avec Annie. Et sache que moi aussi, j'en suis une preuve vivante. Moi aussi, je me suis battu pour épouser la femme que j'aimais. Moi aussi, j'y ai cru. Et puis ma vie s'est effondrée. Je me suis fâché avec toute ma famille. Ma femme est morte. Tu n'as pas eu de mère. Je me suis condamné moi-même à vivre seul, à travailler comme un damné à cause de mes choix. Cet héritage est la seule chance qu'il me reste de sauver ton avenir, et toi, tu voudrais le dilapider ? Et te retrouver comme moi ? Courbant sous le poids d'un destin que tu aurais toi-même conduit à ta perte, et avec mon aval ? Il n'en est pas question ! Je me suis renseigné, figure-toi. Cette fille vient d'un milieu inconciliable avec le nôtre. Ses parents sont des émigrés. Quelle espèce d'avenir peux-tu espérer construire avec elle ? Mais que faut-il donc que je fasse pour te faire entendre raison ?

— Qu'est-ce que tu oses appeler « raison » ? Quelle sinistre « raison » va contre le bonheur des gens qui s'aiment ? Comment peux-tu dire ça ? Toi, Georges, à qui je dois la vie parce que justement tu l'as transgressée, cette « raison » que tu es en train d'essayer de me vendre au prix de mon amour ! Est-ce donc la même raison qui t'a freiné quand il s'est agi de convaincre ta famille de gens très raisonnables de payer pour ma mère ? Tu n'as pas le droit de me dire ça ! Pas toi ! Et, surtout, pas à moi !

— Je t'interdis ! Ta mère n'a rien à voir là-dedans. Je peux même t'assurer qu'elle ne le verrait pas d'un meilleur œil que moi. Tu ne sais pas de quoi tu parles. Ce mariage serait une aberration. Une folie.

— Donne-moi un seul argument qui tienne.

— Plusieurs même si tu veux, car il n'y en a pas qu'un. D'abord tu es encore beaucoup trop jeune.

— Trop jeune ? Je te rappelle que tu n'avais qu'un an de plus que moi lorsque tu t'es marié. Le temps de divorcer et nous serons quittes.

— Tu ne la connais que depuis six mois.

— Je connais Marie-Louise depuis trois ans. C'est toi qui connaissais ma mère depuis seulement six mois quand tu l'as épousée.

— Et tes études, tu y as pensé ? Elles ne sont même pas terminées. Ça fait déjà trois raisons. Ça ne te suffit pas ?

— Mais tu te rends compte de ce que tu dis ? Je te rappelle – encore – que quand tu as passé ton doctorat, j'étais déjà né depuis quatre ans.

— Tais-toi ! hurle maintenant Georges. Je sais de quoi je parle. Tu seras déshérité, et tu n'as pas idée des conséquences que cela a. Ressers-nous à boire.

— Déshérité, tu l'as été aussi, fait Riri en remplissant les verres. C'est même pour ça que je te suggérais de vendre. Fuis-la, cette raison qui te fait courber l'échine, exécuter des ordres, avaler des crapauds. Oublie-la, cette raison au nom de laquelle tu laisses Mad crever de chagrin toute seule la nuit. Transgresse-la encore, transgresse-la toujours. Tu feras l'économie d'une dette perpétuelle. Celle de ta conscience que tu rachètes en dépensant pour nous une traite gagnée au prix de ta dignité. Et tu voudrais que je suive ton exemple ? Avec « tout ce que tu fais pour moi » ?

Il a dit tous ces mots sur un ton calme, les rendant encore plus cinglants.

— Tu m'écoutes, oui ! vocifère Georges, fulminant, bouillant de rage. Je te l'ai dit, redit, je te le dis encore : le château sera probablement le seul bien que j'aurai à te laisser ! Et encore, à moitié ! Xavier lui-même m'a exhorté à ne pas vendre ! Quant à cette idée de mariage avec cette fille d'immigrés, c'est courir à ta propre perte ! Tu n'imagines pas…

Son fils ne l'entend plus. D'abord hargneuse, l'homélie du vieux père se fond dans un galimatias dont chaque parole est psalmodiée de moins en moins distinctement. Dans une retentissante cacophonie, sa voix de caverneuse se fait tonitruante, puis tout à coup d'à peine audible, muette. Le corps courtaud de son quinquagénaire de père à peine bedonnant se met à osciller. Il gonfle, il rapetisse, s'éloigne, reprend ses formes puis devient flou. Son teint se grise, ses sourcils broussailleux, en touffes hirsutes, s'agitent. Georges n'est plus qu'une clameur. Une voix aphone, puissante comme le ressac d'un océan furieux, ressasse à intervalles réguliers son besoin urgent de le tuer.

La moindre des morts

« Yet, each man kills the thing he loves,
By each let this be heard,
Some do it with a bitter look,
Some with a flattering word,
The coward does it with a kiss,
The brave man with a sword!
(…) because
The dead so soon grow cold. »

Oscar Wilde, *The Ballad of Reading Gaol*

L'idée lui est venue la première fois lors des violentes disputes qu'ils avaient eues trois ans auparavant, à propos de son mariage avec Annie. La mort de sa mère, les haines matriarcales, la domination du père, la violence immanente aux relations filiales de cette famille, avaient fait le terreau de ses fantasmes de vengeance. Son envie de tuer le père volait au secours d'une rage décuplée par son impuissance. Surgie en plein milieu des coups, elle avalait sa colère, elle lui faisait du bien. Le bourreau tué, le copain formidable était d'autant mieux accueilli qu'il pouvait dans ses bras se consoler du crime qu'il n'avait pas commis. Jamais jusque-là l'idée n'avait dépassé le stade du fantasme. Un fantasme qui s'imposait aussi brusquement que les gifles qui l'avaient apporté puis qui disparaissait en même temps que l'orage.

Cette fois, cette pensée ne le quitte plus. Elle tourne même à l'obsession. Une obsession que sa fureur affûte jusqu'à en faire une idée fixe. Il faut à tout prix faire entendre à Georges l'urgence, le pourquoi du tout de suite, l'imminence du maintenant. Si ce dernier ne saisit pas son impérieuse nécessité, le triomphe de l'idée sera la seule issue. Il a passé un stade où la colère ne se suffit plus à elle-même, où elle doit mettre un point final à toutes ses bourrasques, un trait définitif sur cette relation où amour et violence se mêlent inextricablement.

Il pourrait simplement couper les liens, le quitter, prendre un travail, faire sa vie autrement. Il en est incapable. Dans l'amour qui les lie, cette option-là n'existe pas. Les amarres qui les attachent l'un à l'autre ne peuvent pas se défaire. Tressées, imbriquées, elles ont baigné dans un limon qui les a cimentées. Noué à son père par les viscères de l'âme, s'il devait rompre les chaînes de son ancrage, Georges en mourrait aussi, et de la pire des morts. Non pas d'une mort classique, qui elle, au moins, serait libératrice, mais d'une mort sans répit, une mort sans fin et sans oubli, qui durerait toute sa vie. Continuer leur danse macabre reviendrait à s'enterrer avec lui. Or il veut vivre. Il n'est même « attaché que par une seule amarre, son envie de vivre, et qui pour l'instant porte un nom de femme* », écrira-t-il dix ans plus tard.

De ces deux morts il choisira la plus rapide, la moins douloureuse, la seule libératrice. Car, si inconcevable que cela puisse paraître, c'est l'amour – corollaire à sa haine – qui motive son choix. S'il ne peut pas faire autrement que de le tuer pour se défaire de son emprise, c'est parce qu'il l'aime viscéralement.

Il boit jusqu'à atteindre ce degré de lucidité qu'offre l'état second en éclairant de ses cent yeux les tourmentes du premier. Dans cette lumière obscure qui escamote tous les obstacles s'effondrent les barrières de la morale, de la machine sociale, et même celles du cœur. Quand il perd le nord, il s'accroche au fil de son idée fixe, car c'est la seule qui tienne.

Cette idée jusque-là impossible, il l'élève à un rang purement théorique afin de pouvoir l'envisager dans toute son horreur. Il va se libérer de ses chaînes. Libérer Georges aussi, détruire ce système qui a tué sa mère, broyé son père, et qui voudrait maintenant l'avaler lui aussi. Cette hydre vénéficiarde dont Amélie est le cerveau reptilien lui tend la tête de son père en bouclier vivant. C'est le prix à payer pour se défaire de ses tentacules. Il ne garde de bornes à toutes ses arguties que celles qui garantissent l'aboutissement de sa volonté. Son malheur est inévitable, mais c'est lui qui l'a décidé. Il ne va pas *perdre* son père, il va le tuer. Il n'en est pas à son premier malheur, mais celui-là est le dernier d'un destin auquel il veut régler son compte,

* Georges Arnaud, *Le Voyage du mauvais larron, op. cit.*

et de ses propres mains. Il cherche à concilier l'inéluctable besoin d'assouvir sa vengeance, celui encore plus impérieux de sa délivrance, et tout l'amour qu'il porte à son vieux Georges. Arracher ses viscères sans atteindre son cœur. En frappant au sommet, en tuant le cerveau, en lui cassant l'os de la tête. Voilà la seule manière dont il peut se délivrer et – il le pense vraiment – délivrer son père.

Pour couper l'herbe sous le pied à tout accès inopiné de sentimentalisme dans cette lutte sans merci entre lui et lui-même, pour un peu plus de fausse lucidité, il prend quelques cachets de Benzédrine, sous l'effet de laquelle lui apparaît l'horreur comme sur papier glacé. Il expose son idée à la lumière de ses nuits blanches, la met à nu, la décortique. Avec une gravité méticuleuse, comme on observe au microscope, il considère l'idée du meurtre originel. Décapiter Dieu-le-père pour mettre fin à son empire et son autorité de droit divin.

Se libérer ainsi du carcan paternel, c'est aussi tuer l'amour que Georges porte toujours à Valentine, et donc reprendre complètement possession de celle-ci. Lui et lui seul a le droit de l'aimer. À défaut de résurrection, il va venger sa mère en prenant la vie de son père.

Le tuer lui coûte aussi tout l'amour qu'il lui porte, dont les lourdes alluvions ne sont rien d'autre que l'amour orphelin qu'il vouait à sa mère. Ce sacrifice doit se payer. Enfant de parents dévorants, il dévore les siens. Voilà pour la prémisse majeure du mécanisme sous-jacent au parricide de mon père.

Sa tante, qu'il a toujours tenue pour partie prenante dans la mort de Valentine, porte haut la raison qui, à ses yeux malades, justifierait vengeance. Ça n'est cependant pas la cause première de sa décision de l'inclure dans son projet macabre. Depuis que de vizir elle est devenue calife à la place du calife, la mère de substitution qu'il s'était interdit d'aimer est désormais aussi celle de Georges. Mère souveraine au pouvoir absolu, Amélie impose à son père, qui l'accepte, tout ce que lui réfute : plier sous le joug de sa puissance, courber l'échine toujours plus bas, se laisser aplatir jusqu'au dernier degré de sa dignité, s'en faire le suppôt. En s'opposant à la vente du château, Amélie maintient Georges dans l'étau de sa dominance et, par effet de ricochet, lui-même. Mais avant cela, avant la facture bien pesée de ses crimes aux mains blanches, ses crimes fleuretés de légalité, ses crimes de plein droit, ce qui fera hurler sa rage, c'est la déchirure affective que lui coûte le sacrifice du père. Ceci explique le carnage du corps d'Amélie sur lequel on retrouvera les stigmates de sa folie furieuse, portée à son paroxysme. Ses larmes, c'est le sang d'Amélie.

Lorsqu'il en sera à planifier concrètement son crime, se posera la question de Louise. Réunir Georges et Amélie à Escoire sans elle est impensable. Leur affection est trop ancienne, trop ancrée dans l'enfance des deux et dans l'adolescence de Louise pour qu'ils manquent une seule occasion de se revoir. Ils s'écrivent, ils se tutoient, ils s'aiment d'une affection trop vieille née dans des cœurs trop jeunes pour qu'aucune forme de ségrégation n'entame leur relation. Il voudrait l'épargner, mais sa présence systématique quand Georges et Amélie sont là, l'impossibilité de la faire s'éclipser au moment voulu sans impliquer l'intervention d'un tiers, les témoignages enfin qu'elle aurait à faire sur les jours qui allaient précéder le meurtre, l'amènent à inclure Louise dans son dessein funeste.

Pour se libérer de l'emprise paternelle, pour détruire le système qui a broyé Georges, enfin pour venger la mort de sa mère, il tue son père, mais comme il l'aime aussi, il va faire endosser son meurtre à la mère qui se veut celle des deux, sa mère qu'il n'aime pas. Ici apparaît le deuxième degré du même parricide.

Louise, c'est l'injustice suprême. La mère tendresse que Georges et Amélie n'ont pas eue. Leur maman Tatima. Si je franchis ce seuil subliminal, je vois poindre ici le troisième degré de son parricide.

Le premier best-seller

> « Le destin sait ce qu'il fait. Il est même méticuleux. »
>
> Georges ARNAUD, *Le Salaire de la peur*

Où, quand, comment ? Voilà les trois questions qu'il va devoir traiter minutieusement. Il va falloir qu'il pense à tout, que son crime soit réglé avec une précision d'horloger. Qu'il le déguise en mauvais aléa du destin, en caprice du sort dans lequel il n'est pour rien.

La première de ses importances est que ni Georges ni Amélie ne puissent voir la main qui les tue. Né d'un amalgame de souffrance et de haine, d'idéaux auxquels il était attaché par une espèce de romantisme d'orphelin qui l'avait mené à cette grande confusion affective et mentale, son désir de faire mourir les siens ne l'empêche pas de les aimer aussi. Il ne veut pas les faire souffrir, il veut seulement les tuer. C'est ainsi qu'il en vient à choisir la double obscurité de la nuit et de leur sommeil.

Encore faut-il les réunir. Qu'en un lieu, en un jour, un seul fait accompli… Le château est l'endroit tout désigné. Premièrement parce que – détail qui a son importance dans le désordre minutieux de l'esprit de mon père –, du fait de son acquisition par dot d'une part, puis de son agrandissement par les terres provenant de la famille de Charles d'autre part, le château est par excellence le haut-lieu symbolique de l'empire qu'il veut abolir. Ensuite, parce qu'il en a une connaissance que personne ne peut égaler : celle d'un enfant qui y a chassé son ennui dans tous les recoins, pendant toutes ses vacances d'été, qu'il passait seul entre sa tante et deux vieillards qui ne se parlaient plus. Les vacances à l'époque duraient trois mois, ce qui, en temps d'enfant, représente une éternité. Il connaît donc les lieux au centimètre près.

Enfin, le château offre une garantie d'isolement indispensable à son forfait, permettant un contrôle optimal – voire parfait – de son environnement.

Au nombre des inconvénients – il y en a principalement deux –, le plus ennuyeux est que, seul survivant, il sera le premier suspect. Le second, le voisinage des métayers et la proximité toutefois toute relative de la maison où logent les gardiens – cent mètres porte à porte –, est moins fâcheux. Les murs en pierre de taille le protègent de toute « nuisance » sonore, et les distances d'avec les métairies comme de chez les Taulu sont suffisantes pour empêcher toute visibilité.

Reste la question du mode opératoire. Tout ce qui a trait à la criminalité le passionne. On se souvient qu'il est depuis l'enfance un afficionado des revues que son père collectionne, telles *Le Journal de l'Assassin*, *L'Assiette au*

Beurre, et nombre d'autres encore. Il est un grand consommateur de romans policiers. Quand je dis grand : il pouvait en lire jusqu'à trois par jour. Il est aussi, comme son vieux Georges, passionné de faits divers et autres crimes non élucidés. Ainsi, malgré son jeune âge, son milieu et tout ce qu'on pourrait croire, il a une connaissance architectonique de la science criminelle et des techniques de l'enquête policière à laquelle peu de tueurs peuvent prétendre. Accessoirement – ça peut aider –, il vient de passer un an à potasser son droit.

Il faudra qu'il ait une explication des moindres faits et gestes, c'est-à-dire une version qu'il devra invariablement donner et soutenir une fois le crime commis. Pour chaque acte, même minime, il reste fidèle au procédé qui lui est cher d'un point de vue littéraire : respecter strictement l'énoncé des faits, remodeler ou gommer ceux qui se déroulent à huis clos, et ne donner une interprétation neuve que des mobiles. C'est là qu'interviendra l'exactitude de l'horloger, avec la marge de tolérance qu'imposent les exigences extraordinaires, afin de bien caler les pierres angulaires de son crime.

Peine capitale oblige, pour chaque cadavre sorti d'un placard qu'il aurait mal fermé, il doit avoir un « passe », de façon, le cas échéant, à pouvoir le remettre à sa place, fermer puis avaler la clé. Il faudra qu'il apprenne par cœur son plan, et pour chaque point avoir deux versions de rechange. Il laissera une part à l'improvisation, mais là encore, c'est un calcul intelligent : le destin fait pareil.

Cette fois, ce n'est plus un récit, c'est un polar grandeur nature qu'il est en train d'écrire mentalement. Auteur et protagoniste, victime et coupable, flic et avocat, il choisit pour public toutes les polices de France, son système judiciaire, du simple inspecteur de police au président d'une cour d'assises. La presse s'en montrera friande. Ses lecteurs ? La France entière. Enfin – il ne l'entend pas autrement –, il s'octroiera lui-même un prix, la plus grandiose des récompenses : sa Liberté. Son premier best-seller.

Il s'appliquera à ne laisser de preuve tangible aucune, effacera tous les indices, préparatifs compris. Il n'abandonnera au hasard que ce qui lui échappe et compte sur la puissance du danger vers lequel il court pour y puiser force et inspiration. Il verra bien quand il en sera là. Il va répertorier les éléments à décharge. En fabriquer d'autres sur mesure. Il sait faire.

Dans sa folie, il faudra qu'il suive une logique implacable. Et il le fera, ce qui montre que sa décision, bien que « folle », soit la première épithète que l'on serait tenté d'y adjoindre, ne relève pas d'une altération de ses facultés mentales, mais au contraire d'une volonté méticuleuse. Après le meurtre, quand les choses tourneront au vinaigre, cette option lui sera proposée. On lui dira très clairement que s'il a une seule chance d'obtenir l'acquittement, c'est de se faire passer pour fou. Il en rejette vigoureusement l'éventualité. S'il ne peut revendiquer son crime, il refuse de porter un tel manteau. En gardant la raison, même si son plan tombait à l'eau, il mourrait avec son idée. Se faire passer pour fou, c'eût été rendre les armes et ne garder sur la conscience qu'un triple meurtre abominable et puis sa propre mort. Son combat est amoral, injuste, abominable, mais c'est le prix qu'il donne à sa liberté. Il doit en assumer l'horreur et en sortir vainqueur. En aucun cas il ne voudrait d'une moitié d'innocence, ni de l'excuse d'une circonstance atténuante qui ne blanchirait jamais le sang versé et qui, au lieu d'une condamnation à mort, lui vaudrait un internement. Il veut vivre, et il veut vivre libre. Il veut clamer son innocence, celle qu'il ne peut pas dire. Cette innocence que, dans son hybris assassine, il finira par perdre de vue, et qu'il ne retrouvera que quatre décennies plus tard, soutenue par la mienne : c'est l'innocence de ceux qu'un malheur trop grand a sertis trop tôt, si fort qu'ils confondent l'écrin de misère dans lequel ils sont enfermés avec le cœur qui bat à l'intérieur. J'ai deviné la sienne parce que la mienne aussi avait été captive, mais d'une autre infortune. Il y a comme ça des fers que l'on ne reconnaît que parce qu'on les a portés soi-même. Nos innocences violées se sont parlé, et comme j'avais eu vent de son désastre, il me l'a livré. Ses chaînes, il les avait brisées lui-même. Moi, j'étais encore prisonnière des miennes. J'ai gardé mon secret. Je les briserai bien des années plus tard, mais ça a fait moins de bruit car j'ai tué en femme. À ceux que je ne pouvais voir que comme successeurs d'autres qui m'avaient enchaînée à mon malheur, j'ai fait pareil avec leur cœur et je suis partie avec la clé.

La seule chose qui le retient d'avouer son drame, c'est qu'elle lui vaudrait une condamnation à mort. Et que dans « vivre libre », le premier mot est vivre.

Il réfléchit beaucoup à l'aspect psychologique de son meurtre et s'appliquera à observer une parfaite discordance entre son crime et tout ce que chacun sait de sa personnalité.

Il sait le danger qu'il encourt mais la force qui l'anime ne laisse aucune place à la peur. Toutes les instances psychiques de son esprit sont à cette seule affaire. Les sentiments, l'émotion, la moindre distraction n'ont pas leur place dans sa décision. S'il n'est pas fou, il est dans une logique que ne peut embrasser la raison ordinaire.

Décider la mort d'un système inclut inéluctablement le sacrifice de vies humaines. Les exemples ne manquent pas. Les grandes révolutions, les massacres au nom de grandes valeurs, quelles qu'elles soient, la révolution russe, le national-socialisme, la guerre d'Irak, la campagne de Russie et même celle d'Égypte sur laquelle plane encore l'ombre géante et raide comme pour rectifier le tir d'un doigt planté au beau milieu de la place de la Concorde. Le système qu'il détruit ne brime ni une patrie ni une nation entière, elle bride sa liberté et a privé de la leur Louise la première, et Amélie, et Georges. Il n'assassine pas trois personnes, il détruit un empire, un ensemble de principes qu'il abhorre, qu'il réfute et dont il veut se libérer car il est le seul qui puisse l'être. Les autres sont déjà morts, emmurés dans leur propre prison. Il se bat contre un destin auquel il veut arracher sa liberté. Ce dernier, comme amusé de l'affront du jeune homme, lui tend l'arme rouge de la vengeance pour se livrer à un combat au bout duquel l'attend sa propre mort. Du moins, c'est ce que croit le mauvais sort parce qu'il est souvent le plus fort. Ce qu'il ignore, c'est que son adversaire va lui donner du fil à retordre. Il n'a pas d'autre choix. S'il perd, d'affronteur de destin, de redresseur de sort, il ne serait plus qu'un assassin qui aurait commis le plus abominable des crimes.

« Si ahurissant que ça me paraisse à moi-même, il y a eu de grands malheurs dans ma vie – du temps que je ne courais pas assez vite autour du monde pour que toujours arrivât trop tard, juste sur mes talons, le mauvais destin* », écrira-t-il quand il aura gagné la guerre.

Vient la question du choix de l'arme. Celle-ci doit s'assortir aux lieux du crime, être déjà répertoriée, et caractéristique de la criminalité rupestre. D'où le choix de la serpe. Il en avait vu une traîner dans le jardin, l'année dernière. Cet outil est depuis toujours l'arme la plus utilisée dans les crimes de campagne. Elle présente en outre l'avantage d'offrir nombre d'antécédents dont un, il l'avait lu dans une des revues que Georges collectionnait, survenu quarante ans plus tôt, à quelques kilomètres d'Escoire, où – persiflage du sort – la victime était aussi un Girard. Celui-ci n'avait aucun lien de parenté avec notre famille, mais – ironie encore – l'histoire avait amusé le père autant que le fils. Autre point important : personne ne le soupçonnerait d'un tel choix. D'abord parce que, collectionneur, il possède toute sorte d'armes : pistolets, revolvers et fusils. Qu'en outre il est un excellent tireur ; enfin, maniant aussi l'épée – mais ça on ne le sait pas et ça vaut mieux pour son affaire –, il est rompu aux coups de Jarnac. Ensuite et au-delà de tout, l'idée d'un tel choix est inconcevable de la part d'un fils de famille, citadin, parisien et des pires ! germanopratin. Pourtant c'est bien le symboliste, l'enfant de Valentine, par la faucille et le marteau, qui tend la hache l'après-midi et achève son père

* Georges Arnaud, *Le Voyage du mauvais larron*, *op. cit.*

à la serpe, puis qui se bâtira lui-même et sur ses propres ruines. Voilà comment, pourquoi, la serpe.

Reste à déterminer le quand. Il ne peut encore le prévoir mais il sait que sa tante doit descendre à Escoire : c'est la saison des comptes, elle doit aller récupérer la recette des récoltes en octobre. Cette question va donc dépendre des allées et venues d'Amélie qui va probablement, comme chaque fois, s'arrêter en chemin pour rendre visite à ses amies. Cette fois, elle devra en plus attendre son laissez-passer. Il ne peut fixer de date précise, mais pour n'avoir jamais eu la patience d'en faire la démarche, il le sait : la délivrance d'un *Ausweis* prend environ un mois.

Enfin, le mobile du crime doit être criant. Le meurtre pur est difficile à envisager. Implantée depuis des générations, la famille est très bien vue. Au château comme à la ville, on ne lui connaît point d'ennemis. Un cambriolage qui aurait mal tourné sera l'hypothèse la plus vraisemblable et la plus facile à simuler. Il suffira de mettre un grand désordre – un peu comme celui qu'il a mis chez lui lors du faux enlèvement –, semer deux ou trois pièces à conviction, un portefeuille jeté devant le portail, un porte-monnaie par-ci, un foulard par-là, et le tour sera joué.

La raison de sa venue est ce qui lui pose le moins de difficulté. L'argument du refus de prêter serment à Pétain – qu'il lui suffira de renforcer par celui d'une carrière dans les colonies – justifie parfaitement qu'il ait souhaité en discuter avec son père. Ce motif lui paraît irréfutable. Aux yeux de Marie-Louise qui rechigne à le voir partir, il invoque le ravitaillement et des attestations à récolter pour son divorce. Et motus pour les autres.

Le mobile de l'argent est bien le dernier qu'il imagine pouvoir lui être imputé. Tous ses amis, tous les amis de la famille pourront en attester. Il a pris au sein son mépris de l'argent et a si bien tété qu'il n'a aucune idée du sens commun sur la question. Toujours est-il qu'au sien, cette suspicion, facile à écarter, n'est absolument pas crédible.

Le seul point qu'il va devoir peaufiner est celui de ses rapports avec Lili. Certes le divorce les a bien adoucis, mais… Peut mieux faire. Il l'accompagne au mariage de sa cousine Taillefer, se farcit un dîner chez son amie madame Pelecier, laquelle en a réuni d'autres qui s'empresseront de témoigner de l'excellence des rapports qu'il avait avec sa tante. Se console de ce temps volé à celui qu'il aurait préféré passer avec sa belle en lui écrivant aussitôt rentré :

« J'ai passé hier une abominable soirée chez des bourgeois stupides, ignorants comme des carpes et soucieux au maximum, d'abord de ne rien apprendre, ensuite d'étaler leur petit bagage. Il y avait notamment un polytechnicien qui avait lu Taine, et c'est tout – probablement aussi les méditations de Bourget, vous imaginez ce que ça peut donner dans la conversation. »

Enfin, tout ça doit aller vite. Car contrairement à ce qu'il affirme dans plusieurs de ses interrogatoires afin de consolider un entendement de son caractère revu et corrigé par lui que tous reprendront à la lettre, mon père ne planifie jamais au-delà du plus vite possible. Il réfléchit, décide, agit. En crédit de patience, il n'a pas une minute à perdre.

Bris de glace

Amélie va profiter de l'heure des récoltes pécuniaires pour prendre quelques jours de vacances. Elle n'est plus venue à Escoire depuis un an. Entre les vieillards alsaciens, les amis, leur ribambelle d'enfants et le couple infernal qui, après avoir fait fuir tout ce joli monde, avait fini par la faire rentrer à Paris en larmes l'été dernier, le château est sens dessus dessous. Louise, redoutable sur la question du rangement, sera là. Sa sœur Henriette viendra en renfort. Amélie se réjouit à l'idée de se retrouver seule à Escoire avec les deux femmes qui l'ont vue naître.

En attendant de recevoir son laissez-passer, Lili décide d'aller rendre visite à son amie Monique Gentil à Bourges. Elle a fait adresser l'*Ausweis* chez Marguerite Pelecier, qui doit le lui faire suivre dès qu'il sera arrivé. Riri, avec qui elle est en véritable lune de miel depuis un mois, est venu déjeuner rue de Fleurus, sans l'Hermite cette fois. Tandis que son regard se perd sur les ors automnaux du parc du Luxembourg, une tasse de café à la main, il écoute les consignes d'Amélie. Madame Pelecier va recevoir son laissez-passer, elle le lui enverra chez son amie

Monique. Monique vient d'accoucher d'un énième enfant qu'elle n'a pas encore vu. Se souvient-il d'elle ? Mais si, les Gentil ! Ils étaient au château l'été dernier ! N'était-ce pas celle qui en avait déjà cinq ? Oui, c'est bien elle ! Oh oui, il s'en souvient ! De ses enfants surtout. Dans une des lettres qu'il écrivait alors à Georges, il s'était plaint de ce qu'elle avait amené avec elle « le produit de ses cinq fornications ». Ensuite elle se rendra chez madame Hua, puis de là à Escoire. Mais qu'il ne se fasse pas de souci. Elle lui écrira. Ici. Ou bien chez lui ? Qu'est-ce qu'il préfère ? Henri, tu m'écoutes ? Sa pensée sur la maternité catholique compulsive l'a ramené à sa mère, prôneuse de l'amour libre. Abandonnant les frondaisons des jardins de son enfance, il se retourne. Naturellement ! Qu'elle ne s'inquiète de rien, elle peut compter sur lui, elle le sait bien. Il est merveilleux, tout est formidable, s'exclame Amélie, remplie d'une joie légère. Dans le ton, une petite pointe de fierté. Un bonheur vrai, à sens unique, un ravissement de mère. Magie d'une scène ordinaire, si rare pour elle qu'elle en devient féerique : elle parle de choses simples avec un fils, qu'innocente bourrelle, elle tient par des chaînes qu'il s'est promis de briser. Elle se délecte de ce petit moment de bonheur qui court vers son plus grand malheur, quand soudain Jeanne annonce l'arrivée de Pelaud. Vivant toujours chez Georges, rue de l'Abbé-Grégoire, Pelaud est venue faire régler quelques factures. Il saute sur l'occasion pour lui annoncer qu'il va s'installer dans l'appartement de son père. Il vient de le décider. Il y a pensé pendant qu'il était à la fenêtre, avant les cinq fornications. Elle pourra occuper le sien en attendant que son bail se termine. Quelque peu contrariée, Pelaud en demande la raison. Il a reçu deux visites d'Annie, qu'il soupçonne d'en avoir profité pour lui voler un double des clés. En réalité – on le sait, l'enquête le confirmera plus tard –, l'Hermite est l'instigateur de ces visites à l'improviste. Affolé de savoir que son ami a déjà dépensé toute sa part de la rançon qu'ils avaient partagée, inquiet pour le concours qu'ils étaient censés préparer ensemble, il a profité de ce qu'Annie, courant après son mariage, lui a demandé d'intervenir en faveur d'une réconciliation pour lui donner l'adresse de son nouveau logement, car, lui écrit-il, « il ne fiche plus rien et ne fait que des bêtises ». Lili, qui ne veut à aucun prix entendre parler de rapprochement entre son neveu et sa belle-fille, applaudit à l'idée. Quant à la principale concernée, bien obligée d'accepter, elle consent à sa demande, gratte quelques jours supplémentaires et finit par obtempérer.

Le départ se rapproche à grands pas. Il partira aussitôt qu'Amélie sera rendue à Escoire. Faire venir Georges ? Il attendra d'y être, préparatifs obligent. Vivement que commence le compte à rebours. Le crime n'attend pas. Plus vite il l'aura commis, plus tôt il sera débarrassé de tous ces morts en sursis dont il veut se défaire. Il est décidé, il va plier l'affaire et revenir en homme libre. La seule mesure pratique qu'il prendra en pensant à l'après sera de résilier le contrat de location de son appartement. Et encore, il ne le fera qu'au tout dernier moment, le jour de son départ. Parce que, soyons sérieux, il pourrait être retardé, voire mis en garde à vue pour les besoins de l'enquête…

Quand il apprend que son ami a décidé de déménager – vous allez être surpris –, l'Hermite se met à contribution pour récupérer l'argent de la caution et les quelques affaires que ce dernier n'aurait pas vendues. Mon père bazarde son piano pour quelques milliers de francs. Passe régulièrement chez madame Pelecier, lui téléphone deux fois pour prendre des nouvelles de l'*Ausweis*. Le document fatal finit par parvenir à sa destinataire le 10 octobre. Une impatience incoercible le ronge seconde après seconde. Lili doit s'arrêter chez une amie pour le week-end. Il part le lundi 13 octobre : elle est arrivée à bon port.

Sa dernière soirée avec Marie-Louise se passe chez lui. Il ne peut pas encore se prononcer sur la durée exacte de son séjour, mais en tout cas, il en aura pour plusieurs jours. Il doit régler la question du ravitaillement avec les métayers ; pour ça, il devra attendre que Georges soit là. Il invoque aussi quelques témoignages qui serviront la cause de son divorce. Aucune de ces raisons ne rassure Marie-Louise, qui sent que quelque chose ne tourne pas rond.

— N'y allez pas, Henri. J'ai peur. Votre père peut demander un laissez-passer à Vichy et l'obtenir quand il voudra.

— Vous n'avez rien à craindre, chère. Je vous promets de revenir au plus vite. Il n'y a aucun danger, j'ai passé plusieurs fois la ligne de démarcation clandestinement à cet endroit-là : il ne m'est jamais rien arrivé. Ça ne risque rien, je vous assure ! C'est un petit ruisseau couvert de végétation, les Allemands ne font leur ronde que deux fois par jour. Et puis vous oubliez ma force, et mon talent de magicien, dit-il sans parvenir à la faire rire. Je vais revenir vite, je vais divorcer vite, je vais faire ce qu'il faut pour m'offrir à vous en homme libre, répond-il. Caressant sa joue, il soulève avec le doigt une mèche de ses cheveux. Je vous le promets : nous serons heureux.

Ce faisant, son coude heurte un miroir posé sur les rayons de sa bibliothèque. La glace tombe à terre et se brise. Les morceaux s'éparpillent, reflétant son visage découpé en facettes. Ce signe qu'il ne sait pas interpréter s'imprime à vie dans sa mémoire et saute aux yeux de Marie-Louise.

— Je n'aime pas ce voyage ! Et cette glace que vous venez de casser…

Mais il ne l'écoute pas. Il enserre sa peur dans une étreinte qui ne l'apaise pas. Il est presque minuit, l'heure pour elle de rentrer. Il la raccompagne. Sitôt revenu, il prend sa plus petite valise, y glisse deux pyjamas, du linge de corps – un caleçon long et un tricot lui aussi à manches longues –, quelques affaires de toilette, aucun vêtement de rechange. Ah, j'oubliais : une boîte de Benzedrine en prévision de la nuit la plus longue de sa vie.

Le voyage du mauvais larron

> « Maintenant il a peur, froid, mal, et il supplie, supplie au hasard. Filles du bordel, à quel Dieu a-t-il obéi, qui disait de vous fuir ? Tous les bonheurs du monde sont inscrits dans vos yeux, les lignes de vos mains ; mais il l'a su trop tard. Il s'est construit un passé désolé. »
>
> Georges Arnaud, *Le Voyage du mauvais larron*

Il passe régler son loyer payable par trimestre et d'avance, poste sa lettre de résiliation en recommandé avec accusé de réception en désignant l'Hermite pour la caution et la gestion de son déménagement. Le soir même, il prend un train pour Tours, dort à l'hôtel, repart le lendemain pour Angoulême en train de nuit. Au petit jour, il saute dans un taxi, se fait déposer à Allemans, marche jusqu'au lieu-dit Savignac où il franchit à gué un tout petit cours d'eau : c'est la ligne de démarcation. Toujours à pied, il gagne Ribérac, arrive juste à temps pour le dernier train. Tous les chemins mènent à Escoire.

Il n'est pas vingt-deux heures quand il arrive à Périgueux. Il pourrait aller à l'hôtel mais il a prévu de faire autrement et se dirige tout droit vers le bordel. Il prend une chambre « garnie » et clame bien haut qu'il est venu voir son père au château, ouvre grand sa valise, enfile son pyjama, et la laisse béante : il faut que quelqu'un puisse témoigner qu'il n'a d'autre tenue que celle qu'il porte sur lui. Lorsqu'il sera interrogé, il sait qu'on lui posera la question de sa venue. Il prétendra qu'arrivé tard et ne trouvant pas où dormir, il est allé à la maison de tolérance. On pensera de lui qu'il est un obsédé sexuel. C'est faux : il dort avec son pyjama. Immanquablement, Lili – non mais, le sort, je vous jure ! –, la fille qu'il a choisie, sera interrogée et lui aura la preuve qu'il veut.

Le lendemain matin, il se rend à la quincaillerie y faire quelques emplettes : deux bobines de fusible de fort ampérage, une grosse pile carrée, un petit pot de graisse de serrurier. De là il passe à la poste, consulte l'annuaire, appelle une « société immobilière », demande son directeur. Il s'enquiert de savoir s'il peut compter sur la discrétion de ce dernier : l'information qu'il a à lui communiquer ne peut être livrée que sous couvert d'anonymat. Alléché, son interlocuteur le lui confirme. Il lâche le morceau : le château d'Escoire est à vendre, et les propriétaires, qui ne vivent pas sur place, y seront cet après-midi. Il ne croit pas vraiment à cette dernière chance tendue à Amélie, mais il la tente. Puis s'achemine vers la gare et monte à bord d'une micheline couleur chair et sang – je n'invente rien – qui conduit à Escoire.

Il court au bureau de poste, appelle Georges à Vichy, lui demande de le rejoindre au plus vite : il a une nouvelle orientation à lui soumettre et sa décision ne peut attendre à cause des délais d'inscription. Georges râle tout son soûl et promet de descendre, pas avant, bougonne-t-il, la fin de la semaine suivante. Cela lui laisse dix jours pour ourdir son forfait.

Il débarque au château à l'heure du déjeuner, surprenant Amélie qui néanmoins l'accueille à bras ouverts. Elle n'ose pas lui avouer qu'elle aurait préféré rester seule avec Louise, se renfrogne un peu plus en apprenant que son frère va les rejoindre. Elle a de plus en plus de mal à supporter l'humeur post-armistice de Georges, qu'elle qualifie de « nervosité maladive ».

— Je préfère que tu sois là en même temps que ton père, ta présence aplanira l'ambiance…, dit-elle sans rien connaître de l'effrayante ambiguïté de ses paroles.

Son neveu se déploie en efforts et attentions, il se réjouit, dit-il, de pouvoir l'aider à remettre un peu d'ordre dans le chaos qu'Annie et lui ont laissé à leur départ l'année dernière. Puisqu'il est là, elle n'ira pas « comme elle avait prévu » passer trois jours chez son amie madame Grandjean, dit-elle avec un regard au ciel qu'elle efface aussitôt en baissant les paupières afin de dissimuler sa déconvenue. Sautant sur l'aubaine inespérée d'avoir le château à lui seul pour vaquer librement à sa préparation, il s'afflige de priver sa tante d'une telle joie, insiste pour qu'elle y aille, va même jusqu'à lui proposer de l'y accompagner. Il n'y restera qu'une nuit, il trouvera le prétexte. Aux anges, Amélie se ravise : ils iront ensemble le lundi suivant passer deux jours chez les Grandjean.

— Ses deux filles sont charmantes ! Elles sont à peine plus jeunes que toi ! Justement, madame Grandjean sera là demain. C'est une très bonne idée ! Elle en sera ravie, je la vois d'ici s'en réjouir !

Au moment où Louise leur apporte le café, un homme d'âge mûr accompagné d'une femme plus jeune que lui se montrent sur le perron. Louise les présente : lui est agent immobilier, elle, sa secrétaire. Ils ont entendu dire par on ne sait qui, les paysans autour, que le château était à vendre et ils seraient…

— Qui diable a bien pu vous dire ça ? Je vous prie de m'excuser, mais le château n'est pas à vendre ! Qui vous a dit cela ? fait Amélie, outrée.

— Oh ! Je ne l'ai appris que par ouï-dire, alors j'ai voulu vérifier… Vous m'en voyez confus, chère madame…

— Mademoiselle, le corrige Amélie, péremptoire.

— Mademoiselle, se reprend l'agent. Je vous présente toutes nos excuses !… enfin… je vous prie de les accepter… de bien vouloir les accepter… Je ne me serais jamais permis…

— C'est insensé ! Je ne comprends pas qu'un tel bruit coure ! Je n'ai jamais eu cette intention, et soyez assuré que, moi vivante, ce château ne sera jamais à vendre ! Il n'en a jamais été question ! N'est-ce pas ? fait-elle en se tournant vers son neveu.

— Mais certainement, répond ce dernier d'un air absent.

— Je n'ai rien d'autre à vous dire, monsieur. Vous pouvez disposer.

Le mauvais joker s'exécute en saluant obséquieusement. Louise le raccompagne. Amélie le regarde partir, sans savoir qu'il emporte avec lui la dernière chance de Louise, celle de Georges et la sienne.

La mécanique du meurtre

Depuis le départ des malades alsaciens, aucun rangement n'a été fait. La réquisition a confiné la famille dans l'aile droite du château et, depuis les vacances houleuses de l'été 1940 – les chambres à l'étage n'ont pas encore été nettoyées –, au rez-de-chaussée seulement. C'est donc dans cette partie-là que tous vont dormir.

Il s'installe d'emblée dans la pièce qu'Amélie a fait préparer pour son frère. Contiguë à celle de Louise, celle-ci est séparée du petit salon qui sert de chambre à Amélie par une immense salle à manger. Comme un fait exprès, la tête de lit s'appuie contre le mur, tout près de la porte qui communique avec ladite salle à manger. Cela lui permettrait, dans le cas où un pressentiment de danger imminent réveillerait sa victime, d'agir sans être vu. Il fait ce choix surtout pour visualiser au mieux la configuration des lieux. Son affaire requiert une maîtrise à l'aveugle d'un itinéraire rodé au coin de meuble près, au moindre grincement de porte ou craquement de parquet. Il a prévu tout ce qu'il va lui falloir pour garantir la réussite de son massacre. En plus d'une nuit sans lune que le destin s'apprête à lui servir sur un plateau d'airain, il va rendre cette obscurité irrémédiable en coupant l'électricité dans toute la demeure. Il veillera à ce qu'aucune chandelle, aucune bougie, pas une seule allumette ne traîne. Les nuits éternelles veulent un noir absolu.

Le soir du crime, il ira dormir à l'étage, dans la chambre tout au fond de l'aile opposée. Il a en tête trois raisons pour justifier son choix. Petit, c'était sa préférée. C'est dans cette chambre qu'il s'enfermait pour lire. En deuxième argument, c'est aussi la plus propre. Enfin, celle qu'il occupe habituellement, juste au-dessus de celle où doit coucher son père, a été occupée par des malades durant toute la réquisition, et elle n'a toujours pas été désinfectée. La vraie raison en est qu'à l'intérieur se trouve le compteur électrique qui commande tout le château. Tilt ! Qui dit tableau électrique dit illumination : il ira pianoter dessus la veille de leur départ chez les Grandjean, fera sauter un ou deux fusibles, puis se proposera de rentrer le lendemain le réparer. Son excuse pour écourter sa visite chez les amis de Lili est trouvée.

Quelques jours passent, plus exactement trois, qu'il occupe à l'organisation pratique, mécanique, de son meurtre. Déambulant comme un Ankou sans faux, il mesure son enjambée, s'en sert d'étalon, en fait le compte pour chaque trajet, transpose en nombre de pas les distances d'une chambre à l'autre, les apprend par cœur, reprend de jour, les yeux fermés, le chemin qu'il a mémorisé la nuit.

Un télégramme lui est porté : Georges arrivera vendredi en huit, à sept heures du matin. Il aura voyagé de nuit, en train, après une journée de travail. Condition optimale. Il se fait fort de l'occuper toute la journée, de bien veiller surtout à ce qu'il ne fasse pas de sieste. Il faudra qu'il trouve un moyen de le fatiguer encore. Son sommeil n'en sera que plus lourd. À vingt heures au plus tard, tout le monde devra être couché. À vérifier avec le crépuscule astronomique.

Vient la question de l'ordre de ses meurtres. Il a envisagé symboliquement de tuer Amélie, à la tête du système qu'il a décidé d'abolir, la première. Là encore, le destin s'en mêle qui place la chambre de sa tante avant celles des autres sur son itinéraire. La suivante sera celle de son père. Celle de Louise en dernier. Tout s'ordonne parfaitement.

Le choix de son cheminement mortel est vite fixé. Toutes les pièces du rez-de-jardin sont en enfilade. Elles sont desservies le long de la façade est par un immense couloir. Chaque pièce possède donc trois portes, à l'exception de celles situées à l'extrémité de chaque aile, qui n'en comptent que deux. Le petit salon – où dort Amélie – étant séparé de la chambre de Georges par la salle à manger, il pourrait le traverser pour atteindre son père, mais il n'en fera rien. Le petit salon est encombré. Des meubles y ont été stockés pour libérer l'aile gauche, donnant aux lieux l'aspect d'un antre plutôt que d'un château. Il risquerait de faire du bruit en se cognant. Enfin, les coups portés auront inondé la pièce de sang, or il ne faudrait pas qu'il jalonne son carnage de pas ensanglantés. Ça l'obligerait à un nettoyage impossible : il n'y a pas l'eau courante. D'où la nécessité de pouvoir opérer depuis le seuil. Il reviendra donc sur ses pas, passera par le couloir pour gagner la salle à manger, puis de là, la chambre de son père. Les fenêtres du couloir donnant à l'est, celles de la salle à manger bénéficiant d'une double exposition, il pourra vérifier le lendemain, à la lumière du jour, qu'aucune trace sanglante ne jonche son chemin.

Amélie dort sur un lit pliant qui repose le jour dans le corridor. Il se propose de le mettre en place chaque soir, aussi près que possible de la porte qui ouvre sur le couloir. Ainsi n'aura-t-il pas à pénétrer de plus d'un demi-pas dans la pièce pour atteindre sa cible. Idem pour la chambre de Georges. Là aussi, il se tiendra sur le pas de la porte. La tête de lit se trouve dans l'angle, tout contre le chambranle. Cette approche lui permettra d'agir depuis le seuil sans risquer un seul pied à l'intérieur.

Il longera ensuite le mur de la salle à manger jusqu'à la cuisine. Louise, leur maman Tatima, dort dans l'office. Il la frappera, elle aussi, dans son sommeil.

La nuit, tandis qu'Amélie et Louise dorment, il fait, refait le trajet, s'entraîne, ajuste sa trajectoire, teste le sommeil de ses victimes. Il réalise qu'il va falloir faire en sorte qu'aucune porte ne puisse fermer. L'ouverture qui relie la cuisine à la chambre de Louise n'en possède pas. Celle du petit salon reste ouverte toute la nuit pour la cheminée. En revanche, la porte entre la pièce qu'est censé occuper son père et la salle à manger, elle, ferme, et avec un loquet. Il va devoir la trafiquer pour empêcher sa fermeture. Il a prévu de ne rester qu'une nuit chez les Grandjean. Il aura tout mardi et même mercredi : Lili a des tas de choses à régler à Périgueux l'après-midi. Il vérifiera l'éclairage. Il en aura besoin pour mettre en place sa scénographie d'après meurtre, et effacer toute trace indésirable. Il aura deux jours pleins. Deux jours sans Amélie pour s'occuper de tout : la porte, la serpe, le circuit électrique et tout ce qui va suivre.

En attendant, il a beaucoup à faire. Un travail de programmation et de répétition mentales réglé comme une horloge. Il doit apprendre par cœur les grands axes et les menus détails de son emploi du temps pour le jour J, cerner les contingences éventuelles, le mobile de sa venue à Escoire, la dernière journée de Georges, le déroulement de la soirée, l'heure du dernier coucher, la durée du repas, le nettoyage des traces compromettantes, sa toilette, et le grand désordre final. Il sait que son emploi du temps va être épluché par toutes les polices de France, il faudra que leurs résultats corroborent ses données. Comme il ne peut bien sûr pas s'exprimer en heure exacte, il s'appuie sur des approximations minutieusement calculées, plus vraies que nature, qui, sans donner de durée précise, correspondent pile à sa chronologie. Il use de périphrases réglées comme du papier à musique, comme une montre helvétique, improvise des unités chronométriques qui, sans en avoir l'air, donnent la fourchette de temps qu'il veut, marge de tolérance incluse : « j'ai fumé une cigarette », « le temps que dure normalement un dîner », « après une toilette rapide », « vers, entre, au maximum, quelques instants, immédiatement après ». Pour parfaire son timing, il l'articule aux moments clés d'une heure « exacte », « précise », histoire de bien caler les approximatives.

Il n'a pas pris de rechange exprès, pour que soit écartée l'hypothèse qu'il ait pu se changer. Sa tenue tout entière est dans sa valise : il a prévu à cet effet le deuxième pyjama et son linge de corps. Il manquera trois paires de chaussettes. Il y en a tout plein là-haut, avec les habits de campagne de Charles, dans la grande armoire murale située à l'étage, dans la seule pièce dont ils avaient gardé l'usage, lors de la réquisition, pour y stocker ce qui n'avait pas pu être descendu. La serrure coince mais il a pu ouvrir la porte d'une grande poussée d'épaule.

Pour sa toilette d'après coups, il sait qu'il sera couvert de sang, en tout cas les mains, les avant-bras, le visage, la tête, il ira se laver à l'abreuvoir en bas, côté entrée des métayers. Il a vérifié : alimenté par une source, l'eau y circule en permanence. Le seul inconvénient, c'est tout ce lierre autour... Il pourrait en rester dans ses cheveux... Ça lui donne une idée qui fait d'une pierre deux coups. Il sait à quoi il va occuper Georges : ils vont couper du lierre ensemble. C'est exactement le genre de menus travaux que Georges aime bien faire. « Ça occupe les mains et ça libère l'esprit ! » Or justement, du lierre, il y en a plein sur le mur du perron. Aucun endroit n'est plus visible, et entre les Taulu, les métayers et les Grandjean qu'il ne lui faudra pas oublier d'inviter pour ce vendredi, il aura pléthore de témoins pour justifier qu'il a manipulé du lierre.

Lors de son interrogatoire, au moment où l'on examine ses cheveux, il prévient : « Vous risquez de trouver des brins de feuillage ou encore de la terre : j'ai coupé du lierre... »

Mané, thécel, pharès

Il a bien fait sauter les plombs la veille de leur départ. Amélie est prévenue : il ne restera qu'une nuit chez les Grandjean. Il ira vérifier – il l'a promis – tous les fusibles et remettre un peu d'ordre pendant qu'elle profitera de son amie. Le dîner se passe entre deux femmes d'un autre âge dont il a programmé la mort de l'une, et deux jeunes filles bien élevées et fort pieuses auxquelles il n'a strictement rien à dire. Ravie de montrer à son amie l'enfant de chœur qu'il est redevenu depuis qu'il a quitté sa femme, Amélie pérore gaiement. Le contraste entre son ostensible joie et le dessein macabre qu'il est en train de mettre en œuvre agace un peu son neveu qui n'en laisse rien paraître : il faut savoir ce qu'on veut.

Il se couche assez tôt, se répétant en boucle son emploi du temps d'une cigarette à l'autre, pas à pas, du château à l'abreuvoir, de l'abreuvoir aux interrogatoires, indice après indice, demi-preuve à preuve et demie, depuis l'arrivée de Georges jusques après sa mort.

Vendredi. Quatre jours. Demain, vivement demain. Il répète la scène de ses crimes comme un acteur son rôle.

Il pèse, mesure, compte mentalement ses pas. Du couloir au seuil de la chambre d'Amélie, de la chambre d'Amélie à la salle à manger, à distance bien égale entre l'armoire et la grande table ovale. Il arrive au seuil de la chambre de Georges au pas 91, l'année de sa naissance – tiens, c'est un signe. Comme pour Amélie, il n'aura pas besoin d'entrer. Comme pour Amélie, il revient sur ses pas, passant cette fois entre le poêle et la même table oblongue. Il traverse la cuisine : aucun obstacle à contourner. Si, l'évier, dans l'angle. Facile à éviter. Les deux bassines d'eau y seront posées comme chaque soir. Il lui faudra s'en assurer après que Louise aura fini de ranger la vaisselle.

Une impatience compulsive l'empêche de trouver le sommeil. Il s'endort les yeux grands ouverts, son crime le poursuit dans ses rêves. Le voilà au château, dans le couloir, il a oublié de couvrir ses pieds et avance sur des coussins d'air. Il compte ses pas à voix haute et personne ne l'entend. Vingt-quatre pour Amélie, vingt-quatre, le jour J. Amélie lui sourit en lui tendant la serpe, il la prend, et pour la remercier, la tue du premier coup. Un geyser de sang chaud inonde son visage et glisse sur son cœur comme l'eau sur le verre. Il fait trois pas en arrière, entre dans la salle à manger, passe sans heurt entre les mêmes meubles, arrive au seuil de la chambre de son père au pas 91. Le compte est bon. Il se réveille comme il s'est endormi. En sursaut.

Levé à l'aurore, il guette fébrilement le premier signe de vie. Suzanne, l'aînée de madame Grandjean, vient toquer à sa porte. Le petit déjeuner est servi, tout le monde l'attend en bas. Il est déjà tout habillé, rasé de frais, prêt à bondir sur la journée. Navré de partir si vite, il propose à ces dames de les revoir bientôt. Viendraient-elles vendredi quand Georges sera là ? Amélie renchérit, Suzanne et Marthe acquiescent, madame Grandjean confirme. Il faut qu'il y aille, s'il ne veut pas rater la micheline chair et sang. Amélie le dépose à la gare en voiture.

Il arrive au château à dix heures du matin. Monte saluer Louise occupée à l'étage, gagne la chambre où il a établi son QG, à l'extrémité de l'autre aile. S'empare du pot de graisse. Redescend en déposer sur des gonds qui ne grincent pourtant pas. Tournevis et paire de ciseaux à la main, bobine de fusible sous le bras, se lance dans la vérification de tout le système électrique. Tout fonctionne, mais deux précautions valent mieux qu'une : il double tous les fusibles puis pose les bobines vides sur le bureau en disant bien à Louise de ne pas y toucher : il a prévu de les laisser là, en évidence. Elles serviront à justifier les traces de manipulation du compteur électrique que la police ne manquerait pas de remarquer.

Amélie éloignée, Louise se couche de bonne heure. À lui la nuit. Il fait vingt fois et plus son circuit dans le noir. Gomme les coups de fatigue à coups de Benzedrine. Il recrée mentalement la scène, place chaque victime dans son lit, s'adonne à une série de répétitions. Il chronomètre ses pas, tient compte des pauses silence entre deux morts afin de s'assurer qu'il n'a pas réveillé ceux qui ne le sont pas encore. Il a dû se tromper : ça ne fait pas trois minutes. Il recommence, refait la trajectoire dans le noir, à pas de velours. Il vérifie le cadran de sa montre radio luminescente. Il en a encore eu pour moins de trois minutes. Il en a même difficilement pour deux. Il a compté trois coups par tête pour être sûr de ne rater personne. Il recommence en les mimant de toutes ses forces. Il ne passe toujours pas les deux minutes, mais il a remarqué, en simulant les coups, qu'il n'a pas pu retenir un son rauque, grave, sauvage, un « han » non pas de bûcheron mais de fendeur de crâne, comme un rugissement sourd, incontrôlable, qui monte des tripes, de tout au fond. Il recommence, essaie de le retenir et n'y parvient qu'à peine juste avant l'aube. Il faut absolument qu'il le maîtrise. Ce bruit réveillerait un mort qui y reconnaîtrait son glas.

Il a relevé l'heure d'extinction des feux chez tous les métayers et chez Palem surtout, dont la maison se trouve en face de l'abreuvoir. Le monde paysan se couche tôt. En tout cas, une chose est sûre : il peut compter sur le sommeil de Louise. Elle dort du sommeil le plus profond qui soit : celui des justes que guette le sort le plus injuste.

Il se couche en ressassant son scénario. L'ordre des crimes, les raisons de sa venue, son emploi du temps réglé comme une horloge comtoise dont la carcasse serait déboîtée, le mécanisme celui d'une montre suisse. Demain, c'est-à-dire dans deux heures, il bloquera la porte, il s'occupera de la serpe. Il faudra qu'il l'affûte. Dès que les Taulu seront dans les champs, il ira la limer.

À peine levé, il se met à chercher la serpe et les quelques outils dont il a besoin pour trafiquer le taquet. Il a fouillé partout, la serpe n'y est plus. Il demande à Louise si elle sait où elle se trouve. Fidèle à son souci de vraisemblance qui consiste à remodeler la vérité plutôt qu'à en inventer une autre, alors qu'il veut empêcher une serrure de fermer au rez-de-jardin, il dit vouloir décoincer un verrou qui n'ouvre pas à l'étage. Il s'agit de la pièce où se trouve la grande armoire murale : il n'a rien à se mettre, précise-t-il, il a besoin d'y prendre deux, trois vêtements pour ne pas salir son costume.

— Vous avez bien raison, monsieur Henri, s'exclame Louise qui le trouve changé, et en bien, depuis l'année dernière. Ce costume est très beau ! Il serait dommage de l'abîmer. J'en ai aucune idée, je ne suis pas venue depuis l'année dernière… Allons chez les Taulu, je suis sûre qu'ils auront ce qu'il vous faut !

C'est une folie ! pense-t-il. Il ne peut tout de même pas aller demander au gardien l'arme qu'il a choisie pour commettre son crime, ce serait idiot, bien trop risqué. Mais c'est ça ou pas de crime. Ensemble ils descendent le chemin qui mène à la maison des gardiens. Victoria est là qui les reçoit. Louise demande si celle-ci n'aurait pas une pince ou une tenaille à leur prêter. Lui s'enquiert de savoir si elle a une serpe. La vieille servante lui fait remarquer qu'une serpe ne ferait qu'abîmer la serrure. Victoria confirme, mais il n'en tient pas compte.

— Ça ne fait rien. Puisque vous l'avez, prêtez-la-moi.

Le voilà qui repart avec ses outils et une tâche en plus : couper quelques tronçons de petit bois pour justifier l'emprunt de la serpe, maintenant que – nom de Dieu ! – il y a un témoin. Il attend que Louise soit remontée pour reprendre son nettoyage et court à ses menus travaux. Il réussit du premier coup : à l'aide de l'une des pinces, il écarte le loquet et glisse dessous une pointe imperceptible une fois remis en position. Le clou apporte le millimètre qu'il faut pour empêcher le taquet de se ranger dans la gâche. La porte ne ferme plus.

Un autre problème vient remplacer celui qu'il vient de régler : la lame de la serpe est noire de rouille. La limer à la main ne suffira pas, il va devoir la passer à la meule et Victoria est encore là. Il débite les petits tronçons qui serviront à justifier et prouver l'usage de la serpe qui coupe vraiment mal. Finit par sectionner quelques branches qu'il débite en rondeaux. Midi. Il aperçoit le père Taulu qui remonte chez lui. Louise vient lui dire que son déjeuner est servi dans la salle à manger. Il avale son repas en guettant par la fenêtre le retour aux champs des Taulu. Sitôt qu'il les voit traverser la route, il s'empare de la serpe, l'entoure d'un chiffon, puis se précipite à l'atelier qui jouxte leur maison. L'ayant toujours considéré comme sa boîte à outils grandeur nature, il connaît parfaitement l'emplacement, sinon de chaque objet, du moins de ceux qu'il a déjà utilisés, ce qui est le cas ici : vingt fois il avait aiguisé ses fléchettes à la meule. Il entame son ouvrage à la machine, insiste bien sur l'extrémité censée casser de l'os, termine son affûtage avec une lime toute fine qu'il a trouvée dans le placard au-dessus de l'établi. Son travail achevé, la range. Il nettoie bien la meule et frotte les poignées des placards qu'il a ouverts. Il a pris avec lui la boîte de graisse de serrurier, en enduit l'extérieur de gras, la fait rouler par terre et l'abandonne, couverte d'une couche de vieille poussière toute neuve sur une étagère pleine de toutes sortes d'ustensiles. Cette fois, le temps lui a paru long. Il remballe sa serpe, court la ramener là-haut, la glisse sous son sommier, puis retourne à l'atelier.

Armé d'une bêche trouvée dans un placard, il va rejoindre dans les sous-bois le coin où il allait camper enfant, quand il jouait à l'aventurier. Au pied de son « menhir », une pierre contre laquelle il s'adossait pour manger le chocolat qu'il avait chapardé dans la cuisine, il va faire un trou où il enterrera ses vêtements souillés de sang. Il sait y aller depuis le château les yeux fermés. Il retire une couche de feuilles humides qu'il repose derrière lui en prenant soin de ne pas les éparpiller et se met à creuser son trou. Il le rebouchera à pleines mains car il faudra qu'il encrasse bien ses ongles après s'être lavé la tête. Il tassera soigneusement le tout, remettra les feuilles par-dessus. Et la première des preuves sera enterrée.

Il ramène la bêche, en essuie la poignée avec le tissu dont il s'est servi pour camoufler la serpe, et la pose à l'endroit où il l'a trouvée. Cette nuit, il reprendra son circuit. Il testera ses aller-retour dans le noir entre menhir, abreuvoir et château. Demain, il répétera encore. Et demain soir aussi. Il répétera chaque nuit, chaque jour jusqu'au dernier.

La lumière blanche

Il s'est coupé les ongles à ras. Il a fait, refait, parfait son circuit de la mort en pleine nuit. Il a même dormi un peu, sans discontinuer sa course fatale, aveugle, muette. Levé à six heures du matin, il boit son café debout dans la cuisine. Cette journée va être la plus longue qu'il ait jamais vécue.

— Vous prenez la voiture ? demande Louise.

— Non, après une nuit de train, Georges voudra se dégourdir les jambes. Et puis l'air est bon. J'y vais à pied.

Louise s'étonne un peu, car il fait encore nuit, mais elle a l'habitude de ses bizarreries et de leurs discussions péripatéticiennes dans le parc de la propriété.

Il avance sur la grande ligne droite qui part du château. Arrivé à Antonne, il retrouve Georges sur le quai de la gare. Il rentre par la même route en sens inverse, marchant aux côtés de son père, avec, dans les mains, sa valise et sa mort. Les peupliers centenaires forment un long tunnel. Au bout, une lumière blanche que l'aurore teinte de pourpre déverse l'écarlate évidence sur un morceau de ciel. Pile en son milieu se dessine, dans sa pierre séculaire, la forteresse familiale qu'il a choisie pour mettre fin à son engeance.

Louise a préparé un petit déjeuner comme Georges les aime : cuisse de canard, fèves crues, grand bol de café noir. Amélie les rejoint, délestée d'une espèce de tension qu'elle a confiée à Louise et dans une lettre écrite à son amie madame Pelecier.

— Tu as bien fait de venir ! s'écrie-t-elle d'une voix à peine forcée, Biraben doit passer cet après-midi. Et madame Grandjean viendra nous rendre visite avec ses filles. Riri les a invitées.

Le vieux père s'affale sur le divan, dans la pièce où l'attend sa fin du monde. Son fils vient y déposer sa valise.

— Le vieillard a une fois de plus parlé d'honneur, maugrée-t-il. On va encore se déshonorer.

« Pffff… heureusement que j'ai du monde cet après-midi ! se dit Amélie en soupirant. Demain, j'irai à Périgueux avec Louise et je ne rentrerai pas avant la nuit tombée », continue-t-elle dans un regard au ciel rappelant ceux de Cécile.

La matinée se déroule plus vite que ce qu'il avait imaginé. Pour marquer la fin de trois vies entières, il se serait attendu à ce que le temps eût pris quelque accent magistral, chaque minute l'aspect d'une heure, chaque heure celui d'une vie, la journée une éternité. Que nenni ! Impassible, le *fatum*, qui a remonté son horloge jusqu'à son dernier cran, impose à courte haleine son rythme crescendo : il n'a pas que ça à faire. Déjà, le déjeuner se termine. Louise sert le digestif.

— Il y a du lierre à couper sur le perron, dit le fils d'une voix sans âme. Veux-tu que nous nous y collions ?

— Bonne idée ! répond Georges. Allons-y.

— On l'arrache à la main ?

— On voit que tu n'y connais rien ! C'est impossible ! Va donc voir si tu trouves la serpe ou le petit sécateur.

La serpe, certainement pas. Elle est tout aiguisée, prête à tuer, cachée sous son lit tout là-haut dans son poste de commande. Il se dirige vers la cuisine, attrape une petite hache qui traîne dans un tiroir et la tend à son père.

— Mais qu'est-ce que tu veux qu'on fasse avec ça ! Je t'ai demandé la serpe…

— Je ne la trouve pas.

— Passe-moi donc un couteau !

Ils se collent à la tâche. Georges entame un long soliloque – la page du journal intime qu'il n'a pas eu le temps de noircir ce matin. En plus de sa mauvaise humeur habituelle, il a peu dormi et très mal. Sa conversation n'attend pas de réponse, il est en train de vider son sac de spleen vichyssois. Absorbé par la phase terminale d'une hargne cancéreuse qui passe inaperçue dans l'humeur noire de son père, son fils ne l'écoute pas. Il l'abandonne à sa longue litanie, son requiem *ante mortem*. Il ne peut plus l'entendre. L'amitié formidable qui leur avait servi d'amour est morte sur un quai de gare à l'aube de ce 24 octobre. Il est animé d'une haine acceptée, mécanique, qui ne s'en ira pas tant qu'il ne sera pas allé au bout de son idée.

Il guette les allées et venues de ses futurs témoins. Les ouvriers arrivent les premiers, viennent saluer, grimpent sur le toit. Ensuite c'est Biraben, le régisseur des métairies, qui vient leur dire bonjour avant de rejoindre Amélie. Enfin il aperçoit Henriette, la sœur de Louise, remontant le chemin de la maison des gardiens, puis prendre l'escalier qui mène à la cuisine. Elle ne les a pas vus.

— Je crois savoir où elle est ! prétexte-t-il, interrompant son père.

Il court à la cuisine où il retrouve Henriette.

— Mon père est sur le perron, nous sommes en train de couper du lierre. Voulez-vous venir le saluer ?

— Volontiers ! fait Henriette en s'empressant de le suivre.

La case témoin numéro trois de l'arrachage du lierre est bien cochée. Déjà trois heures et demie, pense-t-il en regardant sa montre. Voilà les Grandjean. La scène du lierre peut prendre fin. On passe à la suivante, dans le petit salon qui deviendra au prochain acte la chambre mortuaire d'Amélie. Amélie qui rentre à l'instant de chez les métayers. Biraben fait ses adieux. On boit du thé en mangeant des gâteaux. Louise est de la partie. Le dernier verre des condamnés. Georges a raté l'heure de la sieste. Il attend avec impatience la fin de la journée et, sans le savoir, celle de toutes les suivantes en écoutant les femmes parler de tout et de rien. Les ouvriers repartent, les Grandjean juste après, mon père les raccompagne.

Georges rejoint Amélie : c'est l'heure des comptes. Il s'éclipse, en profite pour reprendre sa ronde au pas de corde, sa danse de la mort, son dernier tour avant le vrai.

« Mon père et ma tante eurent, après le départ des Grandjean, une conversation d'une vingtaine de minutes pendant laquelle je me déplaçai sans but précis à travers l'appartement, allant notamment dans ma chambre, dans la cuisine, dans la chambre de Louise et au grand salon.

À l'issue de cette conversation, lorsque je fis ma rentrée dans le petit salon (…) », confiera-t-il lors de ses quatre-vingts heures d'interrogatoire, fidèle à son principe : garder intacts les faits, n'en donner de nouveau que l'interprétation…

« Sa chambre » étant, jusqu'à la veille du crime, soit à l'heure qu'il évoque, celle où il tue son père, il a mentionné une à une toutes les pièces incriminées, jusqu'à celle où il pianotera les quatre notes de son adieu funèbre.

Un rideau de pluie torrentielle s'abat sur le château.

Le dernier acte peut commencer.

Le ballet funeste

Le repas se passe comme tant d'autres, un peu plus lourd de silence, qu'Amélie attribue à l'humeur atrabilaire de son frère, à la fatigue aussi, se rattrape-t-elle dans une moue que seule Louise sait lire. Louise qui connaît bien son Georges et son caractère furibond, surtout quand il est fatigué, sait qu'il vaut mieux se taire. Il ira se coucher sitôt le repas terminé. Riri retournera dans ses appartements. Elle aura toute la soirée pour papoter avec Lili devant la cheminée du petit salon en mangeant les noix qu'elle a écalées pour elle. D'ailleurs ils ont fini. Louise débarrasse la table, revient avec la bouteille de prune puis part faire la vaisselle.

Comme chaque soir depuis sa métamorphose, il se propose d'installer le lit et faire partir le feu dans la chambre d'Amélie. Il va chercher dans la cuisine le pot à écales, en disperse quelques poignées dans la cheminée : elles serviront de pièce à conviction pour la soirée qu'il prétendra avoir passée à discuter avec sa tante en grignotant des noix.

Il retire le chenet de l'âtre, déplace le porte-bûche, omet à bon escient d'y disposer les trois rondeaux habituels.

Il place le lit bien dans l'axe de la porte, ramène le pot vide à la cuisine. Louise est en train de rentrer les seaux d'eau posés à même l'escalier. Il lui offre son aide. Sa cigarette du condamné.

Georges lance un bonne nuit général. Il s'aperçoit que sa porte ne ferme pas, le fait savoir à tous dans un grommellement. Son fils se propose aussitôt d'aller chercher quelques outils pour essayer de la réparer, en sachant parfaitement que son père n'aura jamais cette patience, et ce dernier confirme. Il demande à sa sœur en rouspétant si elle sait dans quelle commode se trouvent les chemises de nuit de leur père. « Elles sont là-haut », lui répond Amélie dans un ultime soupir et un dernier regard au ciel. Son neveu, qui ne s'attendait pas à si belle échappée, saute sur l'occasion :

— Ne bouge pas, je vais t'en chercher une.

Il traverse les couloirs à pas normaux, accélère la cadence sitôt passée la première porte, grimpe quatre à quatre les marches jusqu'à l'étage. Il vérifie dans le cabinet que la bassine pour le semblant de toilette du lendemain est bien remplie. Glisse dans sa poche la lampe qu'il a prévu de laisser sur une vieille malle qui se trouve sous la fenêtre, dans les toilettes désaffectées, face au petit salon. Il en aura besoin sa besogne terminée. Enfin il ouvre le placard électrique, inspire longuement, retient son souffle, fait tomber l'interrupteur qui plonge dans une nuit éternelle Louise, Georges et Amélie. Il relâche son souffle. Ses forces, son attention, son ouïe, sa vue, sa respiration, tout en lui se met au service de son envie de tuer. Étant redescendu en contrôlant ses pas comme on vérifie des rouages, il ouvre le premier acte de la dernière scène.

— Encore une panne ! s'écrie-t-il, théâtral. Pourtant j'avais tout réparé…

— Comme s'il y avait de quoi s'étonner ! râle Georges une dernière fois. Tout pour me faire chier !

— Heureusement que j'ai la cheminée, dit Amélie.

— Veux-tu que je t'aide à retrouver ta chambre ? lui propose son neveu.

— Mais bien volontiers, mon Riri, dit-elle en tendant sa main dans le noir.

Son métronome interne se déclenche et ordonne ses pas qu'il compte par automatisme. Il la guide, l'assied sur son lit de mort.

— La lumière est trop faible pour lire, se plaint-elle. Y vois-tu assez pour attraper une bûche ?

— J'ai oublié de les rentrer !

— Où est le chenet ?

— Je l'ai retiré tout à l'heure pour enlever l'excès de cendres… j'ai dû le remettre par là… Je vais essayer de le trouver.

— Il fait trop sombre ! Tant pis, je vais dormir aussi. Enfin, si j'y arrive… Espérons que le jus revienne ! Tu vas retrouver ton chemin ?

— Oh oui ! Je le connais par cœur.

— Bonne nuit, mon Riri.

— Bonne nuit !

Lui demandant si elle n'a besoin de rien – c'est l'heure des dernières volontés –, il s'assure que Louise soit au lit.

— Je suis déjà couchée. Lili a raison de le dire, vous êtes redevenu un ange, répond celle-ci. Bonne nuit.

— Bonne nuit, Louise.

Sans un mot de plus, il laisse la porte du couloir entrouverte et regagne son QG. Une violence cyclonique aspire et garde pour elle ses forces. Une heure. Attendre une heure, pas plus. Prendre Georges au fin fond de son sommeil. Quitte à tuer Amélie avant qu'elle ne s'endorme. Une heure à ne penser à rien. Vider son cerveau, chasser l'esprit, se mettre l'âme en berne, laisser toute la place à la lame de fond qui va déferler sa furie apocalyptique. Sang-froid, glacé, lucidité aveugle. Il avale quelques cachets de Benzedrine. La nuit va être intense. Son temps est compté. À lui de lui faire ravaler et gober tout entière son horloge détraquée. Vingt et une heures trente. L'heure fatidique, tranchante, définitive. À ce déclic s'enclenchera l'engrenage d'une mécanique meurtrière pesée, mesurée, méthodique. Du premier pas au dernier coup, sa machine à tuer est lancée.

Il enfile son caleçon, son tricot à manches longues, ses deux paires de chaussettes. Il revêt par-dessus son pantalon, sa veste de pyjama. S'agenouille, déploie son bras télescopique, le passe sous le sommier, empoigne l'outil au tranchant affilé comme un couperet de guillotine. Il inspire longuement, à pleins poumons, les bloque, relâche l'air lentement. Il sort, arme à la main, squelette portant sa faux, descend les marches de l'escalier en retenant son souffle comme la houle du fond des mers retient l'onde furieuse.

Il arrive dans l'aile droite. Silence opaque et lourd. Même la pluie s'est tue. Il perçoit à peine le crépitement du feu mourant. Serpe bien en main, il se lance à pas de loup. Ombre dans le noir, il tend l'oreille. Amélie ne dort pas.

Assise face à un feu sans flammes, elle est en train de retirer son haut. L'angle est parfait. Quel Dieu, parce qu'elle ne dormait pas, lui a fait se bander les yeux elle-même ? Il amorce un pas, se campe sur ses deux jambes, brandit son fer et frappe de toute sa vigueur au sommet de son crâne. Lili s'effondre, morte sur le coup. Sa chemise de jour relevée jusqu'aux épaules, la tête sur l'oreiller, le corps à moitié nu. Il s'avance d'un pas, assène le deuxième coup, puis le troisième. La machine à tuer se grippe. Et quatre, et cinq, et six ! Il a maîtrisé son han de tueur. Deux pas en arrière. Il est dans le couloir, se fige, tous ses sens au radar. Scruteur de bruit vivant dans les bruissements d'un feu qui meurt, à l'affût du moindre effleurement systolique, il écoute le silence. Tout ça a pris moins de trente secondes dont chacune vaut son pesant d'heure.

Il reprend le chemin appris par cœur. Il ne compte plus ses pas. Le voilà sur le seuil de la pièce où Georges dort. La porte est entrouverte. Un ronflement profond rythme sa respiration. Il glisse un pied dans l'embrasure. Écarte doucement. Se met en position de garde, les deux pieds bien à plat. Soulève son arme qu'il empoigne à deux mains. Sa jugulaire se gonfle de sang brûlant. Son cœur bat à tout rompre, il l'entend cogner à ses tempes. L'écume blanchit ses lèvres mordues par une fureur mortelle. Il abat de toutes ses forces, enfonce de toute sa rage la serpe dans le crâne de son père. Une, deux, trois, quatre fois. Chaque coup accentue sa violence. Il frappe encore une fois. Il n'a pas pu retenir le rugissement de ses entrailles. Un bruit de pas qui courent. La voix de Louise appelle : « Geooorges ? » Il saute sur elle comme un lion sur sa proie. Bond avant.

Quinte haute. Fend le crâne de Louise qui tombe à même la pierre dans un bruit sourd. Il frappe une deuxième fois, puis trois, puis quatre, puis cinq. Des morceaux de cervelle tiède l'éclaboussent. Il en a jusque dans les yeux. Silence assourdissant, impénétrable, définitif, silence de fin du monde, de fin de tout, le silence de la mort. Sur son visage le sang de Louise ruisselle en larmes épaisses, visqueuses. Elles dégoulinent sur ses lèvres. Il court à la cuisine, jette en passant la serpe sur les draps que Louise a fait tomber par terre en accourant, se rince le visage.

Il retire ses chaussettes, parcourt pieds nus les vingt et un mètres/vingt-huit pas qui le séparent des toilettes désaffectées. À tâtons, il retrouve la lampe, l'allume, vérifie ses pieds : pas de trace de sang. Dans la chambre d'Amélie, le feu n'émet qu'une lueur. Avec sa lampe, il balaie le sol du couloir d'un rai jusque dans la cuisine. Pas de trace non plus. Il ne peut pas monter remettre le courant comme ça, il pourrait salir. Sortir est encore plus dangereux. Pas assez tard. Les croquants se couchent tôt mais quand même. Risque idiot. Il pose sa lampe sur la table. Se déshabille, se plie en deux, s'ébroue. Attrape sur l'évier un torchon, se frotte les cheveux, puis le balance tout gribouillé de sang dans la bassine. Il en reprend un propre, s'empare de la lampe, traverse le couloir, monte dans sa chambre, rallume le compteur, scrute son corps. Il y a du sang sur ses avant-bras, ses mains sont propres, ses pieds sont sales, mais de poussière. Il redescend, allume partout sur son passage. Arrive au petit salon. Carnage. Le sang d'Amélie coule encore. Passe dans la chambre de Georges. Horreur. Son visage est couvert de morceaux de chair, de cervelle et de sang. Il y en a une mare sur le lit et partout sur les murs. Par terre, la flaque grossit encore. Plus loin, Louise. Louise qui ne dormait pas. Louise a le rictus entaillé jusqu'à l'oreille et elle n'a plus de nez. Son crâne s'est écrasé en tombant sur la dalle. Boucherie. Tuerie. Flots de sang, flaques, bains, mers sanguinolentes. Louise damnée, condamnée à servir, à la vie à la mort. A défendu le maître à corps perdu et servi au fils sanguinaire sa propre mort à pas zélés.

Dans un simulacre de lutte *ante mortem*, il attrape son père par les jambes, tire son corps encore chaud, le fait tomber par terre puis le décale de toute la longueur du lit. Il croit entendre un bruit, agrippe la serpe. C'est le volet de la rotonde qui grince. Il passe au petit salon. Pose son arme. Empoigne les chevilles d'Amélie, puis fait glisser son corps sur le parquet. Sur le matelas, son oreiller trempé de sang et de cervelle broyée. Il le plie en deux, le lui passe sous la nuque. Une bande de caoutchouc lui ceint la taille. Entre les jambes, un linge plein de sang, de sang de femme, de sang de mère qu'elle fut pour lui, d'un cœur qu'il avait brisé tant de fois et qui était resté entier car le cœur d'une mère est un foie de Prométhée. Le spectacle de sa nudité vient racler au fond de lui le terrible poison. Il attrape la serpe et vide sur le dos d'Amélie tout ce qui lui reste de rage, sa colère ultime, colère d'une colère assassine. Les larmes de son crime.

Il reprend son outil, retourne dans la cuisine, le laisse sur la couche de Louise. Avec les draps qui traînent à même le sol, il en nettoie le manche. Se rince les mains, les sèche. Démonte les portes du buffet, ouvre grand les tiroirs. En fait autant dans la salle à manger, renverse l'armoire, soulève sur la desserte la corbeille d'argenterie, l'explose à terre. Pluie de lames d'argent. Dans la chambre d'Amélie, il s'en donne à cœur joie. Retourne papiers, vêtements, objets, avec un tel élan qu'il ne voit pas, sur la tablette de la cheminée, les bagues de Cécile, saphirs et rubis montés sur platine, qu'Amélie a dû poser là avant de se coucher. Pas plus il n'a remarqué les diamants qui sertissent ses doigts exsangues. Il ne les avait jamais vus sans. A confondu ses mains avec celles de Cécile.

Sa besogne achevée, il essuie sur chaque meuble la moindre empreinte ensanglantée, jette le torchon en boule sur le fauteuil. Refait le tour de chaque pièce, éteint une à une les lumières, revient à la cuisine. Il a laissé son paquet de cigarettes là-haut pour le garder immaculé. Le grand remue-ménage est terminé. Le nettoyage reste à parfaire, mais il a toute la nuit. Il rassemble ses chaussettes souillées, son pyjama, ses vêtements de peau. Enveloppe les deux premiers dans le tricot, noue le tout avec les manches. Fourre le paquet dans la culotte du caleçon long, refait un nœud. Rien ne dépasse. Rien ne peut en sortir. Déjà minuit, l'heure du bain. Il attrape sur l'évier un morceau de savon, saisit son ballot de linge sale. Ouvre la porte. Pas de lune. Pas une étoile. Pas un brin de lumière. Il sort nu comme un ver. Aspire l'air à pleins poumons. Le retient. Reprend son souffle. Avance à pas de voleur jusqu'à l'angle du château, s'immobilise, sens aux aguets. R.A.S. Descend d'un pas prudent le petit dénivelé, s'enfonce dans les sous-bois, se meut avec sa souplesse de serpent, balluchon près du corps, bras en avant pour prévenir les griffures des branches. Il gagne son menhir, retrouve son trou, enterre sa mue, sa vieille peau d'assassin, l'abandonne à jamais. Il rebouchera sa fosse et noircira ses ongles quand il se sera lavé la tête. Il descend l'escalier qui mène à l'entrée des fermiers, s'arrête, bloque encore sa respiration. Pas un bruit, pas un chien, pas un chat. Nuit sans vie. Penché au-dessus de l'abreuvoir, à l'embouchure même de la source, il trempe ses bras jusqu'aux coudes, les lave, les rince, les lave encore, les rince encore, se mouille la nuque, puis la tête, la tête tout entière, se savonne le visage, sa barbe de trois jours, puis les cheveux, les frotte de tous ses doigts, de tous ses ongles coupés à ras. Replonge sans bruit la tête dans l'eau froide de la source, la savonne encore. Deux fois valent mieux qu'une. La rince, deux fois aussi. Non, trois. L'eau est à deux degrés, l'air à un. Il ne sent pas le froid. Tout ça dure une éternité de dix minutes en tout. Il remonte à sa pierre, prend la terre à pleines mains, s'y racle bien les ongles, la tasse à coups de poings, puis à coups de talons. Dispose le feuillage par-dessus. Il remonte nu, sans une égratignure ou presque. Se frotte les pieds, entre dans le vestibule, allume, monte dans sa chambre. Se frappe la tête : le savon ! Redescend en courant, se précipite dehors, s'arrête devant la porte. La lampe ! Où est la lampe ? Il regarde derrière lui, il l'avait pourtant mise sur la table ! Elle n'y est plus. Va voir dans la salle à manger. Lance un regard comme un rayon laser sur chaque meuble, dans chaque pièce, chaque recoin. La lampe n'y est plus. Son cœur qui bat trop vite repart de plus belle. Il faut qu'il se calme. Il faut qu'il trouve cette lampe. Revenu dans la cuisine, il regarde à nouveau : le boîtier sombre s'est confondu avec le noyer foncé de la table.

Il soupire bruyamment, se rue à la porte, l'ouvre, tend l'oreille. Pas un son. Il refait son chemin en contenant un ressac de fureur, fureur contre lui-même, arrive à l'abreuvoir, n'ose allumer la lampe. Et trouve le savon au premier tâtonnement.

Il regagne son QG, enfile sa chemise rouge et son complet gris prince-de-galles, la paire de chaussettes qu'il portait quand il est parti, ses chaussures. Redescend son imperméable, ses gants, son paquet de Gitanes Vizir.

Dans la salle à manger, il déplace un fauteuil qui normalement se trouve entre les deux immenses fenêtres, l'accole tout contre l'entrée de la chambre de Georges. Avec une négligence soigneusement étudiée, il pose l'imperméable dessus. Revenant sur ses pas, il gagne l'autre côté de la pièce, passant cette fois par la cuisine et par la chambre de Louise. Il tend son bras, lance sa paire de gants en peau sur une chaise qu'il a lui-même disposée là la veille. L'un des deux tombe à terre. Le rattraper. Non, trop dangereux. Le sang n'est pas complètement coagulé. Tant pis. C'est un aléa, ça ne fait pas une preuve. Il se dirige ensuite vers les toilettes désaffectées, retire la malle sous la fenêtre qu'il ouvre à peine. Referme la porte du couloir à clé, cale le coffre tout contre, laissant présumer l'introduction, sans effraction, d'un malfaiteur par la fenêtre des toilettes.

Son meurtre est terminé. Première cigarette d'homme libre. Il a confisqué toutes les boîtes de Tison et il a oublié de redescendre son briquet. Il remonte dans sa chambre, cigarette à la main, récupère son Zippo, redescend pour fumer. Il boit au goulot une gorgée de prune, allume sa clope, tire une première bouffée, la recrache puis la fume d'un seul trait.

Il glane deux porte-monnaie, le portefeuille de Georges, le carré d'Amélie, sort les semer hors enceinte du château, à l'extrême opposé de l'abreuvoir et de la stèle sous laquelle il a enseveli le linceul ensanglanté d'un passé encore tiède. Ses semelles sont pleines de terre. Il rentre, les nettoie. Il n'a pas remarqué qu'il y en avait sur l'ourlet de son pantalon. Dans le vestibule, il balaie la terre et les débris de feuilles, refait un tour, à l'affût de la moindre gouttelette de sang. Il n'a pas vu celle d'un millimètre de diamètre que les gendarmes relèveront sous le fauteuil sur lequel il a posé son imperméable. Mais ça ne fait pas une preuve non plus. Une présomption à peine. Il ne reste plus qu'à gommer le crime lui-même. Tout effacer. Faire comme s'il n'avait tué personne. Tout ça est pour de faux. Ça ne compte pas. Ce n'est pas vrai. Des lettres en morse lumineux clignotent en rouge dans son cerveau. Une voix d'enfant – la sienne –, une voix de cauchemar, une voix aphone qui hurle, lui ressasse à tue-tête :

— Georges, Georges, Georges…

Georges n'est plus qu'un écho qui retentit d'un bord à l'autre du gouffre de solitude qu'il vient de se tailler lui-même. La voix qui le rappelle à sa nouvelle réalité. Et si ce n'était pas lui qui avait mené la danse dans ce ballet funeste ? Si c'était le Destin qui sous l'œil noir d'Hécate avait éteint le ciel et l'avait pris pour arme puis fait tuer les siens avant de le jeter dans la tombe qu'il venait de lui faire creuser, et de ses propres mains ? Et s'il devait boire ce calice jusqu'à la dernière goutte de son propre sang ?

Il a tué le maître pour être le propre sien, mais le maître en cachait un autre, plus colossal encore. Une machine de guerre, bien plus énorme que lui, qui avait commencé par priver Charles et Cécile de deux de leurs enfants, les deux autres d'un frère et d'une sœur, Georges de son grand amour et lui de sa reine mère. Un monstre, taxidermiste de l'âme humaine, qui avait fait de Georges et Lili ce couple de coqs en pâte, atlante et cariatide du système même qui les a évidés puis empaillés vivants, substituant à leur conscience cette excellente éducation, et enfin fait que Louise, qui était née pour servir, dût mourir en servante. Il n'a pas tué trois personnes, il a démoli le système qui les avait broyés.

Sa mère était morte deux fois, deux fois il devait naître. Une première fois d'une femme qui lui avait injecté au sein, en même temps que toute sa tendresse, l'aiguillon qui était devenu sa colonne vertébrale, vecteur de sa conscience, flèche vengeresse enfin de l'injustice mortelle inhérente au sort de sa Dame. Ce dard, seule arme déjà en lui, abreuvé des larmes de l'enfance meurtrie, cet éperon nourri d'une haine reçue en plein cœur, par toutes les fibres de l'âme, avait grossi jusqu'à devenir ce vieux fer dont il ôte la rouille pour entailler, trancher, atteindre enfin à cette liberté sacrée que Valentine chérissait tant : en s'accouchant lui-même. Valentine est vengée. Lui vient de naître une deuxième fois.

Cette guerre n'est pas finie. Il faut qu'il reste sur ses gardes. Il a encore quelques comptes à régler avec le grand croupier. La lutte va être serrée, et il doit en sortir vainqueur. Il va tenir, il va survivre et se construire une paix tout droit sortie de l'enfer. Il ne peut pas s'arrêter là. Il a promis un vrai bonheur à Marie-Louise. Ni le destin ni la folie n'auront raison de lui. C'est lui qui a décidé ce meurtre. Au diable ce chagrin, cette destruction de l'âme, cette douleur ineffable qui le menace au loin. Pleurer serait l'ultime lâcheté. Il n'en a pas le droit. Ce sont ses mains qui ont versé le sang. Par quel sortilège il en est arrivé là, il n'en sait encore rien. Il est sonné, abasourdi, au bord d'un précipice au fond duquel l'attend sa propre mort, les bras croisés et en tapant du pied. Un pas de trop, un hasard, une faiblesse, et ce serait la fin. Il est « juste au point où mille hasards d'une seconde peuvent, en un rien de temps, mener un homme par la main, minutieusement, au fracas, à la fin de tout* ». Il est encore du bon côté du trou. Il doit prendre son avenir à reculons, assez pour se donner de l'élan et laisser derrière lui l'assassin qu'un mauvais destin a fait de lui en lui prenant la main et le cœur et l'esprit, pour enterrer ses morts – lui compris. Il faut qu'il fasse le bond et qu'il coure loin devant, aussi loin qu'il pourra.

Il le fera dès qu'il aura gagné la guerre. Après qu'il sera acquitté. Il bâtit sa défense comme il avait construit son meurtre. Méticuleusement. Il aura recours au ténor du barreau de l'époque, lequel n'avait pas remarqué le petit garçon de neuf ans qui buvait son verre de whisky, perdu au milieu des amis de feu le roi son père. Il va survivre au froid, à l'insalubrité et au bacille de Koch. Il va échapper à la guillotine, mais ce ne sera pas assez. Ç'aurait été un trop bon prix pour ce qu'il avait fait. Il doit sa revanche

* Georges Arnaud, *Le Voyage du mauvais larron, op. cit.*

au destin. Le prix de sa victoire, de sa vie d'homme innocenté, lavé d'un crime dont il porte les marques, et pas que sur les mains : c'est encore ça, qu'il doit payer.

Il lui donnera deux ans et toute la cordillère des Andes pour lui laisser loisir, si le cœur lui en dit, de poser un point final sur sa vie. Ce sera le destin ou lui. Un banc de piranhas, une eau empoisonnée, un lacet de montagne à bord d'un camion chargé de nitroglycérine : il ne lésinera pas sur les armes qu'il mettra à sa disposition. S'il s'en sort vivant, alors ils seront quittes, il pourra revenir. Il pourra vivre libre. Délesté enfin de cette tunique de Nessus dont il se sera défait au prix de lambeaux d'âme. Cette mort aux aguets, cette mort expresse, cette mort urgente, « il ne l'éviterait pas, faute d'être exactement parfait* ». Et comme c'est encore lui qui gagne et qu'il veut vivre libre, il lui sera arrivé pas mal d'aventures depuis la dernière fois…

Il couchera son histoire dans un cercueil en carton bourré d'explosif : *Le Salaire de la peur*. Allégorie parfaite de son drame. Le transport de nitroglycérine est l'exacte métaphore du climat de sa vie avant la tragédie, violences et morts inclus. Luigi, Bimba, Johnny, Gérard. Ils sont quatre. Il y a trois morts. Trois tués. Un seul survivant, un seul protagoniste. La même lutte, le même corps à corps contre le destin, le même pari avec la mort, la même méticuleuse maîtrise de son volant que celle avec laquelle il a, et manœuvré son crime, et pris les rênes de sa défense.

À la merci de son instar, de son échappée belle, son long voyage que d'aucuns diraient expiatoire, « sa course

* *Ibid.*

à pied, sa course à travers champs, à travers frontières* », son personnage propose une revanche au destin qui a tué ses trois comparses, en lui offrant un dernier tour en tête-à-tête – avec la mort à bord. Cette fois, c'est lui qui perd. Il meurt par écrit, et par écrit aussi, il signe son armistice. Sa paix avec lui-même.

« Lumière légère de la haute montagne, vastes pentes, vastes plateaux entièrement vides, grandiosement vides, vent qui vient du fond du monde envelopper mon visage séché par le soleil, je vous enserre avec avidité dans mon âme, pour que vous y apportiez, que vous y installiez pour toujours votre grandeur, votre ordre et votre paix. Tout ce soleil pur, tout cet air subtil, je les emporte avec moi. Provisions de merveilles, marché d'émerveillements d'où je reviendrai les mains pleines. Quelle sorte d'innocence peut donc être la mienne** ? »

Nice, octobre 2024.

---

* *Ibid.*

** *Ibid.*

BIBLIOGRAPHIE

Le Salaire de la peur, Georges Arnaud, Julliard, 1950.
Le Voyage du mauvais larron, Georges Arnaud, Julliard, 1951.
Lumière de soufre, Georges Arnaud, Julliard, 1952.
Schtilibem 41, Georges Arnaud, Julliard, 1953.
Les Oreilles sur le dos, Georges Arnaud, Éditions du Scorpion, 1953.
Prison 53, Georges Arnaud, Julliard, 1953.
Les Aveux les plus doux, Georges Arnaud, Julliard, 1954.
Indiens pas morts, Georges Arnaud, Delpire Éditeur, 1956.
Maréchal P..., Georges Arnaud, Éditeurs Français Réunis, 1958.
La Plus Grande Pente, Georges Arnaud, Julliard, 1961.
Mon Procès, Georges Arnaud, Éditions de Minuit, 1961.
Chroniques du crime et de l'innocence, Georges Arnaud, Jean-Claude Lattès, 1982.
L'Affaire Girard, compte rendu sténographique, Albin Michel, 1945.
Le Meurtre de Roger Ackroyd, Agatha Christie, préface de Georges Arnaud, Le Livre de Poche, 1961.
Le Parfait Secrétaire des grands hommes, Vrain-Lucas, Georges Girard, Cité des Livres, 1924.
La Vie de Lazare Hoche, Georges Girard, Gallimard, 1926.
Les Trois Glorieuses, Georges Girard, Firmin Didot et Cie, 1929.

La Jeunesse d'Anatole France, 1844-1876, Georges Girard, Gallimard, 1925.
Les Vainqueurs, Georges Girard, NRF Gallimard, 1926.
Boîte de singe, Georges Girard, NRF Gallimard, 1927.
La Vie et les souvenirs du Général Castelnau, 1814-1890, Georges Girard, Calmann-Lévy, 1930.
Correspondance entre Marie-Thérèse et Marie-Antoinette, Georges Girard, Grasset, 1933.
Fraternité, Fernand Fleuret et Georges Girard, NRF Gallimard, 1933.
Les Haines familiales, Gilbert Robin, Gallimard, 1926.
Journal (1939-1945), Maurice Garçon, Les Belles Lettres, 2015.
Crime without Punishment : Aspects of the History of Homicide, Cambridge University Press, 2018.
Siegfried et le Limousin, Jean Giraudoux, Grasset, 1989.
Les Épreuves d'Étienne, Jules Girardin, 3e édition, Hachette et Cie, 1891.
Bibliothèque de l'École des Chartes, année 1943, n° 104, Librairie Droz.
Archives du ministère de l'Europe et des Affaires étrangères.
La Semaine n° 148, Procès Henri Girard, 10 juin 1943.
France Dimanche n° 159, 160 et 161, 18 & 25 septembre, 2 octobre 1949.
BNF Gallica, Bulletin de la Société historique et archéologique du Périgord, tome LXIV, 1937.
BNF Gallica, Annales de l'Institut National Agronomique (École Normale Supérieure de l'Agriculture), 2e série, tome XXIV, 1931.
Archives nationales, Pierrefitte-sur-Seine, Affaire Henri Girard, cote 20030306/1, fonds Maurice Garçon, cote 19860089/516, dossier 11682.
Archives départementales de la Dordogne, Affaire Henri Girard, cotes 1207 W 49, 1207 W 50 ; 1421 W 24 (n° 4259) fonds

du dossier de police concernant l'affaire d'Escoire (1941-1944) ; 1 W 1814 fonds de la préfecture, rapports du préfet.

Le Vif du sujet, Alexandre Héron et Yvon Croisier, France Culture, 20 janvier 2004.

REMERCIEMENTS

La primeur de ma gratitude va à mon fils et premier relecteur, Antoine, qui m'a aidée à prendre la distance qui me faisait parfois défaut, à élaguer là où il le fallait, et tenu tête si je n'étais pas d'accord, toujours à bon escient.

À mes filles, Lucie et Ana, pour le soutien et l'intérêt portés à ma longue entreprise.

À mes frères, Dominique et Henri, pour leurs souvenirs d'enfance à l'ombre du même père, mais pas du même côté. À Dominique encore, pour les photos et les articles de presse qu'il m'a donnés.

À Doug, pour sa patience de damné et le cœur qu'il a majestueux.

À Pauline Perrignon, fée apparue quelque part entre ciel et mer sur le quai d'un port qui m'est cher.

À Olivier Nora.

À Elena Shevchuk, première lectrice, amie aussi brillante que son prénom, pour son soutien indéfectible et ses encouragements festifs.

À Jean-Baptiste May-Carle, ami cher à Antoine, relecteur attentif et sincère. Merci de ton amitié.

À feu Madame Ardieux, dont on m'avait prévenue qu'elle hurlerait à l'assassin et aurait des mots incendiaires vis-à-vis de mon père. Qui me reçut si maternellement qu'elle trouva même une louange à faire à son propos, enfin sur ses chaussures : l'exercice n'était pas simple. Jeanne envoya l'un de ses fils chercher dans une vieille malle le cahier de vacances de mon grand-oncle Henri, lequel datait de sa première année d'Agro, et me l'offrit. Elle ajouta à son cadeau des lettres que Charles avait adressées à ses métayers, dont l'une, terrible, datée du 5 avril 1915, où il parle de son Henri à lui, dont il loue la bravoure sans savoir qu'au moment où il écrit, son fils est déjà mort.

À son fils Jacques, qui n'en pensait pas moins et m'a offert son amitié. À Nadine, sœur de Jacques et fille de Jeanne.

À Sylvie et Tasko Kordalov, qui m'accueillirent si gentiment que j'en oubliai l'objet de ma visite au château. Et pour leur hospitalité princière chaque fois que je suis revenue.

À Joël Laguionie, maire d'Escoire, pour l'accueil chaleureux, et à Corinne, son épouse, pour m'avoir reçue chez eux.

À Sabine Golfier Delage, pour sa fraîcheur, sa gentillesse et sa vitalité.

À Francis Gerveaux, Jean-Marie Kochel, Patrick Mazeau, Karine Paroisse, Cécile Philotte, Pascal Defilippi, Céline Barillot, et à toute l'équipe de la mairie d'Escoire. À Sandrine Peyronet.

À l'éminent Harrison G. Pope, professeur de psychiatrie à la Harvard Medical School, spécialisé dans les troubles psychotiques, troubles de l'humeur et addictions, notamment aux amphétamines pendant la Seconde Guerre mondiale, pour m'avoir accordé, par deux fois, un entretien de quarante-cinq minutes.

Au docteur Federica Magnus, psychiatre addictologue à Nice, et avec toute mon amitié, pour m'avoir éclairée sur certaines inquiétudes de Georges avec une remarquable perspicacité.

Vous avez, l'un et l'autre, sans vous connaître, mis le doigt sur les aspects dysfonctionnels psychiques de la violence de chacun (Charles, Cécile, Georges, Valentine, mon père). L'unanimité de vos conclusions me conforta dans la confiance que j'accordais à vos avis.

À Sylvie Vidal, Hadrien Gouze, Nicolas Cournil et Françoise Pulutta, pour leur accueil au sein des Archives départementales de la Dordogne.

À Hadrien encore, tout particulièrement pour avoir pris le temps de m'enregistrer les quelque 1 600 documents sur une clé USB bleu turquoise que j'ai gardée en souvenir.

À Frédéric Chambonnaud, maître aux mille et une roses et pilote hors pair, pour ses insistances sur l'importance de faire éclore la vérité.

À Natacha Rajic, mon amie, ma petite sœur de cœur et d'esprit, parce qu'il y a toujours une raison d'écrire un mot gentil à Natacha.

À Valérie Robe, qui m'a lue et y a cru.

À Roger Martin, pour les pièces généreusement communiquées.

À Sébastien Taulu et son épouse, pour le splendide bouquet de fleurs.

TABLE

Cet ouvrage a été imprimé en juin 2025
par CPI Brodard et Taupin à La Flèche (Sarthe)
pour le compte des éditions Grasset
61, rue des Saints-Pères, 75006 Paris
info@grasset.fr

Mise en pages
PCA 44400 Rezé

PAPIER CERTIFIÉ

Grasset s'engage pour l'environnement en réduisant l'empreinte carbone de ses livres.
Celle de cet exemplaire est de :
400 g éq. CO_2
Rendez-vous sur www.grasset-durable.fr

N° édition : 23651 – N° d'impression : 3061599
Dépôt légal : août 2025
Imprimé en France